Heinz-Peter Baecker · Fatale Folgen

Heinz-Peter Baecker

Fatale Folgen

PV

PANDION

Gartenstraße 10, 55469 Simmern, Telefon (06761) 7142

info@pandion-verlag.de, www.pandion-verlag.de

ISBN 978-3-934524-86-6

1.

Eva Henning schließt langsam die Haustür. Für einen Moment bleibt die zierliche Frau mit den großen runden Augen, in Gedanken versunken an den Türrahmen gelehnt stehen. Hätte sie doch etwas sagen sollen? Sie zögert, sich eine Antwort auf diese Frage zu geben, die sie bereits seit einiger Zeit quält. Sie zieht die linke Augenbraue leicht nach oben und greift mit den gespreizten Fingern ihrer rechten Hand in ihre rotbraunen Locken. Dabei starrt sie auf den kleinen grauen Knopf der Türsprechanlage, die auch einen Lautsprecher an dem kleinen Vorgartentor hat. Nein, vielleicht war es besser so. Vielleicht später einmal …

Mit der Außenfläche der Hand an der Tapete der kleinen Wohndiele entlangstreifend – eine Unart, die ihr immer bewusst wird, wenn bei eingeschaltetem Dielenlicht die Folgen dieser Angewohnheit als hässlich dunkle Streifen auf der Tapete deutlich sichtbar werden – schlendert sie ins Wohnzimmer zurück. Ohne den Vorhang zu berühren, beobachtet sie, wie der Wagen langsam den Ahornweg hinunterfährt und sich in Richtung Boppard entfernt. Sie wartet, bis er außer Sichtweite ist. Dann dreht sie sich um, bläst die beiden Kerzen des Silberleuchters auf dem Tisch aus, ebenso die Kerze des kleinen Stövchens, und stellt die Teetassen sowie Teller mit Kuchengabeln auf ein kleines Tablett. Es ist völlig unerwartet ein schöner und kurzweiliger Nachmittag gewesen. Die Zeit ist wie im Flug vergangen. Irgendwann wird sich auch die Gelegenheit einer Aussprache ergeben. Aber nichts überstürzen … Als Psychologin wird ihr schon der richtige Moment bewusst werden und sie wird auch sicherlich wie bei ihren Patienten die geeigneten Worte finden.

Das Tablett mit beiden Händen tragend, glaubt sie auf dem Weg in die Küche einen leichten Schwindel zu verspüren. Beim Einschwenken in die Küche stößt sie mit der Schulter an den Türrahmen. Eine Kuchengabel landet scheppernd vor ihr auf den grauen Fliesen des Küchenbodens. Ob sich jetzt schon erste Anzeichen ihrer Schwangerschaft einstellten? Hatte ihr Gabriele neulich nicht von einer Unterzuckerung während ihrer Schwangerschaft erzählt und wie oft sie deshalb zusammengebrochen war.

Rasch stellt Eva Henning das Tablett mit dem Geschirr auf der Anrichte neben dem Spülbecken ab und hält sich an der Arbeitsplatte fest. Aber nichts ist mehr zu spüren, alles nur Einbildung, sagt sie sich. Sie richtet sich kopfschüttelnd wieder auf, blickt sich rasch in der Küche um und beginnt aufzuräumen. Die runde Pappe mit Cremeresten der Torte wandert in den Abfalleimer unter dem Spülbecken, es folgen die beiden Teebeutel. Instinktiv zögert sie sich zu bücken, um das Geschirr in die Spülmaschine einzuräumen. Vielleicht war es doch ein leichter Schwindel und keine Einbildung. Ein plötzliches Durstgefühl überfällt sie. Ohne bestimmte Vorstellung wonach sie sucht, öffnet sie den Kühlschrank. Dort steht noch die angebrochene Flasche Sekt, aus der sie nur zwei Gläser getrunken haben. Den Rest wird sie abends mit ihrem Mann genießen. Neben der Sektflasche ist die halbe Flasche Riesling, noch von gestern Abend, und eine angebrochene Tüte Milch. Sie greift nach einer der beiden Mineralwasserflaschen in der Tür des Kühlschranks. Ihr erster Versuch, den Drehverschluss zu öffnen, misslingt. Mit einigem Kraftaufwand schafft sie es beim zweiten Versuch. Unter lautem Zischen lässt sich der Verschluss öffnen. Hastig setzt sie die Flasche an den Mund. Eigentlich hasst sie es, wenn jemand aus einer Flasche trinkt, aber in diesem Moment hat sie nur Durst, unbändigen Durst. Sie empfindet es als angenehm, wie das kalte Mineralwasser prickelnd über ihre Zunge fließt. Ein neuer Schwindelschub erfasst ihren Körper, als sie den Kopf beim Trinken etwas nach hinten legt. Verflucht. Rasch setzt sie die Flasche ab und greift erneut nach der Arbeitsplatte. Nur jetzt nicht umkippen, denkt sie, und sucht zum Abstellen der Flasche einen freien Platz auf der Anrichte, auf der auch noch das Geschirr vom Frühstück steht.

Nach wenigen Sekunden ist alles wieder vorbei. Weg, wie weggeblasen. Sie atmet tief und erleichtert durch und beginnt nun Teller, Tassen, Gabeln und Gläser in die Spülmaschine zu räumen und schaltet diese ein.

Im Wohnzimmer rafft sie die bunt bestickte Kaffeedecke zusammen, öffnet das Fenster und schüttelt sie aus, bevor sie wieder auf dem Tisch landet. Beschwingt greift sie zum Telefon auf dem kleinen runden Tischchen neben dem Rokokosekretär, den sie von ihrer Tante Rosemarie geerbt hat. Ob Bernd schon im Büro ist? Sie lässt es vier oder fünf Mal läuten, dann legt sie wieder auf. Wahrscheinlich steckt er irgendwo im Stau. Ein Blick auf die neue kleine Golduhr am Handgelenk bestätigt ihr, dass jetzt auf den Straßen rund um Koblenz Rushhour herrschen muss. Die Uhr ist ein Geschenk ihres Mannes, aus Freude über ihre Schwangerschaft, auf die sie beide über fünf Jahre gewartet haben. In diesem Moment glaubt sie ein leichtes Zwicken im Unterleib zu spüren. Nur nicht hysterisch werden, ermahnt sie sich, der Schwindel reicht. Vielleicht hat sie sich in letzter Zeit zu oft mit ihren Freundinnen über Schwangerschaftsprobleme unterhalten und auch zu viel darüber gelesen. Sie hatte einfach Angst, dass etwas schief gehen könnte. So etwas hat Folgen. Typische Erstgebärenden-Ängste, wie sie sich selbst eingesteht. Doch dann verspürt sie einen kurzen aber deutlichen Krampf in der Magengegend und lässt sich schnell auf dem Stuhl nieder, der neben ihr steht. Wenn das jetzt die nächsten sieben Monate so weitergeht, na, dann „Prost … Mahlzeit", geht es ihr durch den Kopf.

Auch die kurzen Krämpfe lassen sehr schnell wieder nach. Vielleicht ist mir die Cremetorte nicht bekommen, denkt sie, und erhebt sich wieder. Aber, da ist schon wieder dieses mulmige Gefühl im Kopf, wieder diese Art Schwindel. Eva, reiß dich zusammen, ermahnt sie sich und beschließt, noch schnell für das Abendessen einkaufen zu gehen. Sie will Bernd Bratkartoffeln machen, mit viel Speck und Zwiebeln und zwei Eiern darüber und dazu eine Gewürzgurke. Bei diesem Gedanken läuft ihr selbst das Wasser im Mund zusammen. So schlimm konnte ihr Unwohlsein also nicht sein, wenn sie jetzt schon wieder ans Essen denken kann. Denn Gurken sind ihre Leidenschaft, seit gut vierzehn Tagen sogar fast eine Sucht. Klare Schwangerschaftssymptome: Cremetorte und Gurken, Schwindel und Magenkrämpfe. Sie lächelt still vor sich hin und streicht sich fast automatisch über den noch flachen Bauch. Nicht einmal eine leichte Wölbung ist zu spüren. Einbildungen, alles nichts als Einbildungen.

Als sie die Einkauftasche vom Haken in der Küche holt, fällt ihr Blick auf die Flasche Mineralwasser, die sie geöffnet auf der Anrichte zurückgelassen hat. Diesmal nimmt sie aber ein Glas aus dem Hängeschrank und wartet, bis das Wasser etwas ausgeperlt ist. Vielleicht verträgt sie auch die Kohlensäure nicht mehr, wer weiß? Während sie beobachtet, wie die kleinen Perlen im Glas nach oben tanzen und auf der Oberfläche zerspringen, glaubt sie ein Rumoren im Magen zu verspüren. Fast wütend kippt sie das noch reichlich sprudelnde Wasser hinunter. Jetzt reicht es ihr mit diesen eingebildeten Wehwehchen! Sie schließt die Flasche, stellt sie in den Kühlschrank zurück und das Glas am Spülbeckenrand ab.

Es regnet leicht. Auch das muss man nehmen wie es kommt. Unschlüssig bleibt sie auf dem halben Weg zur Garage stehen. Vielleicht tut es ihr gut, wenn sie zu Fuß zum Supermarkt geht. Doch dann beschließt sie, doch den kleinen roten Fiesta zu nehmen. Irgendwie fühlt sie sich unwohl. Beim Einbiegen auf die Straße touchiert sie leicht den Vorgartenzaun. Bernd scheint recht zu haben, sie arbeitet zu viel, ihre Konzentration lässt nach. Dabei muss sie in den nächsten Tagen noch drei Gutachten schreiben. Sie tritt das Gaspedal durch, wodurch der Fiesta einen gehörigen Satz macht.

Der Parkplatz vor dem Extra-Supermarkt in Buchenau ist fast leer. Wie oft in letzter Zeit. Ob dies immer noch mit dem Mord an der jungen Aushilfskraft zu tun hat, überlegt Eva. Die Aushilfskraft des Marktes war Anfang des Jahres von der Filialleiterin erstochen worden. Die Tat, deren Motiv auch nach der Verurteilung noch nicht voll geklärt ist, hatte nicht nur in dem kleinen Stadtteil von Boppard für große Aufregung gesorgt. Sie wusste sogar von einigen, die seither den Laden nicht mehr betreten hatten. Viele kannten die Filialleiterin persönlich. Auch sie selbst hatte sich einige Male mit ihr unterhalten. Die lebenslustig wirkende und fachkundige junge Frau war bereits wenige Stunden nach dem Fund der Leiche als Mordverdächtige verhaftet worden. Eva konnte anfänglich kaum glauben, dass diese Frau zur Mörderin geworden war, auch wenn alle Indizien dafür sprachen. Einige aus der Nachbarschaft von Eva Henning zerrissen sich seither immer noch das Maul über mögliche Tatmotive. Man sprach von Eifersucht, Leistungsdruck, Angst die Stelle als Filialleiterin zu verlieren. Wie oft hatte sich Eva vor Beginn der Gerichtsverhandlung vorgestellt, bei dem Prozess als Gutachterin hinzugezogen zu werden. Für sie wäre das schon eine interessante Aufgabe gewesen. Aber sie wusste, da bestand keine Hoffnung. Kein Richter hätte ihr diese Aufgabe übertragen, weil sie die mutmaßliche Mörderin kannte. Und das hätte jeder Verteidigung für einen Befangenheitsantrag gereicht.

Die verflixte Plastikmarke klemmt im Verschlussschacht des Einkaufswagens. Eva schlägt mit dem Handballen dagegen, dabei spürt sie wieder ihren Magen. Vielleicht sollte sie auf dem Heimweg noch schnell bei Thomas vorbeifahren. Sie wirft einen Blick auf ihre Armbanduhr. Er ist sicherlich noch in seiner Praxis. Während sie mit der linken Hand den Einkaufswagen schiebt, kramt sie mit der rechten Hand in ihrer Umhängetasche nach dem Handy. Thomas' Nummer ist gespeichert, für alle Fälle, nicht nur wegen der Schwangerschaft.

Schon nach dem zweiten Läuten meldet sich eine der Arzthelferinnen der Gemeinschaftspraxis. Thomas hat noch für eine gute halbe Stunde Patienten im Wartezimmer sitzen, erfährt sie. Das reicht, um schnell einzukaufen und dann nach Emmelshausen zu fahren.

„Bernd hat recht", Thomas von Essen nickt Eva Henning aufmunternd zu, „du solltest dich etwas mehr schonen. Hört sich zwar blöd an, ist aber so."

Die junge Frau richtet sich von der Liege auf und greift nach ihrem T-Shirt.

„Ihr habt alle gut reden, die Arbeit muss gemacht werden. So einfach ist das heute nicht mehr, sich auf dem Markt zu behaupten. Und als Freiberufler muss man immer am Ball bleiben, auch während einer Schwangerschaft. Was meinst du, wie viele arbeitslose Psychologen es gibt. Und dann noch hier auf dem Land."

„Du sollst ja auch nicht untätig rumsitzen und Däumchen drehend auf die Geburt warten. Aber mit neununddreißig als Erstgebärende …"

Weiter kommt Thomas von Essen nicht. Eva Henning hält einen ihrer Mokassins drohend in die Luft, um zum Schlag auszuholen. „Behaupte nur nicht, ich sei schon zu alt für ein Kind", lacht sie.

„So war das auch nicht gemeint", beschwichtigt sie der schlanke Arzt in weißer Jeans und weißem T-Shirt sofort. „Aber je jünger eine Frau ist, umso unkomplizierter verlaufen nun mal in der Regel die Schwangerschaften. Und etwas Rücksichtnahme auf die Gesundheit kann nie schaden."

„Huck, der Medizinmann hat gesprochen!" Eva Henning schaut Thomas von Essen ernst an. „Und was mach ich, wenn das alles keine Einbildung ist?"

„Wir müssen einmal abwarten, ob sich die Symptome wiederholen. Im Moment sehe ich keinen Handlungsbedarf. Außer einer recht hohen Pulsfrequenz, die aber auch nicht beängstigend ist, ist alles im grünen Bereich. Mach einfach zwischendurch immer wieder mal eine Pause. Und wenn wirklich etwas ist, ruf mich gleich an."

Die junge Frau schlüpft in ihre Mokassins und hüpft von der Liege. „Sag es ruhig, ich bilde mir alles nur ein."

Im gleichen Moment greift sie hastig nach dem Arm des Arztes und starrt ihn erschrocken an.

„Was ist?“, Thomas von Essen blickt in ihr schmerzverzerrtes Gesicht, das zusehends an Farbe verliert.

„Krampf …!“, flüstert Eva Henning zischend und versucht auf dem linken Bein zu hüpfen, während sie sich nach einem Halt suchend an den Unterarm des Arztes krallt.

„Fest auftreten!“, befiehlt Thomas von Essen und versucht mit einem Griff der freien Hand an die Schultern die junge Frau zu bewegen, sich zur Liege hin zu drehen. Als sie schließlich dort Halt gefunden hat, geht er in die Hocke und beginnt, ihre Wade zu massieren.

„Höher!“, stöhnt Eva Henning und stampft ungeduldig mit dem linken Fuß auf.

„Hast du öfter solche plötzlichen Krämpfe?“

Eva Henning schüttelt nur den Kopf. Sie hat die Lippen aufeinander gepresst, kann nicht antworten. Nur ganz allmählich löst sich der Krampf.

„Tut verdammt weh“, gesteht sie, als endlich der Schmerz nachlässt. „Soweit ich mich erinnere, habe ich noch nie Krämpfe dieser Art gehabt.“

„Ich werde dir auf jeden Fall noch Magnesium spritzen“, meint Thomas von Essen und kommt wieder aus der Hocke empor.

Als sie das Haus betritt, ist Bernd schon da. Überglücklich fällt sie ihm bereits in der Diele in die Arme.

„Ich war eben noch bei Thomas. Mir ist heute einige Male etwas schwindelig geworden.“

Bernd streicht ihr über die Haare und drückt sie fest an sich.

„Und, was meint unser Herr Doktor?“

„Alles Einbildung einer Spätgebärenden“, antwortet sie mit deutlich ironischem Unterton. „Nein, ernsthaft, es sind wohl die Umstellungen im Körper. Daran werde ich mich in der nächsten Zeit gewöhnen müssen. Außerdem geht es mir inzwischen viel besser.“

Sie löst sich aus seiner Umarmung und drückt ihm dabei einen Kuss auf die Lippen.

„Jetzt lass mich schnell das Abendessen machen“, flüstert sie. „Ich habe einen unbändigen Hunger.“

„Hunger oder Lust?“ Bernd Henning hält seine Frau am Arm fest und schaut sie mit einem spitzbübischen Lächeln an.

„Beides!“, gesteht sie freimütig und verschwindet in der Küche. Im Kühlschrank stehen noch in einer Tupperdose Salzkartoffeln vom Vortag. Immer, wenn es Kartoffeln gibt, kocht Eva so reichlich, dass am nächsten Tag daraus ein Salat oder eben Bratkartoffeln zubereitet werden können.

„Kann ich dir irgendwie helfen?“, erkundigt sich Bernd, der ihr in die Küche gefolgt ist.

„Du könntest Zwiebeln schälen und schneiden, wenn du Lust hast. Ich übernehme dann den Speck.“

So stehen beide wenige Minuten später einträchtig nebeneinander an der Arbeitsplatte und würfeln Zwiebeln und Speck.

„Hattest du heute einen anstrengenden Tag?“, will Eva wissen.

„Eigentlich nichts Besonderes“, überlegt Bernd. „Zwei Baustellen machen mir etwas Kummer. Da geht es nicht so richtig voran. Was hast du den ganzen Tag gemacht?“

Eva Henning dreht sich zum Herd um und schiebt den gewürfelten Speck von dem Brett in die Pfanne. „Zwei Eier?“, fragt sie ihren Mann, während sie die Herdplatte einschaltet.

„Wie immer“, kommt die spontane Antwort. Eva weiß, dass ihr Mann Spiegeleier heiß und innig liebt. Sie nimmt drei Eier aus dem Kühlschrank sowie das Glas mit den Spreewald-Gurken. An die wird vor allem sie sich halten.

„Deckst du schon mal den Tisch.“

Statt einer Antwort ist von ihrem Mann nur ein leises Brummen zu hören.

„Wir haben noch eine angebrochene Flasche Riesling von gestern, wenn du magst.“

Bernd Henning stellt auf einem Tablett Teller, Geschirr und Gläser zusammen. Beim Blick in den Kühlschrank entdeckt er die Flasche Sekt.

„Ich hatte heute richtig Lust auf Sekt“, reagiert Eva, die rein zufällig zu ihrem Mann hinübergeschaut hat, schnell. „Die Flasche sollten wir nach dem Abendessen auch noch leer machen.“

„Ist das nicht ein bisschen viel Alkohol für eine Schwangere?“, frotzelt Bernd sofort. „Nicht, dass unser Nachwuchs blau auf die Welt kommt, weil die Mutter dem Alkohol verfallen ist.“

Eva Henning droht ihrem Mann lachend mit dem Pfannenschieber. „Du musst ganz still sein. Ich habe rein zufällig vorgestern mal unseren Getränkevorrat im Keller inspiziert. Da waren einige Flaschen

Whisky weniger als ich vermutet habe. Es reicht, dass ich das Rauchen aufgegeben habe. Außerdem ein Glas Wein und ein Glas Sekt machen aus mir noch lange keine Alkoholikerin." Plötzlich fällt Eva etwas ein. „Übrigens habe ich dabei im Keller eine Blechdose entdeckt mit einem Schloss dran. Was ist drin?"

„Gut, dass du mich daran erinnerst!", Bernd Henning tritt hinter seine Frau und legt seine Arme um ihre Hüften. „Wir haben auf einer Baustelle eine richtige Rattenplage. Der Polier hat Gift gekauft und ich habe den Rest in dieser Dose mitgenommen, damit es nicht in falsche Hände gerät. Man kann ja nicht vorsichtig genug sein."

Eva Henning legt den Pfannenschieber beiseite und dreht sich um. „Und jetzt willst du mich und unseren Nachwuchs damit vergiften … gesteh' es!"

Ihr Mann macht ein todernstes Gesicht. „Ich gestehe!"

Nach dem Abendessen hat Eva plötzlich wieder das Gefühl eines sich ankündigenden Schwindels und leichter Magenschmerzen. Vielleicht liegt es tatsächlich am Alkohol. Deshalb verzichtet sie darauf den restlichen Sekt mit ihrem Mann zu teilen und schenkt sich ein großes Glas Mineralwasser ein, dem sie eine Scheibe Zitrone beigibt.

„Nanu?", wundert sich ihr Mann, „soll ich den Sekt allein trinken?"

„Sei mir nicht böse", entschuldigt sich Eva völlig grundlos, „aber ich glaube wirklich, der Alkohol bekommt mir nicht. Vielleicht bilde ich mir das alles nur ein, aber mein Magen zwickt wieder und da ist auch wieder der leichte Schwindel."

„Weißt du was?", ihr Mann springt von seinem Sessel auf. „Ich mache dir einen Tee, der beruhigt auf jeden Fall den Magen und kann nichts schaden. Cornelia hat mir neulich ein paar Apothekenproben mitgegeben, da ist sicherlich etwas Passendes dabei. Ich habe sie im Keller in den Vorratsschrank gestellt."

Ohne eine Antwort abzuwarten verlässt er das Wohnzimmer. Eva Henning schaut ihm lächelnd hinterher. Seitdem sie schwanger ist, hat sich ihr Mann sehr verändert. Der sonst eher etwas schwerfällige Mittvierziger ist plötzlich aufmerksam und hilfsbreit. Ihr in der Küche zu helfen oder gar einen Tee zu kochen, wäre ihm vor einigen Wochen niemals in den Sinn gekommen. Oft hatte es deswegen sogar kleine Streitigkeiten gegeben, da sie ja auch ihren Beruf hatte und abends abgespannt und müde war. Sie hoffte inständig, dass dieser Wandel bei

Bernd anhielt, denn wenn das Kind auf der Welt war, konnte sie seine Unterstützung im Haushalt gut gebrauchen.

Es dauert eine ganze Weile, bis Bernd mit einer ganzen Kanne mit Tee zurückkommt. Sogar an das Stövchen hat er gedacht.

„Nun trink mal ordentlich. Er ist zwar etwas bitter, aber ein echter Magentee“, fordert er sie auf, als er etwas ungeschickt das Stövchen mit der bereits brennenden Kerze neben seiner Frau auf den kleinen Beistelltisch stellt.

Eva schaut ihn belustigt an. „Eine Tasse dazu wäre vielleicht von Vorteil“, meint sie, und muss laut lachen, als sie das Gesicht ihres Mannes sieht. So ganz perfekt ist er noch nicht.

Mit einer gemurmelten Entschuldigung eilt Bernd in die Küche und kommt mit einem Kaffeehaferl zurück. Eva muss sich ein lautes Lachen verkneifen, sieht zu, wie er den Tee in das Haferl einschenkt und ihr dann reicht.

Der Tee schmeckt tatsächlich recht bitter, um nicht zu sagen grauenhaft. Aber, wie heißt es schon in der Feuerzangenbowle: „Medizin muss bitter schmecken!“

Tapfer leert Eva Schluck für Schluck das Haferl, wobei sie ihr Mann aufmerksam beobachtet und genüsslich ein Glas Sekt trinkt.

Gegen halb drei in der Nacht wacht Eva auf. Es ist nicht das Schnarchen ihres Mannes, das sie geweckt hat, es sind wieder leichte Krämpfe im Unterleib, die aber bis in beide Beine gehen. Sie überlegt, ob sie Bernd wecken soll, verwirft aber gleich wieder den Gedanken. Er würde sich nur beunruhigen und bisher waren die Krämpfe ja auch immer sehr schnell wieder von alleine gegangen. Vorsichtig zieht sie die Beine unter der Bettdecke etwas an, wodurch sich sehr bald die Krämpfe wieder lösen. Und da ist auch wieder der unbändige Durst.

Leise steht sie auf und verlässt auf Zehenspitzen das Zimmer. Unten in der Küche steht immer noch die Kanne mit einem Rest Tee, der zwar inzwischen kalt ist. Trotzdem gießt sich Eva tapfer ein Teeglas voll ein. Offenbar durch das lange Stehen ist der Tee etwas schlierig geworden und sieht nicht gerade appetitanregend aus. Mit zugehaltener Nase trinkt sie ihn in einem Zug aus, ein Trick, den ihr ihre Mutter als Kind beigebracht hatte, wenn sie etwas essen oder trinken musste, was ihr nicht schmeckte. Vielleicht war das Nasezuhalten, um den Geschmack nicht zu spüren, auch nur ein fauler Trick. Sie hatte als Kind oft darüber nachgedacht, aber war nie zu einem Ergebnis gekommen.

Die Erwachsenen jedenfalls schwörten auf diesen Effekt und sie würde diesen Trick sicherlich auch bei ihrem Kind anwenden.

Um sich von der Angst wieder auftretender Krämpfe oder Schwindel abzulenken, spült sie Kanne, Haferl und das Teeglas mit der Hand und stellt alles an seinen Platz zurück. Tatsächlich fühlt sie sich danach wieder wohler.

„Was ist los?"

Erschrocken dreht sich Eva um. Sie hat Bernd nicht kommen gehört. Mit besorgtem Gesicht steht er in der Küchentür und schaut sie fragend an.

„Nichts", wehrt sie ab, „ich hatte nur plötzlich furchtbaren Durst und da fiel mir ein, dass noch Tee in der Kanne war …"

„Und?" Diese kurze Frage klang irgendwie merkwürdig. Eva weiß zunächst nicht, was sie darauf antworten soll.

„Nichts ‚und'", meint sie schließlich. „Jetzt habe ich den Tee brav ausgetrunken und noch schnell alles gespült. Lass uns wieder ins Bett gehen. Mir geht es gut."

„Das ist die Hauptsache." Bernd nimmt seine Frau an der Hand, löscht das Licht in der Küche und steigt mit ihr die Treppe hinauf ins Schlafzimmer.

Am nächsten Morgen wird Eva durch das Prasseln von dicken Regentropfen gegen die Fensterscheibe geweckt. Ihr erster Blick fällt auf den Wecker neben ihr auf dem Nachttisch. Sie hat verschlafen, das Bett neben ihr ist leer, Bernd ist bereits aufgestanden und vielleicht sogar schon zur Arbeit.

Hastig steigt sie aus dem Bett, muss sich aber im gleichen Moment zurückfallen lassen, weil ihr schwarz vor Augen wird. Als sie sich nach einigen Minuten wieder aufrichtet, stellt sie fest, dass ihr Nachthemd durchgeschwitzt ist. Auf die Arme gestützt bleibt sie auf der Bettkante sitzen und überlegt, was sie tun soll.

„Bernd", ruft sie mit schwacher Stimme, ist sich aber sicher, dass er sie, auch wenn er im Haus ist, nicht hören wird. Also bleibt ihr nichts anderes übrig, als alle Kräfte zusammenzunehmen, um aufzustehen. Ganz vorsichtig erhebt sie sich, bleibt für einen Moment unsicher stehen, um sich dann am Bett, der Kommode und der Wand abstützend fortzubewegen. Sie klammert sich an der Türfüllung fest und ruft ein zweites Mal nach ihrem Mann. Jedoch nichts regt sich im Haus. Bernd ist offenbar bereits zur Arbeit gefahren.

Mühsam erreicht sie die Treppe. Mit beiden Händen klammert sie sich ans Geländer. So schlimm hat sie sich ihre Schwangerschaft nicht vorgestellt. Langsam lässt sie sich auf der obersten Treppenstufe nieder. Erst einmal in Ruhe überlegen, was sie machen soll. Thomas von Essen anrufen? Einen Notarzt? „Mach dich nicht lächerlich!", sagt sie sich immer wieder. „Es geht alles vorbei!"

Fast eine halbe Stunde vergeht, bevor sie sich endlich aufraffen kann. An der Wand entlang geht sie in Richtung Bad. Es ist mehr ein Torkeln als ein Gehen, das spürt sie. Da sind auch wieder die Krämpfe im Unterleib. Endlich hat sie die Badezimmertür erreicht. Ihr Blick fällt sofort auf einen Zettel, der mit Tesa an den Spiegel geheftet ist. Undeutlich erkennt sie Bernds Handschrift: *Ich hoffe, es geht dir heute besser. Komme so früh wie möglich nach Hause. Tausend Küsse … dein Bernd*

Zitternd lässt sie sich auf dem Rand der Badewanne nieder. Obwohl ihr heiß ist und ihr der Schweiß auf der Stirn steht, fröstelt es sie. Sie dreht den Wasserhahn auf und lässt kaltes Wasser über ihre Handgelenke laufen, auch etwas, was sie noch von ihrer Mutter in Erinnerung behalten hat, wenn sie als Kind unter Fieber litt.

Doch auch dies bringt ihr keine Linderung. Stattdessen überfällt sie wieder dieser wahnsinnige Durst. Sie schlürft das kalte Wasser aus ihren Händen. In jedem Fall wird sie sich anziehen, beschließt sie. Aber wie? Sie hat nicht die Kraft zu duschen oder auch nur die Zähne zu putzen.

Sie dreht den Wasserhahn wieder zu, trocknet sich die Hände ab und zieht sich am Handtuchhalter hoch. Beim Blick in den Spiegel erschrickt sie. Ihr Gesicht ist verquollen, blass mit roten Flecken. Erneut sammelt sie alle Kräfte und tastet sich der Wand entlang zurück ins Schlafzimmer. Ihre Kleider, die sie am Abend wie immer über die Stuhllehne gelegt hat, zerrt sie hinter sich her zum Bett. Sie muss sich im Sitzen anziehen. Zwischendurch macht sie immer wieder eine Pause. Das Atmen fällt ihr zunehmend schwerer. Also doch Thomas anrufen, denkt sie und versucht in die Mokassins zu schlüpfen. Irgendwie scheinen sie zu kurz oder zu eng. Sie tritt die Schuhferse einfach nieder. Hier oben gibt es kein Telefon. Aber ihr Handy liegt in ihrem Arbeitszimmer gleich nebenan.

Während sie sich ins Nebenzimmer schleppt, werden die Krämpfe immer stärker. Dort, wo sie das Handy vermutet, liegt es nicht. Verdammt, wo hat sie gestern das Handy zurückgelassen. Ihr fällt ein, dass sie Thomas von Essen gestern von unterwegs aus angerufen hat. Also liegt das Handy vermutlich noch irgendwo unten in der Küche, wo sie sich zusammen mit Bernd gleich ans Zubereiten des Abendessens gemacht hat.

Wieder an der Treppe angelangt, lässt sie sich auf der obersten Stufe nieder. Dann rutscht sie Stufe für Stufe nach unten. Das kostet sie viel Konzentration und noch mehr Kraft. Unten angelangt, hechelt sie wie ein Hund, der eine lange Strecke gerannt ist. Während sie noch überlegt, ob sie Thomas oder den Notarzt anrufen soll, wird ihr wieder schwarz vor Augen. Sie merkt nicht, wie sie vornüber kippt und der Länge nach auf den Dielenteppich fällt.

Als sie wieder zu sich kommt, weiß sie nicht, wie lange sie dort gelegen hat. Ihre Armbanduhr befindet sich noch auf dem Nachttisch. Alles an ihr schmerzt. Sie hat wieder den bitteren Teegeschmack im Mund. Aufstehen kann sie nicht, also bleibt ihr nichts anderes übrig, als zu dem Sideboard zu robben, auf dem das Telefon steht. „Wenn doch jetzt jemand käme und mich mitnähme ...“ Wieso kommt ihr die Zeile aus irgendeinem Kindermärchen jetzt in den Kopf?

Ihre Hand reicht nicht bis zum Telefon hinauf. Sie zerrt an dem Kabel und mit einem lauten Aufschlag landet das Telefon auf dem Boden. Fast hätte der herabfallende Hörer sie getroffen. Sie greift nach ihm, hält ihn ans Ohr. Kein Freizeichen. Mit der anderen Hand drückt sie mehrmals hastig hintereinander die Schaltgabel. Aber kein Freizeichen ertönt. Offenbar ist das Telefon nach dem Sturz vom Sideboard defekt.

Verzweifelt richtet sich Eva so gut es geht auf und lehnt sich sitzend gegen die Wand. Dabei kämpft sie wieder mit dem Kreislauf. Zum ersten Mal schießt ihr das Wort „Vergiftung“ durch den Kopf. Was hatte sie gestern gegessen? Morgens hatte sie zusammen mit Bernd gefrühstückt. Beide hatten das Gleiche gegessen, Brötchen, Butter, Wurst und Marmelade. Das Mittagessen hatte sie ausfallen lassen, weil sie abends zusammen mit Bernd warm essen wollte. Stattdessen hatte sie zwei Tomaten und zwei Gurken gegessen, mehr nicht. Ach ja, und dann nachmittags die Cremetorte. Aber diese war wohl nicht der Grund für ihr Unwohlsein. Die Magenkrämpfe werden immer stärker. Vielleicht sollte sie sich nochmals einen Tee aufgießen. Gestern Abend und heute Nacht hatte sie sich danach recht wohlgefühlt. Sie versucht sich seitlich auf den Knien aufzurichten. Das gelingt ihr sogar erstaunlich gut. An der Arbeitsplatte in der Küche hangelt sie sich hoch. Auch das gelingt ihr. Wo hat Bernd nur den Tee hingestellt? Hatte er nicht gesagt, Cornelia, ihre Schwägerin, habe ihm mehrere Apothekenproben gegeben. Eva öffnet eine Schublade nach der anderen, eine Schranktür nach der nächsten. Nachdem sie auf beiden Beinen steht, kann sie sicherlich auch irgendwie ins Wohnzimmer gelangen. Es war immerhin ein Versuch wert, denn dort befindet sich der zweite Telefonapparat und wahrscheinlich auch ihr Handy, denn hier in der Küche hätte sie es längst entdeckt.

Jeder Schritt ist ein Wagnis. Sie spürt keine Kraft in den Beinen, die ständig einzuknicken drohen. Selbst die kleinste Bewegung strengt sie an. Keuchend und am ganzen Körper zitternd erreicht sie das Wohnzimmer. Aber auch hier ist auf den ersten Blick kein Handy zu sehen und bis zum Telefon sind es noch gut drei oder vier Meter, die sie überwinden muss. Mit allerletzter Kraft schafft sie auch noch diese Strecke. Zum Glück befindet sich neben dem Telefon ein Sessel, in den sie sich sofort gleiten lässt. Ihr Herzschlag dröhnt im ganzen Körper und vorerst ist auch an Telefonieren nicht zu denken, dazu fehlt es ihr an Luft.

Als sie endlich glaubt, sprechen zu können, wählt sie die Telefonnummer der Gemeinschaftspraxis von Dr. von Essen. Nach zwei Rufzeichen meldet sich ein Anrufbeantworter. Es ist Mittwoch und offenbar bereits außerhalb der Sprechzeit. Anschließend wählt sie Bernds Büronummer. Auch er hebt nicht ab. Wahrscheinlich ist er auf einer Baustelle. Als Nächstes wählt sie seine Handynummer, aber die automatische Ansage teilt ihr mit, dass der Teilnehmer vorübergehend nicht erreichbar ist.

Die Schmerzen werden immer unerträglicher. Eva kann kaum noch einen vernünftigen Gedanken fassen. Sie verliert völlig das Zeitgefühl, zwischendurch auch das Bewusstsein.

Sobald sie glaubt, genügend Kraft zu haben, ruft sie Bernd erneut an, auf beiden Nummern, ohne Erfolg. Und dann kommen wieder diese Aussetzer, komaähnliche Zustände, immer häufiger.

Irgendwann wieder einmal in einem Wachzustand, wirft Eva einen verzweifelten Blick auf die Standuhr, die sie nur noch schemenhaft in der fortgeschrittenen Dämmerung erkennen kann. Wo Bernd nur bleibt? Eigentlich ist er immer pünktlich oder ruft an.

Seit einiger Zeit hat Eva auch das Gefühl, sich übergeben zu müssen. Immer wieder würgt es sie. Erneut rafft sie schließlich alle Kraft zusammen und taumelt aus dem Wohnzimmer. Sie schafft es sogar bis in die Gästetoilette. Rasch beugt sie sich über die Kloschüssel. Sie kann sich kaum auf den Beinen halten. Mit zitternden Händen umklammert sie den Rand des Waschbeckens neben sich. So hat sie sich ihre Schwangerschaft wirklich nicht vorgestellt. Vielleicht liegt es auch nur an der Spritze, die Thomas ihr gestern gegeben hat. Wer weiß? Warum hat sie ihr Handy nirgends gefunden? Darin ist seine Privatnummer gespeichert. Er würde sicherlich sofort kommen. Trotzdem braucht sie dringend Hilfe, oder einfach jemanden, der bei ihr ist und Thomas weiterhin anrufen kann, wenn es noch schlimmer wird. Einfach auf die Straße laufen, bei den Nachbarn läuten? Irgendwie kommt sie sich lächerlich vor. Außerdem ist ihr klar, dass sie das kräftemäßig nicht schafft. Wie viele Frauen haben Probleme während der Schwangerschaft? Oder hat sie sich doch irgendwie vergiftet? Aber wann, wo, wie … Unwillkürlich fällt ihr die Blechkiste im Keller ein, von der ihr Bernd erzählt hat, sie enthielte Rattengift. Eva dreht den Wasserhahn auf und lässt wieder kaltes Wasser über ihre Hände laufen. Dann fängt sie etwas Wasser mit der Hand auf und fährt sich durch das Gesicht. Das kalte Wasser tut gut auf der Haut. Merkwürdig, ihre Hände scheinen sich zu verkrampfen. Mühsam stützt sie sich am Beckenrand ab und richtet sich auf. Was sie im Spiegel erblickt, ist nicht sie. Nein, ein verschwommenes, kalkweißes Etwas erblickt sie. Ein Gedanke lässt sie plötzlich nicht mehr los: Die Blechkiste im Keller.

Irgendwie schafft sie es, die Gästetoilette zu verlassen. Teils auf den Knien rutschend, teils über den Boden robbend, erreicht sie die Kellertür. Zum Glück ist sie nur angelehnt. Sie lässt sich auf der obersten Stufe nieder. Woher sie die Kraft nimmt, weiß sie nicht, aber es gelingt ihr tatsächlich, den Lichtschalter zu bedienen und Stufe für Stufe abwärts zu rutschen. Unten angelangt, bricht sie völlig erschöpft zusammen.

Als sie zu sich kommt, weiß sie zunächst nicht, wo sie ist. Erst langsam wird ihr bewusst, was geschehen ist und wie es um sie steht. Sie hangelt sich zu dem Regal. Wieder dieses Würgen. Und dann die Krämpfe, die gar nicht mehr aufhören. Die Schübe kommen in immer kürzeren Abständen. Hastig tastet sie das Regal ab, wo die Blechkiste gestanden hat. Um Gewissheit zu erlangen, streckt sie die Arme aus und klammert sich an den Seitenpfosten des Regals. Unter unendlichen Schmerzen zieht sie sich langsam hoch, bis sie die ganze Regalfläche überblicken kann. Die Blechkiste ist weg! Eva schreit auf, taumelt nach hinten, sucht dort nach einem Halt. Ihr wird plötzlich fröstelnd kalt oder ist es ein Hitzeschwall? Sie fällt, nein, schwebt, oder fällt sie doch, es wird warm, es brennt sogar …

2.

„Wann haben Sie Ihre Frau gefunden?" Oberkommissar Fuß blickte in das verzweifelte Gesicht eines Mannes, Mitte vierzig, blass, mit zerzausten Haaren. Er saß leicht nach vorne gebeugt in einem der kleinen Sessel im Wohnzimmer und schien die Frage nicht gehört oder verstanden zu haben. Fuß hatte sich ihm gegenüber gesetzt, seine Aktentasche als Schreibunterlage auf den Knien und überflog nochmals kurz seine bisherigen Notizen.

„Wenn es Ihnen lieber ist, können wir auch morgen weitermachen", meinte er mit einem Blick auf die Uhr. Es war kurz vor Mitternacht. Aber auch auf dieses Angebot reagierte Bernd Henning nicht. Fuß sah sich unschlüssig in dem Wohnzimmer um. Die Einrichtung war geschmackvoll. Die Bilder an der Wand, teilweise Öl auf Leinwand, teilweise Aquarelle, schienen alle echt zu sein, offensichtlich sogar wertvoll, aber nicht unbedingt sein Geschmack, etwas zu abstrakt.

Ein Kollege der Spurensicherung öffnete leise die Tür. „Schäfer würde dich gerne sprechen."

Fuß schob die Blätter mit seinen Notizen in die Aktentasche und erhob sich mit einem leisen Stöhnen. Jetzt wusste er, was ihn störte: Die Sessel waren für seine knapp zwei Meter sehr niedrig und unbequem.

Die Leiche lag immer noch im Keller, neben ihr kniete Hauptkommissar Winfried Schäfer, Fuß' Kollege von der Spurensicherung, eine Videokamera in der Hand. Als Fuß die Kellertreppe herunterkam, stand Schäfer vorsichtig auf, bemüht in dem engen Raum nichts zu berühren oder zu verändern.

Fuß grinste kurz. „Hast wohl etwas zugenommen? Da geht die ganze jugendliche Eleganz verloren."

Der eigentlich immer noch drahtige Hauptkommissar in seinem weißen Anzug sah unwillkürlich an sich herunter, wollte etwas antworten, überging dann aber die Bemerkung. „Wenn du nichts dagegen hast, könnte man die Leiche jetzt abtransportieren. Soweit möglich, haben wir alles gesichert. Aber …", er zuckte deutlich mit den Schultern, „es kann auch alles völlig harmlos und ein natürlicher Tod sein. Fremdeinwirkung konnte ich bisher nicht feststellen. Die Verletzung am Hinterkopf stammt eindeutig von dem Sturz. Den Rest muss wohl die Gerichtsmedizin machen."

„Glaubst du, dass das notwendig ist?", brummte Fuß.

„Es gibt immer eine Vorgeschichte", meldete Schäfer seine Zweifel an. „Oben in der Gästetoilette ist der Klodeckel geöffnet und die Kloschüssel verschmutzt. Die Frau hat sich auf jeden Fall irgendwann kurz vor ihrem Tod übergeben. Ich habe das Material gesichert fürs Labor. Außerdem lief das Wasser im Waschbecken. Spricht alles dafür, dass ihr schlecht war. Es stellt sich für mich nur die Frage, warum sie in dem Zustand in den Keller gegangen ist? Hat sie etwas gesucht? Aber was? Hier gibt es keine Medikamente oder sonst etwas. Merkwürdig ist, die Hände und der Kiefer weisen erhebliche Verkrampfungen auf, könnten toxischer Herkunft sein."

„Was sagt der Notarzt?"

„Wir sind gleicher Meinung. Sonst hätte er ja auch einen Totenschein ausstellen können und wir wären nicht hier ..."

„Also gut, dann beschlagnahmen wir erst einmal die Leiche und der Staatsanwalt soll morgen Früh entscheiden."

Fuß betrachtete noch einmal die junge, zierliche Frau mit den rotbraunen Locken. Abgesehen davon, dass ihre Haut blass und ihr Gesichtsausdruck etwas verzerrt wirkte, konnte auch er nichts Außergewöhnliches entdecken. „Dann werden wir wohl das Haus versiegeln müssen", seufzte er. „Mal sehen, wie der Ehemann darauf reagiert."

Fuß ging ins Wohnzimmer zurück. Bernd Henning saß immer noch wie versteinert in seinem Sessel.

„Ich muss Sie leider bitten, sich trotz der späten Stunde noch ein anderes Nachtquartier zu suchen. Wir werden die Haustür versiegeln müssen", verkündete er und versuchte dabei möglichst undramatisch zu klingen.

Aber auch auf diese Feststellung reagierte Bernd Henning nicht. Fuß fasste ihn vorsichtig an der Schulter und wiederholte, was er gerade gesagt hatte. Diesmal schaute Henning ihn an, nickte nur abwesend und stand auf.

„Darf ich mir wenigstens etwas mitnehmen, Waschzeug und so?", fragte er leise.

Fuß wunderte sich. Hatte der Mann bereits damit gerechnet, dass er jetzt so sachlich und nüchtern reagierte? Was ging in diesem Moment wohl in ihm vor?

„Wohin werden Sie gehen, es ist immerhin mitten in der Nacht?“, wollte Fuß wissen.

„Mein Bruder wohnt in Beltheim. Ich habe ihn schon angerufen, nachdem der Notarzt da war.“ Henning taumelte unsicher an Fuß vorbei, blieb dann aber plötzlich im Türrahmen stehen. „Ist meine Frau …“, er unterbrach sich und meinte dann: „Kann ich ins Bad und Schlafzimmer gehen und ein paar Sachen …?“

Fuß machte zwei große Schritte auf Henning zu.

„Kein Problem, aber ich werde meinen Kollegen bitten, Sie zu begleiten.“

Nachdem Henning gepackt, das Haus verlassen und man die Leiche fortgebracht hatte, blieben Fuß und Schäfer noch eine Weile. Schweigend gingen sie nochmals durch das ganze Haus und ließen ihre Blicke durch die Räume schweifen. Beide kannten sich schon viele Jahre und hatten bereits an so manchem Tatort gemeinsam ermittelt. Auch ohne es auszusprechen waren sie sich darüber einig, dieses Mal etwas übersehen zu haben. Mal öffnete Fuß eine Schublade und warf einen kurzen Blick hinein, mal rückte Schäfer ein Buch oder eine Vase beiseite, um einen Blick dahinter werfen zu können. Doch es gab offenbar nichts, was irgendwie einen Hinweis auf das geben konnte, was sich in den letzten Stunden in diesem Haus abgespielt hatte.

„Komm, lass uns gehen!“, meinte Fuß nach einer Weile gähnend. „Morgen ist auch noch ein Tag.“

Schäfer nickte zustimmend und schaltete das Licht in der Küche aus, die er gerade noch einmal inspiziert hatte. „Hat der Ehemann irgendetwas Brauchbares gesagt?“

„Nichts!“, brummte Fuß. „Außer, dass er sich Vorwürfe macht, nicht wie üblich, seine Frau angerufen zu haben, weil er später nach Hause gekommen ist. Er war wohl auf irgendeiner Baustelle gewesen, wo es Probleme gab, und der Akku seines Handys sei leer gewesen, sagt er zumindest.“

Fuß vergewisserte sich, dass er den Schlüsselbund von Henning in der Tasche hatte, zog dann die Haustür hinter sich zu und brachte vorsorglich zwei Siegel an.

Am Niemesbaum, einer Wohnstraße im Neubaugebiet von Beltheim, brannte nur noch im Haus von Hennings Bruder August und seiner Frau Cornelia Licht. Schon als Bernd Henning den Motor abstellte, öffnete sich die Haustür und das Licht vor dem Haus wurde eingeschaltet. Leicht benommen und zitternd schloss Bernd Henning seinen Wagen ab, stützte sich für einen Moment gegen das Wagendach und holte tief Luft. Dann nahm er die kleine Reisetasche aus dem Kofferraum, in die er das Notwendigste zusammengerafft hatte.

In der Haustür stand sein Bruder, noch völlig angezogen, nahm ihn sofort in die Arme und führte ihn ins Haus.

„Wie konnte das passieren?", fragte er leise. „Woran ist sie ...?" Er brach ab und öffnete die Wohnzimmertür. Als Erstes erblickte Bernd Henning das Sofa, das bereits für ihn als Bett vorbereitet worden war. Sie rechneten also damit, dass er nur diese Nacht hier übernachten würde.

„Ich weiß es nicht", stöhnte Bernd Henning. „Sie lag einfach da, tot. Kein Blut, keine Wunde, gar nichts. Der Notarzt hat was von möglicher Vergiftung gesagt. Mehr weiß ich auch nicht."

„Einen Cognac?"

Bernd Henning nickte nur, faltete die Hände zusammen und starrte auf den Teppich.

August Henning füllte zwei Cognacgläser, eines davon besonders voll und reichte es seinem Bruder, der sofort fast über die Hälfte in sich hineinschüttete.

„Und jetzt musstest du das Haus verlassen. Glaubt man denn, du bist schuld an dem Tod von Eva?" Es war ausgesprochen. Zum ersten Mal hatte jemand diese Möglichkeit in den Raum gestellt. Eine Frage, die Bernd Henning bereits seit Stunden beschäftigte und vor der er Angst hatte. Wie lange würde es dauern bis man ...? Er schüttelte energisch den Kopf, als wolle er die Gedanken aus dem Kopf herausschleudern.

„Bernd?!", stieß sein Bruder erschrocken aus. Ihn ängstigte die Reaktion seines Bruders. Was bedeutete dieses Kopfschütteln? Hatte Bernd wirklich etwas mit dem Tod seiner Frau zu tun? Es lief ihm kalt den Rücken herunter.

Bernd Henning hob seinen Kopf und blickte seinen Bruder an. „Ich habe nichts mit den Tod von Eva zu tun, bitte, glaub mir das. Und wenn du gefragt wirst, sag es auch."

„Wer sollte mich fragen. Glaubst du, die Polizei kommt auch hierher?"

Bernd Henning zuckte kurz mit den Schultern. „Wer weiß … ich weiß überhaupt nichts mehr.“ Er blickte sich im Zimmer um. „Wo ist Cornelia?“

„Ihr war nicht gut, sie hat eine Tablette genommen und sich ins Bett gelegt.“

„Vielleicht sollten auch wir jetzt schlafen gehen“, meinte Bernd Henning leise und blickte zu dem Sofa hinüber. „Ich hoffe, ich mache euch nicht allzu viel Umstände.“

„Ich bitte dich, das ist doch selbstverständlich“, betonte sein Bruder und schüttete nochmals etwas Cognac nach. Bernd machte keine Anstalten ihn daran zu hindern. Vielleicht verhalf er ihm, schneller einzuschlafen.

Während er noch überlegte, wie er seinem Bruder die ganze Situation erklären sollte, öffnete sich die Tür und Cornelia betrat im Nachthemd recht schlaftrunken das Zimmer. Sie eilte auf Bernd zu, setzte sich auf seinen Schoß, nahm ihn wortlos in die Arme und drückte ihn ganz fest an sich.

„Bernd wollte gerade schlafen gehen“, sagte ihr Mann und legte seine Hand auf ihre linke Schulter. Doch sie wehrte die Hand mit einer geschickten Bewegung ab.

Cornelia Henning hob kurz ihren Kopf. „Du kannst ja schon mal ins Bett gehen. Ich komme gleich nach“, meinte sie bestimmend und schmiegte sich wieder an die Schulter ihres Schwagers.

August Henning betrachtete noch für einen Moment seine Frau und seinen Bruder, dann nahm er die Cognac-Flasche, stelle sie zurück in den Schrank und verließ mit einem etwas ungehaltenen „Gute Nacht!“ das Zimmer.

Als Fuß gegen halb zwei in die Malteserstraße in Alken einbog, wo sich seine Straußwirtschaft und Wohnung befindet, sah er zu seinem Erstaunen noch Licht in den Schankräumen. Leicht genervt durch die Befürchtung, nach einem langen Arbeitstag nicht gleich ins Bett steigen zu können, öffnete er die Tür. Vom oberen Schankraum drang sofort eine ausgelassene Unterhaltung an sein Ohr. Einen Moment überlegte er, ob er durch den unteren Schankraum leise zur Treppe in die Wohnung schleichen sollte, die im ersten Stock liegt. Doch dann glaubte er, die Stimme seines Kollegen Wagner zu vernehmen, was ihn nicht nur überraschte, sondern auch neugierig machte. Er lauschte und erkannte alsbald neben der Stimme seiner Frau Erika auch eine zweite weibliche Stimme: unverkennbar Jana! Jana Dufkova, die Profilerin des Landeskriminalamtes Mainz, mit der zusammen er im letzten Jahr einen Fall gelöst hatte (siehe: „Tödliche Träume"). Schlagartig war seine Müdigkeit wie weggeblasen. Beschwingt eilte er die wenigen Stufen zum oberen Schankraum empor und riss die Tür auf. Mit einem lauten Freudenschrei sprang Jana auf und fiel Fuß in seine ausgebreiteten Arme.

„Das ist ja eine Überraschung!", lachte Fuß, der mit einem Schlag auch alles zu vergessen schien, was ihn die letzten Stunden beschäftigt hatte. „Was verschafft uns denn die Ehre?"

Bei dieser Frage fiel sein Blick auf seinen Kollegen, Kriminalkommissar Walter Wagner, der ihn etwas verlegen anschaute, während Jana Fuß einen herzhaften Kuss auf die Wange drückte.

„Die ist nicht wegen dir hier!", rief Erika ausgelassen, mit leuchtenden Augen und roten Bäckchen. Augenzwinkernd deutete sie vielsagend auf Wagner, der etwas unbeholfen aufstand und auf den Oberkommissar zuging, der immer noch seine Mainzer Kollegin fest an sich drückte.

„Vielleicht hätte ich es dir schon längst sagen sollen", meinte Wagner und schaute Fuß mit unsicherem Blick an, der recht begriffsstutzig dreinschaute. „Jana und ich …"

„Jetzt raub meinem Alten doch nicht gleich alle Illusionen", unterbrach ihn Erika. „Der wird schon selbst dahinterkommen, dafür ist er ja lange genug bei der Kripo!" Sie griff nach ihrem Weinglas, nahm einen kräftigen Schluck und amüsierte sich köstlich über das erstaunte Gesicht ihres Mannes.

„Ihr beide …?", stieß Fuß hervor, dem langsam ein Licht aufging und begann in gewohnter Weise sein Kinn zu kneten, bevor er lachend in die Hände klatschte. „Darauf müssen wir einen trinken!", rief er und ließ Jana aus seinem Arm. Doch sie hielt ihn fest.

„Ich glaube, wir haben schon genug getrunken", bemerkte sie in ihrer direkten Art. „Du hast doch sicherlich einen reichlich langen Tag hinter dir und ihr müsst beide morgen wieder früh raus."

„Nix da!", wehrte Fuß ab. „Einen Schoppen trinken wir noch."

Er ging an Jana und Wagner vorbei und nahm aus dem Kühlschrank in der angrenzenden Küche eine Flasche Weißherbst.

Während er die Flasche entkorkte, nahmen Jana und Wagner wieder Platz und zwinkerten sich zu. Die Überraschung war ihnen offenbar gelungen. Das Warten auf die Heimkehr des Oberkommissars seit den frühen Abendstunden hatte sich alleine schon deswegen gelohnt.

„Und seit wann geht das mit euch, wenn man fragen darf?", wollte Fuß wissen, während er die vier Gläser einschenkte.

„Das geht dich doch gar nichts an." Erika freute sich königlich über die Situation und erinnerte sich an so manche Stunden im vergangenen Jahr, als sie und ihr Mann sich gegenseitig gefoppt hatten, weil Erika eifersüchtig schien oder zumindest die Eifersüchtige spielte.

„Sooo lange ist das nicht her", meinte Wagner, immer noch etwas verlegen. „Aber der Grundstein wurde schon letztes Jahr gelegt."

„Und ich alter Esel habe nichts gemerkt", grinste Fuß und knetete wieder sein Gesicht. „Dann Prost!" Er stieß der Reihe nach mit den anderen an und blieb dann mit seinen Augen an Jana hängen. „Schade", meinte er mit einem vielsagenden Seitenblick zu seiner Frau, „jetzt habe ich sicherlich keine Chancen mehr bei dir."

„Dafür sorgen wir zwei schon!", protestierte Wagner sofort und reichte Erika zur Verbrüderung demonstrativ die Hand.

Fuß warf beiden einen enttäuschten Blick zu. „Was ihr schon wieder von mir denkt. Dabei bin ich so harmlos und naiv ..."

„Das widerspricht aber der Wirklichkeit, wenn du so harmlos und naiv wärst, wie du behauptest, dann wärst du als Kriminaler nicht so erfolgreich!", protestierte Erika, die stolz auf ihren Mann war, dass er in all den Dienstjahren fast jeden Fall gelöst hatte. Die Fälle, bei denen die Akten ergebnislos geschlossen wurden, konnte man an einer Hand abzählen.

„Also, was ist? Gib zu, dass du ein raffinierter und durchtriebener Frauenheld bist", lachte Jana und erhob ihr Glas. „Ich trinke auf dich und deine ständigen Versuche, mich zu erobern."

Fuß, der gerade zum Trinken angesetzt hatte, prustete los und verschüttete dabei einiges aus seinem Glas. Dann verfiel er in ein herzhaftes Lachen. „Wenn du das so sagst, dann habe ich ja noch einiges nachzuholen, damit du recht hast." Er legte den Arm um Jana, schielte spitzbübisch zu seiner Frau und gab der Profilerin einen Kuss.

Erika ergriff die leere Flasche und schwang sie drohend über dem Kopf ihres Mannes. „Ich glaube, Wagner muss hier gleich einen Mord aufklären!", sagte sie und versuchte dabei ein Lachen zu unterdrücken.

Obwohl sie erst weit nach drei Uhr ins Bett gekommen waren, betraten Fuß und Wagner am nächsten Morgen pünktlich das Polizeipräsidium. Auf der Fahrt von Alken nach Koblenz, die wegen starken Regens und der Sturmböen mehr als eine halbe Stunde dauerte, hatte Fuß seinen Kollegen über seine bisherigen Ermittlungen im Fall Eva Henning informiert. Sie beschlossen daraufhin, am Vormittag nochmals nach Boppard zu fahren und nicht nur das Haus der Familie Henning noch einmal genau unter die Lupe zu nehmen, sondern sich auch in der Nachbarschaft umzuhören. Das Thema Jana wurde von beiden bewusst gemieden. Wagner war es im Nachhinein unangenehm, dass er Fuß nicht schon früher über seine Beziehung zu der LKA-Beamtin informiert hatte und für Fuß war es Prinzip, sich nicht in das Privatleben anderer einzumischen, sofern dies nicht dienstlich notwendig war, auch wenn es ihm in diesem speziellen Fall besonders schwerfiel.

Gegen zehn Uhr bekamen sie die Bestätigung, dass der Staatsanwalt die Obduktion der Leiche von Eva Henning angeordnet hatte und diese sich bereits auf dem Weg in die Gerichtsmedizin nach Mainz befand. Schäfer hatte das arrangiert. Damit war auch der Startschuss für verstärkte Ermittlungen in Boppard-Buchenau gefallen.

Fuß rief Bernd Henning bei seinem Bruder in Beltheim an. Zunächst hatte er dessen Frau Cornelia am Telefon und es bedurfte einer gewissen Überredungskunst die Frau zu überzeugen, dass Fuß kein Journalist war. Offenbar hatte irgendwer bereits die Presse informiert. Wahrscheinlich neugierige Nachbarn in Buchenau, die trotz der späten Abendstunden Notarzt, Polizeifahrzeuge und Leichenwagen gesehen hatten und nach dem Mord der Supermarkt-Aushilfe neugierig waren, was sich nun wieder in dem sonst so ruhigen und verschlafenen Stadtteil von Boppard abspielte.

Bernd Henning klang am Telefon zumindest recht gefasst und erklärte sich sofort bereit, zu einer weiteren Befragung in sein Haus zu kommen. Man verabredete sich für vierzehn Uhr, ausreichend Zeit dazwischen für Fuß und Wagner, sich noch einmal im Haus umzusehen und einige Nachbarn zu befragen.

Schon als Fuß und Wagner mit ihrem Wagen in den Ahornweg einbogen wurde ihnen klar, dass sich die Reihenfolge ihrer Untersuchungen ändern würde. Vor dem Haus von Familie Henning standen vier Frauen und ein Mann, die sich offenbar bereits ausgiebig über Vermutungen und Gerüchte ausließen.

Als sie das Dienstfahrzeug der Polizei entdeckten, wechselten sie zwar die Straßenseite, doch gab es für die beiden Polizeibeamten keinen Grund, die Situation ungenutzt zu lassen, sich die Spekulationen und den Nachbarschaftstratsch anzuhören.

„Na, was weiß man denn schon alles?“, begrüßte Fuß die fünf Neugierigen und deutete mit dem Kopf zum Haus auf der gegenüberliegenden Straßenseite.

„Wie meinen Sie das?“, fragte eine alte, hagere Frau, ohne Mantel und nur in Hausschuhen, die offenbar in unmittelbarer Nachbarschaft wohnen musste.

„So, wie ich es gesagt habe“, antwortete Fuß freundlich. „Sie haben sich doch gerade über Familie Henning unterhalten. Oder irre ich mich da?“

Der Mann, etwa Anfang siebzig, trat auf Fuß zu und meinte: „Mir haben nur gehört, dass die Frau tot sein soll. Anneliese ...“, er deutete auf die kleine, hagere Frau, „sie hat gestern alles beobachtet.“

„Und das wäre?“

Der Mann drehte sich zu der Frau, die Anneliese hieß, um, und forderte sie mit einer Handbewegung auf, zu reden. Doch bevor die Frau berichten konnte, was sie am Vortag gesehen hatte, mischte sich eine jüngere, etwas dickliche Rotblonde ein.

„Ich kenne Frau Henning recht gut, oder muss ich sagen ... kannte ...?“ Sie machte eine Pause, fuhr aber sogleich fort, als sie merkte, dass weder Fuß noch Wagner antworten würden. „Also, ich war mal mit meiner Tochter bei ihr. Sie ist oder war Psychologin und hat, so wurde sie mir damals empfohlen, auch Erziehungsberatung gemacht. Jessica, das ist meine Tochter, hatte Schwierigkeiten in der Schule, vor allem Integrationsprobleme. Wir waren einige Male bei Frau Henning zu Gesprächen und ich kann nur sagen ... sehr sympathisch, fachlich einwandfrei. Jessica geht seither wieder gerne in die Schule und hat inzwischen einen netten Kreis von Schulkameradinnen ... was will man mehr?!“

„Sind Sie auch mal mit Herrn Henning in Berührung gekommen?“, wollte Wagner wissen.

„Ein oder zwei Mal, ja. Auch ein sehr netter Mann. Aber mehr kann ich über ihn nicht sagen. Wir haben nur ein paar Worte gewechselt, mehr nicht.“

„Und Sie?“, Fuß wandte sich wieder der hageren Alten zu. „Haben Sie Herrn Henning näher gekannt? Sie wohnen doch sicherlich hier in der Nähe?“

Jetzt endlich konnte Anneliese Pies das Wort ergreifen. Vom ersten Moment der Begegnung erinnerte sie Fuß an die vor einigen Wochen verstorbene Schauspielerin Annemarie Wendl, die über viele Jahre in der Rolle der Else Kling in der ARD-Soap *Lindenstraße* zu sehen gewesen war.

„Da drüben wohne ich, richtig", bestätigte sie Fuß' Vermutung. „Also, er, der Herr Henning, der war ja tagsüber immer unterwegs. Ich glaube, der arbeitet auf dem Bau. Aber wahrscheinlich was Besseres, er fährt einen dicken Mercedes. Sie hat so einen kleinen Flitzer. Da kenne ich mich nicht so aus. Sie ist meist zu Hause. Hat oft Besuch oder Kunden. Ich weiß natürlich nicht, wer was ist. Das mit der Psychologin kann schon stimmen. Aber beide waren sehr zurückhaltend. Doch, wer weiß heutzutage schon, was sich hinter den Gardinen anderer abspielt. Ich sage da nur: ‚Die Marktleiterin vom Extra'." Sie schaute Fuß herausfordernd an. „Im Januar habe ich Sie doch schon mal hier in Buchenau gesehen, als man die kleine Sarah tot aufgefunden hat, oder?"

Fuß überging die Frage. Natürlich hatte auch er bei den Ermittlungen im Mordfall der Aushilfe des Supermarktes mitgearbeitet. Das war aber ein eindeutiges Verbrechen. Was Frau Henning betraf, konnte man noch gar nichts sagen.

Trotzdem kam die fast unumgängliche, wenn auch abwegige Frage: „Gibt es da Zusammenhänge?" Sie kam von der dritten Frau, die bisher unbeteiligt daneben gestanden hatte. Ganz von der Hand zu weisen, waren solche Überlegungen zwar nie, ging es Fuß durch den Kopf. Jedes Verbrechen hat eine Geschichte. Und manchmal gab es tatsächlich unvermutete Zusammenhänge, die erst viel später und meist durch Zufall ans Tageslicht kamen. Und wenn Frau Henning keines natürlichen Todes gestorben war, musste man auch in diese Richtung denken.

„Wie das?", erkundigte sich Fuß trotzdem mit aufgesetzter Unschuldsmiene.

„Nun, weil Sie wieder hier sind."

Fuß musste grinsen. Auf welche Ideen Menschen kommen konnten.

„Also, wir wissen nichts von einem Mord im Haus Henning, sondern nur, dass Frau Henning gestern Abend tot aufgefunden wurde", gab Fuß freiwillig preis. „Das werden Sie spätestens morgen in der Zeitung nachlesen können."

„Und warum sind Sie dann hier?", erkundigte sich ‚Else Kling'.

„Um das beantworten zu können, sind wir hier", schmunzelte Fuß und machte Wagner ein Zeichen, ihm zu folgen. Belustigt beobachtete er von der Haustür aus, wie man versuchte, seine Bemerkung zu interpretieren.

Fuß ließ seinem Kollegen Wagner den Vortritt, da dieser die Wohnung noch nicht gesehen hatte und es manchmal von Vorteil ist, wenn ein Unbefangener mit offenen Augen einen Tatort inspiziert.

So verwunderte es den Oberkommissar auch nicht, dass Wagner das kleine rot leuchtende Lämpchen an der Spülmaschine entdeckte, das seiner Erinnerung nach im Protokoll vom Vortag nicht erwähnt war.

Fuß zog Latex-Handschuhe über und öffnete die Maschine. Der Inhalt war trocken und kalt, der Spülvorgang musste also schon lange her sein.

„Nimm vorsichtshalber noch Fingerabdrücke an den Bedienungstasten ab", riet Fuß seinem Kollegen. „Wer weiß, wozu die gut sind."

Wagner verließ das Haus, um aus dem Fahrzeug den kleinen Koffer zu holen, der die notwendigen Utensilien für die Abnahme von Fingerabdrücken enthielt.

Er kehrte mit Bernd Henning zurück, dem er auf der Straße begegnet war. Fuß lotste den Witwer gleich an der Küche vorbei ins Wohnzimmer.

„Konnten Sie heute Nacht etwas schlafen?", erkundigte er sich zunächst, um eine unbefangene Atmosphäre herbeizuführen, soweit dies in solchen Fällen überhaupt möglich war.

„Ich habe kein Auge zugemacht", gestand Henning und ließ sich in einen der kleinen, niedrigen Sessel nieder. „Wissen Sie inzwischen etwas Genaueres?"

Auch Fuß nahm wie in der Nacht in dem Sessel gegenüber Platz und schüttelte den Kopf.

„Man hat die Leiche Ihrer Frau gleich heute Morgen in die Gerichtsmedizin gebracht. Jetzt braucht es etwas Geduld." Er räusperte sich und betrachtete sein Gegenüber eine Weile schweigend. Der Mann machte heute einen recht gefassten Eindruck. Zwar schien er unrasiert zu sein, aber nicht ungepflegt. Sein Gesicht hatte weiche, fast weibliche Züge, seine Augen standen auffallend eng zusammen. Für jemanden, der bisher auf Grund der Umstände keine Möglichkeit hatte, sich umzuziehen und jetzt eigentlich irgendwo auf einer Baustelle arbeiten musste, war er allerdings zu elegant gekleidet. Dieser Umstand war Fuß in der Nacht nicht aufgefallen.

„Sie arbeiten doch auf dem Bau oder habe ich Sie da gestern falsch verstanden?"

Henning schien den etwas erstaunten Blick von Fuß bemerkt zu haben. „Sie wundern sich über den Anzug", fragte er geradeheraus. „Mein Bruder und ich haben die gleiche Konfektionsgröße. Er hat mir den Anzug ausgeliehen ... Nein, ich bin Bauingenieur, also nur sporadisch auf Baustellen. Aber gestern, das ist richtig, gestern war ich auf einer Baustelle."

„Erzählen Sie mir einmal Ihren gestrigen Tagesablauf und was eventuell anders war als sonst."

Henning schlug die Beine übereinander und schloss kurz die Augen, als versuche er sich zu konzentrieren.

„Meiner Frau war es vorgestern nicht gut. Sie klagte über leichten Schwindel und Probleme mit dem Magen oder Unterleib. Ich weiß nicht, ob man Ihnen bereits gesagt hat, dass sie schwanger war. Ich gehe immer als Erster ins Bad, dann koche ich Kaffee und decke den Frühstückstisch. Als ich danach ins Schlafzimmer kam, schlief sie immer noch fest. Deshalb habe ich sie schlafen lassen, alleine gefrühstückt und etwa gegen halb neun das Haus verlassen. Bevor ich ging habe ich nochmals einen Blick ins Schlafzimmer geworfen, Eva schlief immer noch. Unser Büro ist in der Hohenzollernstraße in Koblenz. Dort war ich bis etwa sechzehn Uhr. Dann kam ein Anruf unseres Bauleiters von einer Baustelle draußen im Industriegebiet. Ich bin Hals über Kopf hin. Der Bauherr aus Essen war gekommen und ...", fast hatte Fuß den Eindruck, Henning lächelte etwas, „Sie können sich nicht vorstellen, was das manchmal bedeutet ..."

„Und was hatte Ihre Frau an diesem Tag vor?"

Hennings Gesicht wurde schlagartig wieder ernst und seine Augen flackerten leicht. „Meine Frau?", wiederholte er und schüttelte kaum erkennbar den Kopf. „Ich weiß es nicht. Sie wollte an einem Gutachten schreiben, so viel ich weiß. Wir haben uns wenig über unsere Arbeit unterhalten. Sie hat keine Ahnung von Baubestimmungen und so etwas und ich konnte mit ihrem Beruf wenig anfangen. Sicherlich hat sie mich manchmal auf meinen ‚gesunden Menschenverstand' angesprochen, wie sie es immer nannte, aber ansonsten ..."

„Sie wissen also nicht, wie es Ihrer Frau am Morgen gesundheitlich ging?", fuhr Fuß seine Befragung fort.

„Wir haben auch nicht miteinander telefoniert. Eigentlich ...", Henning machte eine kurze Pause. „Eigentlich, im Nachhinein betrachtet, etwas verwunderlich, denn normalerweise ruft sie mich irgendwann nach dem Mittagessen an und erkundigt sich, was ich mir zum Abendessen wünsche. Das hängt immer davon ab, ob ich mittags mit einem Kunden zum Essen war oder so. Nein, gestern hat sie mich nicht im Büro angerufen. Erst später auf dem Handy, dessen Akku aber leer war. Deshalb habe ich erst heute Früh, nachdem ich über Nacht das Handy geladen habe, im Speicher gesehen, dass sie angerufen hatte."

„Was könnte der Grund gewesen sein, dass Ihre Frau Sie gestern nicht wie gewohnt mittags angerufen hat?"

Henning zog die Mundwinkel nach unten und schob die Unterlippe vor.

„Schwer zu sagen", meinte er nachdenklich. „Vielleicht war sie mit ihrer Arbeit zu beschäftigt oder ..." Henning richtete sich auf. „... sie war vielleicht einkaufen oder an der frischen Luft spazieren!"

„Es könnte aber auch sein, dass sie bereits nicht mehr in der Lage gewesen war zu telefonieren", gab Fuß zu bedenken. „Und wenn es ums Abendessen geht, ruft man in der Regel vor dem Einkaufen an. Da Sie bis sechzehn Uhr im Büro waren und Ihre Frau Sie dort nicht angerufen hat, können wir davon ausgehen, dass sie nicht einkaufen gegangen ist. Was war also bis etwa sechzehn Uhr?"

Henning schüttelte diesmal deutlich den Kopf. „Keine Ahnung. Vielleicht war sie wirklich so in ihre Arbeit vertieft, dass sie alle Zeit vergessen hat. Das kam schon mal vor. Vielleicht kann uns da ihr Computer Auskunft geben. Aber dann, am Abend, da hat sie mich gleich ein paar Mal auf dem Handy angerufen. Wenn Sie wollen ... ich habe die Informationen zu den entgangenen Anrufen noch nicht gelöscht."

Wenig später saß Wagner im Arbeitszimmer von Eva Henning am Computer. Hinter ihm standen erwartungsvoll sein Kollege Fuß und der Witwer. Auch er hatte auf Veranlassung von Fuß Latexhandschuhe angezogen.

Zum Glück kannte Bernd Henning das Passwort seiner Frau, um ins Programm zu gelangen: Evakruse – die Kombination von Vor- und Mädchenname seiner Frau. Sehr schnell hatte Wagner herausgefunden, dass die Psychologin den Computer am Vortag gar nicht benutzt hatte. Offensichtlich hatte sie das letzte Mal vor zwei Tagen an einem Artikel für die Zeitschrift „Psychologie heute" gearbeitet, bei dem es um

Haltung und Wohlbefinden des Körpers ging. Auch der Begleitbrief an die Chefredaktion im Beltz Verlag war bereits fertig. Es handelte sich offenbar um einen Artikel für die nächste Ausgabe der Zeitschrift. Hatte sie alles ausgedruckt und alles sofort oder erst einen Tag später abgeschickt? War sie also gestern zur Post oder einem Briefkasten gegangen oder gefahren? Fuß machte sich einige Notizen. Er musste so schnell wie möglich den gestrigen Nachmittag von Eva Henning rekonstruieren und die Aussage von ihrem Mann überprüfen.

„Sie sind also gegen sechzehn Uhr zu einer Baustelle gefahren. Was haben Sie bis zu Ihrer Rückkehr nach Hause gemacht?“, fragte Fuß Henning, nachdem sie wieder im Wohnzimmer Platz genommen hatten.

„Auf der Baustelle waren wir bis etwa neunzehn Uhr. Es kann auch später gewesen sein. Ich habe erst auf die Uhr geschaut, als wir in diesem Restaurant eintrafen. Da war es kurz vor zwanzig Uhr. Ich wollte gleich meine Frau anrufen, aber mein Akku war ja leer und ein anderer Gast telefonierte gerade am Büfett. Und Sie wissen ja, wie das ist. Man redet, bestellt und … vergisst. Und dann war es plötzlich zu spät, denn manchmal ging Eva früh zu Bett und ich wollte sie nicht aus dem ersten Schlaf reißen. Auf jeden Fall, kurz nach zweiundzwanzig Uhr war ich endlich zu Hause.“

Bei diesen Worten versagte ihm plötzlich die Stimme. Fuß konnte deutlich sehen, wie die Bilder des gestrigen Abends wieder vor Henning abliefen. Sein Körper sackte förmlich in sich zusammen und er vergrub sein Gesicht in seinen Händen. Dabei wurde eine tonsurähnliche Fläche auf seinem Hinterkopf sichtbar.

„Haben Sie sofort den Notarzt gerufen?“, wiederholte Fuß seine Frage vom Vorabend.

„Natürlich! Sofort! Allerdings das Telefon in der Diele funktionierte nicht und ich musste hier ins Wohnzimmer gehen.“ Er deutete auf den Telefonapparat, der sich auf dem kleinen runden Tischchen neben dem Rokokosekretär befand. Ich nahm ja zunächst an, es sei Eva nur schlecht geworden. Die Verletzung am Kopf habe ich erst gesehen, als der Notarzt da war.“

„Was haben Sie in der Zeit gemacht, bis der Notarzt kam?“

Henning überlegte einen Moment, dann meinte er: „Ich war wie benommen, wie Sie sich vorstellen können. Ich bin wieder in den Keller zu meiner Frau gegangen …“, er zögerte. „Vielleicht habe ich da schon geahnt, wie es um sie stand. Ich konnte keinen Atem …“ Er brach ab, begann zu zittern und Tränen rannen über seine Wangen.

Wagner, der sich inzwischen einen eigenen Eindruck vom Haus und der vorgefundenen Situation verschafft hatte, betrat leise das Zimmer. Als er merkte, dass er nicht störte, meinte er mit einer leichten Kopfbewegung zu Henning hin: „Wir sollten bis zum Ergebnis der Obduktion das Haus auf jeden Fall versiegelt lassen.“

Henning richtete sich auf und schaute den Oberkommissar erschrocken an. „Dann muss ich aber noch einige Sachen zusammenpacken …“

Fuß erhob sich. „Kein Problem, mein Kollege wird sie wieder begleiten.“

Im Gehen drehte sich Henning plötzlich um. „Sie glauben doch nicht …?!“, entfuhr es ihm, nachdem ihm erst in diesem Moment bewusst geworden war, was das Fortsetzen einer Versiegelung des Hauses bedeutete.

Fuß schüttelte versöhnlich lächelnd den Kopf. „Alles Routine, Herr Henning, nur Routine.“

‚Else Kling‘ und der alte Mann standen immer noch vor dem Haus. Sie schauten verstohlen zu den beiden Kripobeamten herüber, als sie erneut das Siegel an der Haustür anbrachten und beobachteten ebenso unauffällig tuschelnd, wie Bernd Henning in seinen Mercedes einstieg und davonfuhr.

„Na, sind Sie zu neuen Erkenntnissen gekommen?“, wollte der alte Mann wissen.

„Und Sie?“, lautete Fuß’ Gegenfrage, deren Ironie der Mann nicht verstand, die hagere Frau aber zu einer pikierten Miene veranlasste.

„Mir sind nicht neugierig, wenn Sie das meinen. Aber man will ja wissen, was in seiner Nachbarschaft vorgeht“, meinte sie spitz.

„Haben Sie gestern irgendetwas beobachtet, was unsere Neugierde befriedigen könnte?“, versuchte Wagner mit ihr ins Gespräch zu kommen und bemühte sich, betont dienstlich zu klingen. Dafür erntete er auch prompt ein entgegenkommendes Lächeln der Frau.

„Es brannte den ganzen Abend Licht in allen Zimmern. Aber, als später der Notarzt eintraf, da war nur noch unten bei den beiden Fenstern links Licht.“

Und das war das Wohnzimmer, registrierten Wagner und Fuß. Vielleicht war der Hinweis ja wichtig. Warum ließ Eva Henning überall

Lichter brennen und warum hatte Bernd Henning offenbar alle, bis auf das Wohnzimmer, vor dem Eintreffen des Notarztes ausgemacht? Außerdem hatte er behauptet, bis der Notarzt kam, bei seiner Frau im Keller gewesen zu sein.

„Sie haben uns sehr geholfen", bestätigte Wagner der Frau. „Nun brauche ich doch noch Ihren Namen und Ihre genaue Adresse."

Übertrieben auffällig drehte ‚Else Kling' dem Oberkommissar den Rücken zu und diktierte Wagner fast flüsternd die gewünschten Angaben. „Anneliese Pies, Ahornweg, da drüben in dem Haus. Ich wohne dort mit meiner Tochter und dem Schwiegersohn. Aber die sind zur Zeit auf Mallorca."

Wagner nutzte die Gunst der Stunde: „Und hatten Sie einen engeren Kontakt zu Frau Henning?"

Frau Pies warf einen flüchtigen Blick nach hinten, um sich zu vergewissern, dass Fuß weit genug weg war, um nicht alles mitzubekommen, was sie Wagner anvertraute. Den bärtigen Zweimetermann mochte sie nicht. Der junge Beamte schien ihr da schon sympathischer.

„Also, einen engen Kontakt kann man nicht gerade sagen. Aber wir haben schon ab und zu ein Schwätzchen gehalten. Einige Male hat sie mich auch in ihrem Wagen zum Einkaufen mitgenommen. Deshalb weiß ich auch, dass Frau Henning die Filialleiterin vom Extra ganz gut gekannt hat. Aber, dass will nichts heißen, das haben viele getan."

Wagner ließ sich auch von dem alten Mann, Eberhard Schröder, die Adresse geben. Es handelte sich aber nur um einen mittelbaren Nachbarn der Hennings, wie sich herausstellte.

„Ich glaube", versuchte Wagner das Gespräch zu beenden, „im Moment habe ich keine Frage mehr. Sobald ich weitere Informationen benötige, komme ich wieder auf Sie zu."

Frau Pries nickte betont freundlich, griff nach dem Arm von Herrn Schröder und meinte: „Komm, Eberhard, wir gehn noch auf ein Tässchen Kaffee zu mir."

Fuß und Wagner schauten den beiden Alten grinsend hinterher. Ob es bei dem „Tässchen Kaffee" blieb?, überlegte Wagner.

Im Präsidium fanden Fuß und Wagner eine Telefonnotiz vor. Der Gerichtsmediziner aus Mainz, wohin man die Leiche gebracht hatte, ließ ihnen mitteilen, dass er am nächsten Tag mit der Obduktion beginnen werde. Das bedeutete, dass Fuß oder Wagner nach Mainz fahren mussten.

„Das machst du!“, entschied Fuß und zwinkerte Wagner zu. „Jana wird dich sicherlich gerne beherbergen und bewirten.“

Wagner wusste nicht, warum er das Gefühl hatte, dass er leicht errötete. Er drehte sich um und griff rasch zum Telefon, um Jana zu informieren, während Fuß sich innerlich köstlich amüsierte.

„Bei Eva Henning liegt offenbar eine Vergiftung vor, die vermutlich per Ingestion erfolgt ist. Zur Substanz und Dosis kann man allerdings noch nichts sagen“, berichtete Wagner am nächsten Morgen am Telefon.

„Ingestion?“, fragte Fuß erstaunt.

„Sagt der Klugscheißer von der Gerichtsmedizin, ein Doktor Wehlen. Man kann auch einfach Nahrungsaufnahme sagen“, lachte Wagner.

Jana Dufkova war tatsächlich mit ihm nach Mainz gefahren. Er hatte bei ihr übernachtet und war gleich in der Früh in die Gerichtsmedizin gefahren. Er hasste es eigentlich, an Obduktionen teilzunehmen, aber der Gedanke, ein paar Stunden mehr mit Jana zu verbringen als es in Koblenz möglich war, glich alles wieder aus.

Nach dem Telefonat kehrte Wagner in den Obduktionsraum zurück. Dr. Wehlen hatte inzwischen den Mageninhalt untersucht und analysiert. Er ließ sich aber nicht überreden, von seinem Fachvokabular Abstand zu nehmen und Wagner hoffte, wenigstens später einen für alle Menschen verständlichen schriftlichen Bericht zu bekommen.

Fuß hatte wütend den Hörer aufgelegt und empfohlen, Jana hinzuzuziehen. „Vielleicht ist er bei einer Frau gnädiger und so unter studierten Leuten …“

Wagner nahm sich vor, Jana anzurufen und sie zu bitten, ihn in der Gerichtsmedizin abzuholen.

Kurz vor Feierabend traten Jana und Dr. Wehlen den Beweis an, wie recht Fuß hatte. Der Gerichtsmediziner begrüßte „Frau Doktor Dufkova“ überschwänglich und freute sich offensichtlich über das Interesse seiner „werten Kollegin“ an dem Obduktionsergebnis.

So konnte Wagner bei einem zweiten Anruf in Koblenz dem Oberkommissar in durchaus verständlicher Form mitteilen, was die Obduktion von Eva Henning bisher ergeben hatte.

„Ich werde heute etwas früher Schluss machen, denn ein paar Überstunden abarbeiten kann ja auch nicht schaden.“

Fuß grinste am anderen Ende nur. Jetzt war ihm auch klar, warum Wagner in den letzten Monaten zu bestimmten Zeiten gern Überstunden machte und an anderen Tagen eher geneigt war, früher gehen zu können. Der Grund war Jana!

Fuß lehnte sich in seinem Sessel zurück und blätterte noch einmal seine Notizen durch. „Ich werde gleich noch die Berichte schreiben und dann heute auch etwas früher gehen“, meinte er, immerhin ging es in seiner Straußwirtschaft am Wochenende hoch her und Erika war froh, wenn er kam und mithelfen konnte.

Der Ablauf bei seinem abendlichen Eintreffen in der Straußwirtschaft war eigentlich immer der gleiche. Nachdem er sich seinen Winzerkittel angezogen oder seine Winzerschürze umgebunden hatte, ging er von Tisch zu Tisch und zündete die Kerzen an. Dann sorgte er dafür, dass die Kühlschränke nachgefüllt und die leeren Flaschen in Kisten und Kästen zusammengetragen wurden, um dann für einen bestimmten Bereich der Straußwirtschaft den Service zu übernehmen. Heute war es die Terrasse, die wegen der vielen Gäste trotz kühler Abendluft noch geöffnet war.

3.

Fuß war gerade dabei den Kühlschrank auf der Terrasse aufzufüllen, als Dr. von Essen die Stufen hinaufkam. Er winkte dem Wirt zu und setzte sich an einen freien Tisch unter dem Dachvorsprung des Hauses.

„Ist es dir nicht zu kalt, mein Freund?“, wollte Fuß wissen, schaltete den Wärmestrahler ein und zündete auch an diesem Tisch die Kerze an.

„Ich bleib nicht lange“, erklärte von Essen. „Ich komme heute sozusagen fast beruflich.“

Fuß schaute seinen Hausarzt teils erstaunt, teils fröhlich grinsend an. „Du bist doch hoffentlich nicht gekommen, um mir eine neue Krankheit einzureden und wieder neue und teure Medikamente zu verschreiben?“

Doch Dr. von Essen ging heute nicht auf die Anspielungen des Oberkommissars ein, sondern bat ihn mit einer flüchtigen Handbewegung, neben ihm Platz zu nehmen.

„Wenn's ernst wird, muss ich mir erst einmal was zu trinken holen. Du weiß doch, die wenigsten Menschen verhungern, die meisten verdursten. Was darf ich dir denn bringen?“

„Wie immer!“, war von Essens knappe Antwort, worauf Fuß zu der kleinen Theke in der Ecke der Terrasse ging und zwei Schoppen füllte.

„Bevor du es jetzt spannend machst, trink erst mal einen Schluck“, befahl Fuß und stellte die beiden randvollen Gläser auf den kleinen Tisch. Dann ließ er sich neben von Essen nieder und prostete ihm zu.

„Kennst du einen Bernd Henning?“

Fuß setzte überrascht das Glas ab und stellte es wieder vor sich auf den Tisch. „Woher kennst du ihn denn?“

„Ein langjähriger Patient von mir, aber das tut jetzt nichts zur Sache. Du bearbeitest also den Fall?“

„Fall? … ist zu viel gesagt“, meinte Fuß, „wir wurden vorgestern Abend von einem Notarzt zu ihm nach Buchenau gerufen, weil dieser Henning seine Frau tot aufgefunden hatte, als er nach Hause kam und der Notarzt keinen Totenschein auf natürlichen Tod ausstellen wollte. Aber wieso weißt du …?“

„Bernd hat mich gleich am nächsten Morgen in der Praxis angerufen. Ihr habt ihn wohl ausgesperrt. Und Eva, seine Frau, war einen Tag zuvor am frühen Abend noch bei mir in der Praxis. Ihr wisst, dass sie schwanger war?“

Fuß hatte sofort begriffen, dass es hier nicht um ein fröhliches Geplänkel unter Freunden ging, sondern tatsächlich um ein ernstes Gespräch, das er unter den gegebenen Umständen wie die „Befragung eines Zeugen“ führen musste.

„Moment, langsam. Also dieser Henning und seine Frau sind Patienten von dir?“

„Nicht nur Patienten“, gestand von Essen. „Wir kennen uns schon längere Zeit. Bernd und ich gehen ab und zu gemeinsam auf die Jagd.“

„Also gut. Aber sie sind Patienten von dir und nun war diese Eva abends noch bei dir in der Praxis. Wann war das denn?“

Dr. von Essen nickte. „Am Dienstag, so gegen halb sieben kam sie noch, weil sie Magenkrämpfe und leichte Schwindelanfälle hatte. Sie war in der elften Woche schwanger und ist furchtbar ängstlich gewesen. Immerhin haben die beiden es einige Jahre mit dem Kinderkriegen vergeblich versucht und die Jüngste ist sie auch nicht mehr … gewesen.“

„Und du hast sie untersucht und wieder nach Hause geschickt?“, wollte Fuß wissen.

Von Essen nickte. „Ich habe keinen Anhaltspunkt für eine ernsthaftere Erkrankung gefunden. Solche Symptome kommen bekanntlich häufig bei Schwangeren vor. Außerdem war Eva wirklich überängstlich. Ich habe ihr wegen der Krämpfe Magnesium gespritzt. Habt ihr die Leiche zur Obduktion in die Gerichtsmedizin geschickt?“

„Das läuft alles und eines ist sicher, darauf hatte auch gleich der Notarzt getippt, es liegt eine Vergiftung vor.“

Dr. von Essens sonst so frische Gesichtsfarbe wurde deutlich blasser: „Ich kann’s nicht glauben …“, stieß er hervor. „Bernd meinte zwar, der Notarzt hätte so etwas angedeutet … aber ich habe immer noch gehofft …“

„Wie gut kennst du die beiden?“

Zunächst schien es, als habe von Essen die Frage nicht gehört, doch dann wandte er sich Fuß zu, nahm aber zunächst einen Schluck Wein.

„Wenn ein berufliches Interesse hinter deiner Frage steckt, muss ich sagen, weder Eva noch Bernd hätten Motive für einen Freitod beziehungsweise für einen Mord gehabt. Eva war nicht suizidgefährdet, noch wäre Bernd ein Typ, der ...", er brach ab und trank erneut aus seinem Glas. „Ich kann das alles nicht begreifen. Es gab auch bei der Untersuchung von Eva keinen Anlass, sie auf eine Vergiftung hin zu untersuchen. Alle Symptome schienen mit der Schwangerschaft begründet zu sein."

Der Arzt war sichtlich erschüttert über das, was Fuß ihm bestätigt hatte. Er sah Eva noch deutlich vor sich, wie sie von der Liege hüpfte, in ihre Mokassins schlüpfte und konnte noch deutlich hören, wie sie sagte: „Sag es ruhig, ich bilde mir alles nur ein." Nein, das war nicht das Verhalten einer Selbstmörderin. Und Bernd? Gut, jeder Mensch war sicherlich unter bestimmten Voraussetzungen zu einem Mord fähig. Aber dann hätte ein Mensch wie Bernd zu einem Gewehr gegriffen, vielleicht noch zu einem Messer, aber Gift? Nein. Außerdem freute sich Bernd ebenso wie Eva auf das Kind.

„Es kann sich nur um ein Versehen, einen Unfall handeln", sagte von Essen laut und schaute Fuß fest an. „Wenn ich irgendetwas zur Aufklärung beitragen kann ... Ich werde jetzt noch bei Bernd vorbeifahren. Er ist bei seinem Bruder drüben in Beltheim untergekommen."

Er griff zu seinem Portemonnaie, doch Fuß winkte ab. „Lass das nur ja stecken. Und erzähl diesem Henning ruhig, dass auch wir befreundet sind", meinte Fuß – nicht ganz ohne Hintergedanken.

Das schmucke Einfamilienhaus von August Henning im Neubaugebiet von Beltheim hatte Dr. von Essen schnell gefunden, denn Bernds Mercedes, mit den Buchstaben ‚BH' im Nummernschild, parkte unübersehbar am Straßenrand vor dem Haus. In der offenen Doppelgarage stand neben einem gelben Mini ein nicht mehr ganz neuer Audi A4. Von Essen stieg aus und läutete. Es dauerte eine Weile bis ihm geöffnet wurde. August Henning sah seinem Bruder Bernd sehr ähnlich. Fast hätte ihn der Arzt mit „Bernd" angesprochen, wäre ihm bei der Begrüßung nicht sofort die höhere Stimmlage des Hausherrn und das etwas lichtere Haar aufgefallen.

„Stör ich?", fragte Dr. von Essen, nachdem er sich vorgestellt hatte.

August Henning schüttelte nur den Kopf und deutete mit der ausgestreckten Hand auf eine halb offene Tür, hinter der im Zimmer Licht brannte.

Nach einem Anklopfen öffnete Dr. von Essen die Tür vollends und sah sofort Bernd Henning auf dem Sofa sitzen, daneben eine schmale, dunkelhaarige Frau mittleren Alters.

„Meine Frau!", erklärte August Henning. „Ich glaube, es ist besser, wir lassen sie beide allein."

Thomas von Essen wehrte ab und meinte, es sei vielleicht sogar besser, wenn man zu viert zusammensitzen würde.

Er begrüßte Cornelia Henning sowie seinen Freund Bernd und nahm ebenso wie der Hausherr an dem Couchtisch Platz.

„Ich war gerade bei Oberkommissar Fuß. Du kennst ihn ja", meinte er zu Bernd. „Er ermittelt in dem Fall. Noch steht überhaupt definitiv nichts fest, bis auf die Tatsache, dass eine Vergiftung zum Tod von Eva geführt hat."

„Also doch!", stieß Cornelia Henning aus, worauf sich Dr. von Essen ihr erstaunt zuwandte.

„Gibt es einen Grund für eine entsprechende Ahnung?"

Frau Henning schaute irritiert zwischen ihrem Mann und ihrem Schwager hin und her. „Nein, nein …", stotterte sie. „Bernd hat bereits vorgestern Nacht so eine Andeutung gemacht. Aber wir alle wollten das nicht so recht glauben. Eva und Gift! Wieso? Warum? Weshalb?"

Während ein deutliches Zittern durch ihren Körper ging, schaute sie immer noch zwischen den beiden Männern hin und her.

„Wir haben gerade vor wenigen Minuten beschlossen, dass diese erste Vermutung des Notarztes wahrscheinlich nicht zutreffend sei", versuchte August Henning das Verhalten seiner Frau zu erklären. „Und dann kommen Sie jetzt …"

„Gut", schränkte Dr. von Essen seine Feststellung etwas ein, „der genaue Befund wird wahrscheinlich erst morgen oder sogar erst in einigen Tagen vorliegen. Aber es gibt offenbar Anzeichen, die dafür sprechen. Mehr konnte mir der Oberkommissar nicht sagen."

„Aber wie …" Bernd Henning fehlten die Worte. Er schaute von Essen hilfesuchend mit rot umränderten Augen an. „Gift?! Waren es Tabletten, eine Lebensmittelvergiftung, du glaubst doch nicht, dass sich Eva absichtlich vergiftet hat? Außerdem hatten wir niemals irgendein Gift im Haus. Eva benutzte immer und überall nur biologisch abbaubares Zeug, in der Küche, im Garten, beim Putzen. Darin war sie fast hysterisch."

„Und Tabletten …", ergänzte Dr. von Essen, „ich habe ihr nichts verschrieben, was irgendwelche toxischen Inhaltstoffe hatte. Außerdem hätte deine Frau mich sicherlich bei ihrem Besuch darauf hingewiesen, hätte sie irgendeinen Verdacht in Richtung einer Vergiftung gehabt. Sie kam eindeutig mit Symptomen, die während einer Schwangerschaft absolut normal sind und es gab auch keine Anzeichen, dass mehr dahinter stecken könnte. Wir werden also die Obduktion abwarten müssen. Dann wird sich der Rest sehr schnell klären lassen."

„Hoffentlich!", seufzte Cornelia Henning und vergrub ihr Gesicht in ihren schlanken Händen.

„Hat der Kommissar sonst noch etwas gesagt?", erkundigte sich Bernd Henning.

„Nachdem er gehört hat, dass auch wir miteinander befreundet sind, hat er sich natürlich ein bisschen über dich und Eva informieren wollen. Ist ja auch verständlich, oder?", antwortete von Essen wahrheitsgemäß. „Aber, was hätte ich ihm erzählen können?"

Es trat eine kurze Pause ein, in der jeder für sich überlegte, was Oberkommissar Fuß wohl interessiert haben könnte. Das Einzige, was Thomas von Essen einfiel, war eine Bemerkung, die Eva ihm gegenüber einmal vor langer Zeit gemacht hatte, die sich aber auf das berufliche Verhalten ihres Mannes bezog. Wörtlich hatte Thomas von Essen die Äußerung nicht mehr im Kopf, aber sinngemäß bedeutete sie, dass Bernd auch schon mal über Leichen ginge, um seine Ziele zu erreichen. Damals hatte er sich darüber keine Gedanken gemacht. Jetzt betrachtete er Bernds ernstes Gesicht und seine verheulten Augen. Konnte man sich in einem Menschen so täuschen, sich ein Mensch so verstellen?

„Sie hat sich so auf das Kind gefreut", murmelte Bernd Henning plötzlich in das Schweigen hinein.

Cornelia schreckte auf, als sei ihr erst durch die Bemerkung ihres Schwagers bewusst geworden, dass ja auch noch der Tod eines ungeborenen Lebewesens zu beklagen war. „Mein Gott, das Kind", presste sie hervor und vergrub gleich wieder ihr Gesicht in ihren Händen.

Thomas von Essen schaute August Henning an. „Wann haben Sie oder Ihre Frau Ihre Schwägerin das letzte Mal gesehen oder gesprochen?"

August Henning zog die Stirn in Falten und schloss für einen Moment die Augen. „Das ist mindestens vierzehn Tage her, eher länger. Aber meine Frau hat einige Male mit Eva telefoniert."

„Letzte Woche!“, meinte Cornelia Henning kaum verständlich durch ihre Finger hindurch.

Dr. von Essen fühlte sich fast in der Rolle eines Kripobeamten. Immerhin war er Fuß ebenso wie der Toten gegenüber verpflichtet, die Umstände zu klären, zumal er unter Umständen außer ihrem Mann der Letzte war, der Eva Henning lebend gesehen und gesprochen hatte.

„Bitte, entschuldigt, wenn ich das frage. Aber, gibt es irgendeinen Hinweis darauf, dass Eva Probleme hatte, gleich welcher Art?“

Bernd Henning sprang erregt auf. „Thomas!“, stieß er empört hervor. „Du glaubst doch nicht, dass Eva sich umgebracht hat?“

Von Essen wusste, dass er sich mit dieser Frage weit aus dem Fenster gelehnt hatte, aber man durfte nichts ausschließen. Er schaute Bernd an, dessen Gesicht vor Erregung purpurrot angelaufen war.

„Sorry, Bernd“, reagierte er beschwichtigend, „aber du kannst dir kaum vorstellen, welche Gedanken ich mir mache, nachdem sie meine Patientin war und ich sie auch noch wenige Stunden vor ihrem Tod untersucht habe.“

„Ich habe dir keine Vorwürfe gemacht, Thomas!“, protestierte Bernd Henning.

„Bis jetzt noch nicht, aber es wäre menschlich verständlich, wenn es irgendwann gesagt würde. Vielleicht nicht du, aber irgendwer“, entgegnete Dr. von Essen sachlich.

Bernd Henning ließ sich wieder auf dem Sofa nieder und starrte vor sich auf den Boden, wobei er mit dem Daumennagel der rechten Hand begann die Außenfläche der anderen zu kratzen.

„Hast du eine Allergie?“, fragte Thomas von Essen direkt.

„Ich? Nein, wieso?“

„Ich habe dieses Jucken bei dir noch nie beobachtet, es könnte immerhin auch von einer Vergiftung herrühren, die dich aus bisher unbekannten Gründen allerdings nicht so stark getroffen hat wie Eva.“

Der Witwer schaute erschrocken auf seine Hände. „Sie jucken tatsächlich“, gestand er.

Dr. von Essen stand auf, ergriff die Hand von Bernd und betrachtete sie aufmerksam. „Hast du heute sonst noch etwas Außergewöhnliches an dir beobachtet?“

„Nein, überhaupt nichts.“

Dr. von Essen kehrte auf seinen Platz zurück. „Ich hoffe, dass die Gerichtsmediziner morgen mehr sagen können.“

„Morgen, morgen, morgen …“, rief Cornelia Henning hysterisch aus.

„Wie lange will man uns denn noch verheimlichen, was mit Eva geschehen ist?!“

August Henning beugte sich zu seiner Frau vor und legte ihr beruhigend seine Hand auf den Arm. „Man tut alles, um den Tod von Eva so schnell wie möglich zu klären. Nicht wahr, Herr Doktor?“

Thomas von Essen nickte nur. Es war Zeit für ihn zu gehen. Mehr war aus Bernd nicht herauszukriegen und mehr war wohl auch nicht seine Pflicht herauszuhören.

4.

„Du brauchst dich erst gar nicht groß zu setzen", begrüßte Fuß seinen Kollegen Wagner am nächsten Morgen. „Schäfer weiß bereits Bescheid und ist schon nach Boppard unterwegs. Der Staatsanwalt hat aufgrund der ersten Ergebnisse der Gerichtsmedizin eine Hausdurchsuchung angeordnet."

„Was meinst du?" Wagner warf die mitgebrachte Rhein-Zeitung auf seinen Schreibtisch. „Soll ich Jana anrufen?"

Fuß schaute Wagner schief von der Seite an. „Glaubst du, wir brauchen Jana jetzt immer um einen Fall zu lösen? Lass die mal schön ihren Urlaub machen und beschäftige dich mit ihr in deiner Freizeit." Er lachte plötzlich herzhaft. „Wenn wir sie dienstlich brauchen, wird sie nämlich wieder von mir beschäftigt und ich habe das Sagen, mein Freund!"

„Also, was sagt die Gerichtsmedizin?"

„Wieder viel unverständliches Zeug und nichts Konkretes. Aber wir müssen tatsächlich nach Gift Ausschau halten. So ganz einig sind sich die Mediziner in Mainz offenbar noch nicht."

Eine halbe Stunde später öffnete ihnen Schäfer die Tür von Hennings Haus.

„Auch schon da?", begrüßte er die beiden Kollegen und drückte hinter ihnen mit der Schulter die Haustür wieder zu. „Ich habe schon mal in der Küche angefangen. Nach Meinung der Gerichtsmedizin könnte es sich um Rizin handeln."

„Rizin?", kam es fast gleichzeitig aus Fuß' und Wagners Mund.

„Rizin wird aus dem Samen der Rizinus Pflanze gewonnen. Äußerst schwer zu identifizieren und nachzuweisen und selbst in kleinsten Mengen hochtoxisch. Also auf keinen Fall an verdächtigen Substanzen schnüffeln und gar einpacken. Sieht aus wie Mehl oder ungemahlener Samen, etwa ähnlich wie großer, marmorierter Sesam."

„Und führt ab, wenn man es frisst!", meinte Fuß scherzhaft.

„Irrtum!", lächelte Schäfer, „Ist absolut tödlich. Nur das daraus gewonnene Öl führt ab! Aber das ist euch sicherlich zu hoch, um es zu erklären. Also an die Arbeit, meine Herren.“

„Gebt den Kindern das Kommando …“, zitierte Wagner den Grönemeyer-Song und blickte vielsagend auf den um fast einen Kopf kleineren Schäfer herab. Der lächelte nur etwas spöttisch und machte sich wieder in der Küche an die Arbeit.

„Wir fangen dann mal im Wohnzimmer und dem Arbeitszimmer von der Henning an“, rief ihm Fuß hinterher und machte Wagner ein Zeichen, das Wohnzimmer zu übernehmen.

Er selbst stieg hinauf in das Arbeitszimmer von Eva Henning und schaute sich zunächst einmal in aller Ruhe um. Im Laufe der vielen Berufsjahre hatte er gelernt, dass es wenig Sinn machte, sich einfach auf die Suche zu machen, zumal wenn man eigentlich gar nicht genau wusste, wonach man suchte. Erst, wenn man den Raum in sich aufgenommen hatte, oder, wie er immer sagte, wenn man sich in dem Raum zu Hause fühlte, sollte mit der Arbeit begonnen werden.

Nachdem sich in ihm dieser Eindruck manifestiert hatte, begann er zunächst das Bücherregal zu durchstöbern. Neben reichlich Fachliteratur fand er zu seinem Erstaunen auch auffallend viele Bücher über Schwangerschaft und ihre möglichen Probleme, Baby- und Kleinkindhygiene und -psychologie. Vor allem die Bücher über Schwierigkeiten während der Schwangerschaft interessierten ihn. Vielleicht gab es ja wegen der Schwangerschaft ein Problem, das zu dem Suizidentschluss geführt hatte. Er musste Thomas von Essen unbedingt fragen, ob ihm in dieser Hinsicht etwas bekannt oder aufgefallen war. Als Nächstes widmete er sich den Akten der Kunden. Oder sagte man bei einer Psychologin Patienten? Sehr schnell hatte Fuß herausgefunden, dass sich Eva Henning in erster Linie auf Kinder und Jugendliche spezialisiert hatte. Die meisten Gutachten waren von Gerichten, Jugendämtern, teilweise merkwürdigerweise auch von Versicherungen in Auftrag gegeben worden. Daneben gab es sogenannte „Privatgutachten“, die von Eltern oder Erziehungsberechtigten in Auftrag gegeben worden waren, weil sie mit den lieben Kleinen nicht mehr klarkamen, Lern- oder Leseschwächen festgestellt hatten oder es zu ständigen Auseinandersetzungen mit Geschwistern oder Mitschülern in der Schule kam.

Fuß hatte sehr schnell bemerkt, dass Eva Henning jeweils am Anfang einer Akte eine Art Exposé abgeheftet hatte und es reichte, wenn er dieses überflog.

Schließlich entdeckte Fuß noch zwei Ordner mit Privatkorrespondenz. Doch die meisten Durchschriften von Briefen waren uralt oder von geringer Bedeutung. Zwei Briefe entnahm Fuß dem Ordner und tütete sie sorgfältig ein. Der erste Brief stammte von Cornelia Henning und ließ erkennen, dass die beiden Schwägerinnen offenbar einmal einen handfesten Krach miteinander gehabt hatten. Der zweite Brief war an einen jungen Mann gerichtet, der offensichtlich der Psychologin nachstellte.

Außer einer Packung Kaugummi, einer angebrochenen Tafel Schokolade, jede Menge Kinderschokolade und Überraschungseier, die möglicherweise zum „Handwerkszeug“ einer Psychologin gehörten, die sich überwiegend mit Kindern beschäftigte, war nichts Essbares in dem Raum zu finden. Fuß untersuchte alles auf mögliche kleine Einstiche.

Als Letztes nahm er sich nochmals den Computer von Eva Henning vor. Inzwischen kannte er einige abgespeicherte Dokumente bereits aus den Ordnern, die er vorher geprüft hatte. Dateien, die älter als fünf Jahre waren, übersprang der Oberkommissar. Sie würden ihn wohl kaum auf die Spur eines möglichen Motivs führen. Durch Zufall entdeckte er unter der Dateibezeichnung „A-Z“ die Liste der Klienten von Eva Henning. Diese forstete er aufmerksam durch und entdeckte dabei einige ihm bekannte Namen und ertappte sich dabei, wie er versuchte sich vorzustellen, warum diese Personen die Psychologin aufgesucht hatten. Gleichzeitig überfiel ihn ein schlechtes Gewissen. Immerhin verbargen sich dahinter möglicherweise sehr intime Details dieser Menschen, von denen sie nicht wünschten, dass sie Dritten bekannt waren. Aber, das gehörte nun mal zu der Arbeit eines Kriminalbeamten. In dieser Richtung hatte er etwas mit einem Beichtvater gemein.

Vorsorglich druckte er diese Liste aus und beschloss, sie zunächst nicht offiziell zu der Akte zu geben, solange dies aus ermittlungstechnischen Gründen nicht unumgänglich war. Er nahm aus dem kleinen Schreibtisch einen Umschlag, schob den Ausdruck der Liste dort hinein und klebte ihn zu. Darauf notierte er die unverfängliche Dateibezeichnung „A-Z“.

Wagner hatte inzwischen unten das Wohnzimmer im wahrsten Sinne des Wortes auf den Kopf gestellt.

„Das räumst du aber alles wieder schön ein“, brummte Fuß reichlich ungehalten, denn er hasste es, wenn man bei einer Hausdurchsuchung einen Saustall zurückließ. Hierfür gab es seiner Auffassung nach keinerlei Veranlassung, selbst dann nicht, wenn man fündig wurde. Irgendwie hatte das für ihn etwas mit Menschenwürde zu tun.

Auch Schäfer hatte inzwischen die Küche Zentimeter für Zentimeter abgesucht. In einem mitgebrachten grauen Karton auf dem Küchentisch befanden sich bereits einige Gegenstände, vor allem kleine Gefäße aus einem Gewürzregal und Dosen mit undefinierbarem Inhalt, die er für eine Laboruntersuchung mitnehmen wollte.

„Du lebst noch?", fragte Fuß aufmunternd, als er Schäfers Gesicht sah.

„Theoretisch könnte ich die ganze Küche einpacken. Aber etwas habe ich gefunden, dass solltet ihr weiter verfolgen." Er entnahm dem Karton eine Plastiktüte, in der sich die Reste der Kuchenverpackung befanden, die Eva Henning in den Abfalleimer geworfen hatte. „Wer so etwas wegwirft, hat in der Regel Kuchen gekauft und gegessen. Immerhin kann man nicht ausschließen, dass der Kuchen vergiftet war."

„Frei nach Agatha Christie!", stöhnte Fuß, weil er wusste, wie eine solche Untersuchung im Allgemeinen ausging. Das Verpackungspapier stammte von einer Konditorei in Kastellaun. Das allerdings erschien ihm merkwürdig, denn Eva Henning hätte bestimmt Kuchen in dem wenige Kilometer entfernten Boppard eingekauft, sofern es nicht auch hier vor Ort eine Möglichkeit gab, Kuchen zu besorgen. Kastellaun liegt gut zwanzig oder mehr Kilometer entfernt. Dies allein war schon ein Grund, der Sache nachzugehen. Vielleicht war Eva Henning auch den weiten Weg gefahren, weil man dort ihren Lieblingskuchen besonders gut backte und sie wegen ihrer Schwangerschaft einen Heißhunger darauf hatte. Dann würde man sie dort unter Umständen als Kundin kennen.

„Und was habt ihr gefunden?"

„Wir sollten uns jetzt noch die anderen Räume aufteilen und vor allem den Keller und die Garage, das sind doch beliebte Verstecke", meinte Fuß etwas spöttisch, der inzwischen von der Hausdurchsuchung wenig hielt.

Der Oberkommissar übernahm den Keller, Wagner die Garage und Schäfer arbeitete sich durch die anderen Räume. Das Ergebnis bei allen dreien war gleich Null. Lediglich Schäfer brachte aus dem Schlafzimmer ebenso wie Fuß aus dem Keller die Erkenntnis mit, dass das Ehepaar Henning bereits eifrig für die bevorstehende Geburt ihres

Kindes eingekauft hatte. So fand Fuß im Keller eine Kinderwaage, noch originalverpackt, und einen Kinderwagen, der allerdings schon eine Generation erlebt hatte. Schäfer hatte Babywäsche und Einrichtungsgegenstände für ein Kinderzimmer gefunden. Außerdem war im ersten Stock ein Raum, der bisher offensichtlich als Bügel- und Abstellraum gedient hatte, weitgehend für ein Kinderzimmer ausgeräumt und vorbereitet worden. Selbst einen Wickeltisch hatten die werdenden Eltern schon angeschafft. „Was die Vermutung immer wahrscheinlicher werden lässt, dass es sich kaum um einen Selbstmord handelt, sondern eher um einen Mord."

„... oder tatsächlich um einen Unfall", ergänzte Fuß.

Dem widersprach Wagner sofort. Dann hätte man das Gift in irgendeiner Form finden müssen, meinte er, sofern es sich tatsächlich um Rizin handelte, woran er immer noch im Gegensatz zu Schäfer starke Zweifel hatte.

„Die Symptome, die Schnelligkeit und alles sprechen aber dafür", rechtfertigte Schäfer den Verdacht.

„Dann lass uns mal nach Kastellaun fahren, wo wir schon auf dem halben Weg dorthin sind", empfahl Fuß. „Schäfer macht hier alles wieder schön zu und versiegelt das Haus", fuhr er fort, nachdem er sich davon überzeugt hatte, dass Wagner im Wohnzimmer wieder alles „klar Schiff" gemacht hatte.

Als Fuß und Wagner gerade in ihren Wagen eingestiegen waren, sah der Oberkommissar im Rückspiegel einen Audi A4 mit Lichthupe die Straße heraufkommen.

„Ich glaube, der meint uns", brummte Fuß und machte den Motor wieder aus.

Tatsächlich hielt der Wagen dicht hinter ihnen und Fuß erkannte sofort einen alten Bekannten, den Reporter des SWR-Studios in Koblenz, Andreas Krisam.

„Da denkt man an nichts Böses ...!", stieg Fuß wieder aus und ging Krisam entgegen. „Was machst du denn hier?"

„Ich habe im Präsidium angerufen und da hieß es, ihr seid hier. Jetzt habe ich noch einmal Glück gehabt, dass ich dich erwische. Ich brauche etwas zu dem Giftmord, der immer interessanter wird."

„Giftmord?", antwortete Fuß scheinheilig. „Woher hast du denn so was?" Doch dann grinste er und meinte: „Dafür ist eigentlich Schomisch zuständig. Ich bin doch nur ein unbedeutender kleiner Polizist."

„Aber du leitest doch die Untersuchung. Nichts gegen Schomisch. Aber Worte aus deinem Mund sind für unsere Hörer doch spannender als ein offizielles Statement des Polizeisprechers. Da hat man doch die Gewissheit, dass da der Mann spricht, der die Leiche gesehen hat und den Täter vielleicht schon insgeheim kennt."

„Da muss ich dich schwer enttäuschen. Vom Täter keine Spur." Fuß schaute unauffällig auf seine Armbanduhr. „Aber, wenn es sein muss … Nur viel Zeit haben wir nicht …"

Krisam hechtete mit seinem Oberkörper in den Audi und nahm vom Beifahrersitz sein kleines digitales Aufnahmegerät und Mikrofon.

„Die Dinger werden auch immer kleiner", stellte Fuß mit Bewunderung fest. „Wenn ich noch daran denke, mit welchen Geräten du früher rumgezogen bist."

Krisam strich sich lachend über seinen kurz geschorenen Kopf. „Demnächst komme ich nur noch mit einem Minimikro, in das der Chip gleich integriert ist. Da merkst du gar nicht mehr, dass jemand mitschneidet, was du sagst."

„Gibt es wirklich schon so etwas?", fragte Fuß ehrlich überrascht.

„Noch nicht, aber wer weiß …?"

Inzwischen hatte Krisam das kleine Gerät startklar gemacht und schaute sich auf der Straße um. „Wenn kein Auto kommt, können wir es gleich hier machen."

„Mir ist das egal, wir können uns auch in unseren Wagen setzen, nur ins Haus nehme ich dich nicht mit", meinte Fuß und deutete auf die gegenüberliegende Straßenseite.

Krisam blickte kurz zu dem Haus hin. „Dort ist es passiert?"

Fuß nickte und schaute ein zweites Mal, diesmal aber auffällig auf seine Armbanduhr.

Krisam hielt ihm das Mikro entgegen. „Sag mal was", bat er und steuerte rasch die Aufnahme aus. „Okay, dann mal los. Das Gerät läuft … Oberkommissar Fuß führt die Ermittlungen im Giftmordfall Eva H. aus Buchenau. Gibt es schon eine heiße Spur, wie man so schön sagt?"

„Es gibt mehrere vage Hinweise, aber eine heiße Spur noch nicht. Wir wissen im Moment nicht einmal, ob es sich wirklich um einen Giftmord handelt. Gift ja, aber es könnte auch ein selbstverschuldetes Missgeschick sein. Immerhin sind wir heutzutage im Alltag und im Haushalt von Giften umgeben."

„Aber wie man hört, soll es sich um ein sehr ausgefallenes und schwer nachweisbares Gift handeln. Ist da ein solches Missgeschick, wie Sie es nennen, nicht auszuschließen."

Fuß grinste, ließ seiner Stimme aber nichts anmerken. „Über die Art den Giftes kann ich zum derzeitigen Stand der Ermittlungen nichts sagen. Ich weiß, dass hier viel spekuliert wird. Aber, wie gesagt, wir stehen noch am Anfang der Ermittlungen."

„Hier in Buchenau gab es bereits im Januar dieses Jahres einen spektakulären Mord, um den es viele Gerüchte gab. Bei diesem Fall hier spekuliert man, dass es sich um Familienstreitigkeiten handelt. Es soll lautstarke Auseinandersetzungen gegeben haben …"

„Auseinandersetzungen gibt es in jeder Familie mal. Wir ermitteln zwar auch in diese Richtung, aber mehr kann ich dazu wirklich nicht sagen. Es wird sicherlich in den nächsten Tagen seitens der Staatsanwaltschaft eine Pressekonferenz geben. Da werden wir die Öffentlichkeit ausführlich über den Stand der Ermittlungen informieren."

Andreas Krisam überlegte einen ganz kurzen Moment. Dann schaltete er das Gerät aus. „War ja nicht viel", meinte er etwas enttäuscht.

„Andreas, es gibt wirklich noch nichts, was man ernsthaft sagen könnte. Im Moment sortieren wir die Gerüchte und Fakten und schauen, was zusammenpassen könnte …"

„Stopp", unterbrach ihn Krisam und schaltete hastig das Gerät wieder ein. „Den Satz sagst du mir nochmals in Mikro – läuft."

Fuß räusperte sich und wiederholte den Satz. Zufrieden schaltete Krisam ein zweites Mal das Gerät aus. „Und sonst?"

„Schau halt mal wieder in Alken vorbei, der Zweitausendfünfer entwickelt sich sehr gut."

Krisam streckte dem Oberkommissar die Hand entgegen. „Mach ich, aber lass dich jetzt nicht länger aufhalten. Wenn es was Neues gibt, meine Nummer hast du ja."

Das Café Claus erinnerte Fuß sofort an einen Fall, der bereits einige Jahre zurücklag (siehe: „Der Zirkusclown von Kastellaun") und in dem ein damals Verdächtigter mehr oder weniger regelmäßig verkehrt hatte. Auch die Chefin des Cafés hinter der Kuchentheke schien ihn sofort wiederzuerkennen. Sie lächelte ihm freundlich entgegen und meinte leise, nachdem sie einen verstohlenen Blick rüber ins Café geworfen hatte, das um diese Uhrzeit nur spärlich besucht war: „Suchen Sie wieder nach einem Mörder?"

„Vielleicht habe ich ihn ja auch schon gefunden!", orakelte der

Oberkommissar lachend und zog das Einwickelpapier aus dem Plastikbeutel. „Das stammt doch von Ihnen?“

Diese Frage war eigentlich überflüssig, denn der Namensschriftzug stand groß und deutlich auf dem Papier.

„Aber darin war die Leiche hoffentlich nicht eingewickelt“, entgegnete die Chefin mit verstellt ängstlicher Stimme.

„Wer weiß!“, lachte Fuß. „Aber vielleicht werden sie mir anhand der Reste auf der Innenseite oder dem Geruch sagen können, was darin eingepackt war.“

Die Frau nahm das Papier, betrachtete es genau und roch daran, dann wischte sie mit dem Zeigefinger über den Rest von Creme oder Sahne und wollte den Finger in den Mund stecken. Hastig ergriff Fuß ihr Handgelenk und hielt sie davon ab. Die Frau blickte ihn erschrocken an.

„Das sollten Sie lieber nicht machen. Der Kuchen, der darin war, wurde wahrscheinlich vergiftet. Wir können nicht ausschließen, dass … Waschen Sie sich am besten vorsorglich sofort die Hände.“

„Um Gottes willen“, entfuhr es Frau Claus. Verlegen blickte sie zu einigen Gästen hinüber, die wegen des Aufschreis zur Theke schauten.

„Alles in Ordnung“, rief sie den Herrschaften zu und wandte sich wieder zum Kommissar hin. „Aber wieso giftig?“

„Das wissen wir eben nicht“, gestand Fuß, nahm ihr vorsichtshalber das Papier wieder ab und steckte es in die Plastiktüte zurück. Stattdessen zog er ein Foto aus seiner Jackentasche und hielt es Frau Claus hin. „Kennen Sie diese Frau, ist das eine Kundin von Ihnen oder erinnern Sie sich, dass sie vor vier Tagen etwas bei Ihnen gekauft hat?“

Frau Claus betrachtete intensiv das Bild, doch dann schüttelte sie den Kopf. „Ich bin natürlich nicht immer hier. Warten Sie einen Moment, ich wasche mir die Hände und frage dann mal die anderen.“

Sie verschwand für einige Minuten, während Wagner und Fuß gierig die Auslage an verschiedenen Torten und Kuchen in der Kühltheke betrachteten.

„Kannst ja Jana mal hierhin einladen“, schubste Fuß Wagner von der Seite an. „Die hat doch noch eine Figur, die solche Torten verträgt.“

„Wenn man das als ‚Spesen machen mit Zeugen‘ absetzen kann, keine schlechte Idee“, versicherte Wagner. „Aber ich gehe mal davon aus, dass das nicht vorgesehen ist.“

„Da magst du recht haben", grinste ihn Fuß an und deutete auf ein großes Stück Sahnetorte. „Aber so ein Stück kannst du dir doch leisten und ihr mitbringen."

In diesem Moment kehrte Frau Claus zurück. „Tut mir leid, meine Herren, aber an diese Frau kann sich keiner erinnern."

„Schade", meinte Fuß, „dann kann ich hier heute niemanden verhaften."

„Aber das mit dem Gift und so, das war doch ein Witz", fragte Frau Claus immer noch irritiert und betrachtete nochmals ihre Hand.

„Möglich ist alles, aber das war kein Witz."

Mit diesen Worten und einem freundlichen Lächeln verabschiedete sich der Oberkommissar und Wagner folgte ihm wortlos. Er war froh, dass Fuß nicht nochmals das Stück Sahnetorte erwähnt hatte, das er, wäre es nach Fuß gegangen, Jana Dufkova hätte mitbringen sollen. Denn in solchen Dingen konnte sein Kollege hartnäckig sein. Im Zweifelsfall, wenn er sich geweigert hätte das Tortenstück zu kaufen, hätte es wahrscheinlich Fuß gekauft und ihm dann für Jana mitgegeben.

Als hätten sie es geahnt, saß Jana im Büro von Fuß und Wagner, las in einer Zeitschrift und wartete auf die beiden.

„Na, wo waren denn meine beiden unverwüstlichen Detektive", begrüßte sie die Ankömmlinge ausgelassen. „Ich warte schon eine gute Stunde auf euch. Schäfer ist schon lange zurück."

Fuß murmelte etwas von „arbeitsscheu", traute sich aber nicht, die Bemerkung laut zu äußern, denn er wusste, dass er Schäfer damit großes Unrecht tun würde. Schäfer war einer der wenigen Kollegen, die zu den wirklichen Arbeitstieren gehörten und da machte man keine solchen Bemerkungen, auch nicht im Scherz.

„Na, kommt ihr weiter voran?", wollte Jana wissen und legte die Zeitschrift beiseite.

„Fuß meint, du hast Urlaub!", zwinkerte ihr Wagner zu und drückte ihr einen Kuss auf den Mund.

„Sex im Dienst ist verboten!", lästerte Fuß und ergriff die Rhein-Zeitung, die Wagner am Morgen mitgebracht hatte. „Was weiß denn die Presse wieder mehr als wir?" Er blätterte die Zeitung rasch durch. Tatsächlich entdeckte er im Innenteil einen Bericht. Er überflog die Zeilen und blieb an einer Stelle hängen, wo von Streitigkeiten zwischen der Toten und ihrer Schwägerin berichtet wurde. Das deckte sich mit dem Brief, den er bei Eva Henning im Arbeitszimmer gefunden hatte. Angeblich wollte eine Zeugin von lautstarken Auseinandersetzungen wissen. Und für die Zeitung stand bereits fest, dass es sich um einen Mord handelte. Nur das Wie und von wem das Gift stammte, das hatten die Schreiberlinge bisher nicht herausbekommen.

„Die Zeugin ist doch sicher unsere Else Kling", knurrte Fuß.

„Wer bitte?", prustete Jana.

„Sie sieht nur so aus. In Wirklichkeit heißt sie Pies oder so ähnlich", klärte Wagner sie auf und beugte sich ebenfalls über die Zeitung. „Wenn das wirklich diese Pies ist, kriege ich den Rest raus. Du nicht!", betonte Wagner und kniff Fuß in den Oberarm. „Du hast es dir mit ihr verscherzt."

„Wenn das mit der Schwägerin stimmt, werde ich mir sie und den Henning vorknöpfen. Außerdem war Thomas von Essen, der Hausarzt der Hennings, bereits bei der Schwägerin. Und zufällig ist er auch noch unser Hausarzt und mein Freund." Er griff zum Telefon und wählte die Praxis von Dr. von Essen an. Jetzt um die Mittagszeit war die Gelegenheit ihn zu sprechen recht günstig. Und tatsächlich, nach wenigen Sekunden hatte er den Arzt am Telefon. Doch zu der aktuell anstehenden Frage konnte ihm von Essen nichts sagen. Trotzdem beschlossen beide, sich am Abend in der Straußwirtschaft zu treffen.

„Und was wollt ihr bis dahin tun?", fragte Jana überdeutlich. Fuß und Wagner schauten sich an. Bisher hatten sie nicht das Gefühl, untätig herumzusitzen. Jana Dufkova brach beim Anblick der Reaktion der beiden auf ihre Frage in lautes Lachen aus. „So war das doch nicht gemeint. Ich habe eigentlich damit fragen wollen, ob ich euch nicht etwas Arbeit abnehmen kann."

„Du hast Urlaub", stellten Fuß und Wagner gleichzeitig in seltener Einigkeit fest, was Jana nur noch mehr zum Lachen anregte.

„Leute, ich bin ein paar Tage gekommen, um sie mit Walter zu verbringen. Aber während er arbeiten muss, kann ich doch nicht dauernd durch Koblenz von Kaufhaus zu Kaufhaus, von Boutique zu Boutique laufen. Das verträgt die Geldbörse einer einfachen kleinen Beamtin nicht."

Fuß machte plötzlich ein sehr ernstes Gesicht. „Also, wenn du das so siehst, dann wäre ich dir dankbar, wenn du morgen an dem Gespräch mit der Schwägerin teilnehmen würdest. Das wäre auch eine deiner Ausbildung angemessene Aufgabe."

Jana nickte erfreut, sah aber gleichzeitig das enttäuschte Gesicht von

Wagner, der natürlich gehofft hatte, dass sie mit ihm zusammenarbeiten würde.

„Das hat man davon", maulte Wagner auch prompt, sah aber ein, dass das Gespräch mit Cornelia Henning sicherlich wichtiger war als seine Befragung dieser Nachbarin.

Thomas von Essen traf später in der Straußwirtschaft ein als vereinbart. Aber diese Probleme hatten wohl Ärzte und Kriminalbeamte gemeinsam. Man wusste nie, was einem dazwischenkam.

Aber auch Fuß hatte alle Hände voll zu tun. Heute war das Wetter so, dass man sich, eng zusammengerückt und mit eingeschalteten Heizstrahlern, auf der Terrasse noch recht wohlfühlen konnte. Und viele Gäste nutzten diese Gelegenheit gerne aus. Auch heute hatte Fuß den Service auf der Terrasse übernommen, während seine Frau Erika den oberen Teil der Gasträume betreute und die treue Seele Renate den Hof und den unteren Raum bediente.

Auch Maryla, die polnische Küchenfee, hatte alle Hände voll zu tun. Heute schienen die Gäste besonders hungrig zu sein. Thomas von Essen stellte sich zunächst an die Theke, weil nirgends ein Stuhl frei war. Amüsiert schaute er dem fröhlichen Treiben in dem oberen Gastraum zu. Nach einer Weile erblickte er am Stammtisch im sogenannten Hof weitere Klientel seiner Praxis und setzte sich zu ihnen, was einige veranlasste, kurzfristig das Thema zu wechseln und über ihre Krankheiten zu sprechen.

Emmy, die Frau des Galeristen Ekki Priebe, hatte sich endlich von ihrer Lungenentzündung erholt, dafür quälte Jupp Martini, den Installateurmeister aus der Eifel immer noch die Schulter. Günter Zerwas, der Ehemann von Renate, der Bedienung, jammerte über seinen Hexenschuss, der ihn bereits seit zwei Tagen quälte. Von Essen war es gewohnt, in solchen Fällen kleine Tipps und unverbindliche Ratschläge zu geben.

„Noch jemand mit Wehwehchen?", fragte der Arzt lachend in die Runde. Doch alle anderen schienen ausnahmsweise keine Zipperlein zu plagen.

„Komm schnell nach oben, sonst wird das heute nichts!" Fuß war von der Terrasse herbeigeeilt und tippte von Essen auf die Schulter.

Zwei Stufen auf einmal nehmend, eilten die beiden in das Büro von Fuß, das oberhalb des Hofs lag, der überdacht und damit eigentlich heute ein richtiger Raum war.

„Also, was gibt es sonst noch?", kam Fuß sofort zur Sache. „Heut ist ja wieder mal der Teufel los."

„Es hat wirklich den Anschein, dass sich alle – und damit meine ich auch den Schwager – sehr auf das Kind gefreut haben. Ich würde einen Suizid ausschließen. Eher sehe ich noch einen Unfall. Aber, das müsst ihr rauskriegen."

„Was ist mit der Schwägerin?"

„Die auch, nein, die war völlig geschockt, als ihr bewusst wurde, dass auch das Kind tot ist. Darüber hatte sie wohl bisher kaum nachgedacht."

„Es soll da eine lautstarke Auseinandersetzung zwischen ihr und der Toten gegeben habe. Das behauptet eine Nachbarin. Außerdem habe ich einen Brief gefunden, der das bestätigt."

Thomas von Essen schüttelte den Kopf. „Davon weiß ich nichts und davon war nichts zu merken. Nun kann alles natürlich auch Theater sein. Aber ich glaube eher, ihr Verhalten war echt."

Fuß lehnte sich gegen die Wand und betrachtete seinen Gesprächspartner nachdenklich. „Du warst ja möglicherweise einer der Letzten, der mit Eva Henning gesprochen hat. Denk mal ganz genau nach. Hat sie irgendetwas gesagt, woher diese Beschwerden noch kommen könnten. Zum Beispiel: Ich habe mich aufgeregt, oder: Meine Schwägerin hat mir Vorhaltungen gemacht – ach, was weiß ich. Eben etwas, was man so unbedacht dahinsagt."

Thomas von Essen stützte sich mit beiden Händen auf der Schreibtischplatte ab und versuchte, sich noch einmal die Situation in der Praxis in Erinnerung zu rufen. Aber so sehr er auch nachdachte, ihm fiel nichts ein, was irgendwie merkwürdig gewesen wäre.

„Tut mir leid", meinte er schließlich, „es gibt da nichts. Wie ich schon gesagt habe, alles passte genau ins Bild: Schwangerschaft, ein gewisser Stress, die üblichen Symptome. Vielleicht ein bisschen früh, aber Eva war nun mal ein ängstlicher Mensch. Deshalb erschien mir das alles erklärbar."

Von unten hörten sie Erikas Stimme. Fuß warf einen Blick aus dem Fenster.

„Ich muss runter, sonst dreht meine Alte wieder durch. Wenn dir doch noch etwas einfällt, dann lass es mich sofort wissen."

Wagner hatte bei seinem Besuch bei Anneliese Pies Glück. Sie war tatsächlich jene Informantin, die der „netten jungen Dame von der

Zeitung" von der lautstarken Auseinandersetzung zwischen Eva Henning und ihrer Schwägerin erzählt hatte. Doch sehr schnell stellte sich heraus, dass diese Auseinandersetzung wohl bereits einige Wochen zurücklag.

„Ich kenne doch den kleinen gelben Flitzer der Schwägerin!", erwiderte Anneliese Pies empört. Plötzlich hielt sie den Atem an und fuchtelte mit beiden Armen in der Luft herum.

„Frau Pies!", rief Wagner erschrocken aus und machte einen Schritt auf sie zu, um ein Umkippen der alten Frau abzufangen.

„Das gelbe Auto!", wiederholte Frau Pies erregt. „Das war an dem Nachmittag auch da!"

„An welchem Nachmittag?", fasste Wagner sofort nach und merkte, dass kein Schwächeanfall zu erwarten war, sondern nur die Erregung die Reaktion der alten Frau verursacht hatte.

„Am Tag bevor man Frau Henning abends tot aufgefunden hat."

Auch Wagner spürte plötzlich ein Kribbeln und eine sich aufbauende Nervosität. „Sind Sie sich da ganz sicher?"

„Meinen Sie, ich setze falsche Behauptungen in die Welt, junger Mann."

Wagner bangte sofort um seine Sympathien bei der Alten. „Sie müssen verstehen, ich muss mir als Kriminalbeamter ganz sicher sein, denn Ihre Aussage kann natürlich weitreichende Folgen haben."

„Folgen?", rief Anneliese Pies überrascht aus.

„Nun, vielleicht ergibt sich daraus eine heiße Spur und führt uns hin zum Mörder."

Kaum, dass er das Wort „Mörder" ausgesprochen hatte, wusste Wagner, welchen großen Fehler er aus Freude, eventuell einen wichtigen Fahndungshinweis erhalten zu haben, begangen hatte.

Anneliese Pies schien vor Aufregung zu Stein erstarrt und hielt den Atem an. „Mörder" hatte er gesagt. Also war es ein Mord! Sie musste den jungen Beamten so schnell wie möglich wieder loswerden, durchfuhr es sie, um die neue Erkenntnis unter die Leute bringen.

Wagner ahnte gleich, was im Kopf der alten Frau vorging. Er versuchte noch seinen Leichtsinnsfehler zu korrigieren, merkte aber sofort, dass ihm die Frau gar nicht mehr richtig zuhörte.

„Das bleibt natürlich alles unter uns", versuchte er es schließlich nochmals auf die kumpelhafte Tour. Das gedankenabwesende „Ja, ja" der Alten sprach Bände. Er konnte die Headline der nächsten Rhein-Zeitungs-Ausgabe schon vor sich sehen: Wieder Mord in Boppard.

5.

„Anstrengende Nacht gewesen?!“ So kommentierte Fuß das Bild, das sich ihm bot, als Jana und Wagner am Morgen das Büro betraten. Doch keiner der beiden schien bereit, sich in irgendeiner Form dazu äußern zu wollen.

„Hat dein Gespräch mit der alten Pies irgendetwas Neues gebracht?“, erkundigte sich Fuß, während er, was aus Zeitgründen selten vorkam, die Rhein-Zeitung durchblätterte.

„Und ob! Sie will am Nachmittag des Vortages von Eva Hennings Tod einen kleinen gelben Flitzer wegfahren gesehen haben und behauptet, das sei der Wagen von Evas Schwägerin Cornelia gewesen. Da sei sie sich sicher.“

Fuß zwinkerte Jana Dufkova mit einem Auge zu. „Na, dann haben wir ja eine sehr konkrete Frage an Cornelia Henning. „Mal sehen, was sie dazu sagt.“

Jetzt saß der Oberkommissar mit der hübschen Profilerin des LKA im Wagen und befand sich auf dem Weg nach Beltheim. Zu gerne hätte er von Jana erfahren, wie lange schon die Beziehung zu Wagner andauerte. Damals, als sie Jana gemeinsam auf dem Koblenzer Bahnhof verabschiedet hatten, sah alles noch ganz distanziert und dienstlich aus. Hatten die beiden ihn so hinters Licht geführt? Irgendwie ärgerte es ihn, dass er nichts bemerkt hatte. Selbst Erika, die sonst die Flöhe husten hörte, hatte damals offenbar auch nichts bemerkt. Und Jana jetzt direkt zu fragen, wann und wie alles begonnen hatte, schien ihm peinlich und unpassend, obwohl er aus den Gesprächen mit Jana bei ihrer ersten Begegnung wusste, wie verblüffend geradlinig und direkt sie fragen und auch antworten konnte.

Fuß erkannte sofort den Wagen von Bernd Henning am Straßenrand und hielt an. Da im gleichen Moment ein heftiger Regen über Beltheim herunterging, warteten beide im Wagen, bis das Schlimmste vorüber war. Das dauerte eine Weile. Schweigend betrachteten Fuß und Jana die sehr unterschiedlichen und jedes auf seine Art hübschen

Einfamilienhäuser. Hier konnte man sich wohlfühlen. An der einen Seitenwand des Hauses von Hennings war Kaminholz auf gut zwei Meter Höhe gestapelt, auf der anderen Seite schloss sich die Doppelgarage an, deren Tor meist offen stand. Nur der kleine gelbe Mini von Cornelia Henning stand darin. Oben auf dem Dach des eingeschossigen Hauses drehte sich ein Wetterhahn abrupt im ständig wechselnden Wind.

„Ist Walter jetzt sauer, weil du mit mir gefahren bist?“, erkundigte sich Fuß, in der Hoffnung, auf diesem Weg doch ein wenig mehr über das Verhältnis von Wagner und Jana Dufkova zu erfahren.

Jana schaute Fuß amüsiert von der Seite an. „Das meinst du doch nicht ernst, oder?“

In diesem Moment sah Fuß seine Chance. „Ich weiß ja nicht, wie eng und ernst eure Beziehung ist. Und Eifersucht ist bekanntlich eine Leidenschaft, die mit Eifer sucht, was Leiden schafft!“

Jetzt musste Jana laut und herzhaft lachen. „Ich frag mich nur, wer da eifersüchtig ist“, strahlte sie über das ganze Gesicht. „Walter hat mir vom ersten Tag unserer Begegnung an sehr gut gefallen. Und da gerade seine Verlobung in die Brüche ging, habe ich, wie so oft in meinem Leben, die sich mir gebotene Chance wahrgenommen. Du weißt doch, da bin ich sehr egoistisch. Und siehe da, wir haben nicht nur ein paar heiße Nächte verlebt, sondern im Laufe der Monate ist schon was Konkreteres daraus geworden. War's das, was du schon die ganze Zeit wissen wolltest?“ Wieder blickte sie Fuß von der Seite an, der sich plötzlich wie ein Schüler fühlte, der beim Abschreiben ertappt worden war.

„Ich glaube, wir können jetzt aussteigen“, versuchte Fuß die Situation zu beenden und öffnete rasch seine Fahrertür.

Cornelia Henning öffnete ihnen die Haustür.

„Mein Mann ist auf der Arbeit, aber Bernd ist hier.“ Sie führte die beiden Kripobeamten ins Wohnzimmer. „Ich rufe meinen Schwager!“

„Vielleicht hat das noch etwas Zeit, wir wollten nämlich auch mit Ihnen alleine sprechen“, hielt Fuß sie zurück.

„Mit mir?“, wunderte sich Frau Henning.

Bevor Fuß mit seiner Befragung begann, stellte der Jana vor, und wartete, bis beide Frauen Platz genommen hatten. Er selbst blieb stehen und sah sich zunächst wieder in aller Ruhe im Zimmer um. Die Wohnung war etwas bescheidener eingerichtet als die von Cornelia Hennings Schwager.

„Wo arbeitet Ihr Mann?“, begann Fuß mit einer völlig unverfänglichen Frage.

„Beim Möbel Steffen in Mastershausen. Aber …“, sie begann zu zögern, „vielleicht …, Sie wissen, dass man dort Personal weiter abbauen will. Und da kann es heutzutage jeden treffen.“

„Ich habe davon gelesen“, bestätigte Fuß mit einem leisen Seufzer. „Hat Ihr Mann denn etwas anderes in Aussicht?“

Frau Henning winkte ungehalten mit der Hand ab. „Man munkelt ja so einiges, von wegen Auffanggesellschaft oder Vermittlung in andere Firmen. Aber das ist doch alles Augenwischerei. Mit fünfundvierzig ist das alles nicht mehr so einfach. Jetzt haben wir endlich das Haus hier und damit natürlich auch enorme monatliche Belastungen. Da bekommt man schon Angst vor der Zukunft.“

„Haben Sie Kinder?“, warf Jana Dufkova in das Gespräch ein.

Frau Henning schüttelte den Kopf. „Bei allen Hennings fehlt es an Kindersegen, obwohl der Wunsch schon da wäre. Mein Mann hat noch einen weiteren Bruder und zwei Schwestern. Alle kinderlos.“

„Aber Ihre Schwägerin war doch jetzt schwanger“, fasste Jana sofort nach.

Cornelia Henning wurde sichtbar blass. „Umso dramatischer ist ja der Tod von Eva. Wir alle haben uns so sehr auf das Kind gefreut. Und wenn es ein Junge geworden wäre …“ Fast konnte man etwas wie ein Schwärmen heraushören.

„Was heißt: Wir alle?“, wollte Fuß wissen.

„Nun, Bernd, mein Mann, ich, alle Geschwister, Schwäger und natürlich Eva. Sie und Bernd waren ja ganz aus dem Häuschen, als die Vermutung durch einen Test bestätigt wurde.“

„Sie und Ihr Mann hatten zu Bernd und Eva einen sehr engen Kontakt?“, lenkte Jana Dufkova das Gespräch wieder in Richtung familiäre Bindung.

„Wir haben uns häufig gesehen. Eva war ja auch ein so reizender Mensch.“

„Sie waren ja auch noch einen Tag vor ihrem Tod bei ihr“, meinte Fuß fast beiläufig. „Warum haben Sie uns das bisher verschwiegen?“

„Wann?“

„Einen Tag, bevor Ihre Schwägerin tot aufgefunden wurde.“

„Das stimmt nicht!“, widersprach Cornelia Henning aufgebracht. „Wie kommen Sie darauf?“

„Hierfür gibt es eine Zeugin“, mischte sich Jana in das Gespräch.

„Das kann nicht sein ...“

„Daran gibt es keinen Zweifel“, unterstrich Jana Dufkova.

Cornelia Hennings Hände begannen ganz deutlich zu zittern. Ihre Stimme überschlug sich förmlich. „Ich schwöre Ihnen, ich hatte Eva seit mehreren Tagen nicht mehr gesehen.“

„Außerdem gab es eine Auseinandersetzung zwischen ihr und Ihnen!“, konfrontierte Fuß sein Gegenüber. Cornelia Henning wurde noch blasser und starrte den Oberkommissar an. Ihr Gesichtsausdruck war eine Mischung aus Erstaunen und ... Jana glaubte eine Portion Hass in dem Gesicht zu erkennen. Hass gegen wen? Gegen Fuß, der die Frage gestellt hatte oder gegen Eva, über die man gerade sprach?

„Was führte denn zu dieser Auseinandersetzung?“ Jana spürte, dass sich Cornelia Henning in die Enge getrieben fühlte und wollte diese Enge noch verstärken und ausnutzen.

„Ich, wieso, ich ...?“, stotterte sie.

Fuß hatte von dem gefundenen Brief eine Fotokopie dabei und hielt sie Cornelia Henning unter die Nase.

Diese lachte daraufhin nervös auf. „Ach, den meinen Sie!“

„Also, was hat es mit dem Brief auf sich?“

„Mein Gott“, stöhnte Cornelia Henning, „der Brief ist uralt. Damals hatte Bernd Eva erst kennengelernt, sie waren noch nicht einmal verlobt. Das Ganze war ein großes Missverständnis. Ich dachte damals, Eva würde meinem Mann nachstellen, weil sie so oft hier auftauchte. Dabei hatten sich Bernd und Eva nur hier verabredet, weil Bernd damals noch eine andere Freundin hatte, die furchtbar eifersüchtig und jähzornig war und die Bernd nicht loswurde. Das alles habe ich aber nicht gewusst, deshalb habe ich Eva den Brief geschrieben. Später haben wir alle herzhaft darüber gelacht und Eva hat ihn uns immer wieder mal vorgelesen, wenn wir abends zusammensaßen und über unsere Vergangenheit sprachen.“

„Wir wissen aber auch, dass es in letzter Zeit wieder lautstarke Auseinandersetzungen gegeben hat. Also, worum ging es dabei?“, beharrte Jana, der die eben gehörte Geschichte merkwürdig vorkam.

„So etwas hat nicht stattgefunden. Da kann ich mich an nichts Nennenswertes erinnern.“ Cornelia Henning schien sich wieder etwas gefangen zu haben.

„Aber wir können es!“, fiel ihr Fuß ins Wort. „Das gehört nämlich zu unseren Ermittlungen. Was hat also zu den neuerlichen Streitigkeiten geführt?“

„Ich weiß nicht, wovon Sie sprechen", beharrte Cornelia Henning. „Warum soll es zwischen uns Streitigkeiten gegeben haben? Ich sagte Ihnen doch, wir haben uns alle über die Schwangerschaft gefreut."

„Es hat ja zwischen Ihnen und Ihrer Schwägerin sicherlich noch andere Themen gegeben, als die Schwangerschaft. Probleme, finanzieller oder familiärer Art. Eifersüchteleien, ähnlich wie damals, was weiß ich, worüber man sich streiten kann. Es gibt auf jeden Fall Zeugen dafür, dass es lautstarke Auseinandersetzungen in Boppard gegeben hat."

„Das sind alles Verleumdungen …", tobte Cornelia Henning los.

„… die man durch eine Gegenüberstellung meist sehr schnell abklären kann", ergänzte Fuß den Satz. „Also lassen Sie uns den kürzeren Weg wählen. Worüber haben Sie gestritten?"

Cornelia Henning wirkte in ihrem Sessel plötzlich wie ein Häufchen Elend. Die große, schlanke Frau war in sich zusammengesunken, hatte die gekreuzten Arme schützend vor ihrer Brust verschränkt.

„Fragen Sie doch meinen Schwager. Da war nichts!", widersprach sie den Vorhaltungen.

Fuß warf der Profilerin einen kurzen fragenden Blick zu.

„Das werden wir auch, aber das hat noch etwas Zeit", setzte Jana das Gespräch fort. „Frau Henning, das alles muss auch nicht mit dem Tod Ihrer Schwägerin in Verbindung stehen. Aber wir müssen bei unseren Ermittlungen alle Hinweise verfolgen und alle Möglichkeiten abklären. Also, nochmals die Frage, warum haben Sie sich mit Ihrer Schwägerin gestritten?"

Cornelia Henning hatte die Augen geschlossen und schüttelte den Kopf. „Ich sage jetzt überhaupt nichts mehr, wenn Sie mir sowieso nicht glauben." Demonstrativ lehnte sie sich in ihren Sessel zurück und blickte an die Decke.

„Wo finde ich Ihren Schwager?", fragte Fuß nach einer Weile und nicht so recht wusste, wie es weitergehen sollte.

„Oben, erste Tür links", war die knappe Antwort.

Fuß stand auf, warf Jana im Vorbeigehen einen kurzen Blick zu und verließ den Raum. Die Profilerin ließ ein oder zwei Minuten schweigend verstreichen, bevor auch sie aufstand. Sie begann langsam zwischen Sofa und Fenster hin und her zu wandern und ließ nochmals eine gute Minute verstreichen. Dann blieb sie vor Frau Henning stehen.

„Ich gehöre zwar zur Kriminalpolizei, bin aber in den Fall Ihrer Schwägerin nicht direkt involviert. Sie können mir also durchaus Dinge sagen, die nicht zwangsläufig in ein Protokoll kommen."

Der harte, abweisende Blick von Frau Henning hatte sich etwas verändert. Sie schaute eher verzweifelt. Auch ihre verkrampfte Haltung hatte sich gelöst.

„Bitte glauben Sie mir, ich habe mich nicht mit Eva gestritten. Hierzu gab es auch keinen Grund, nicht den geringsten. Ich finde das alles so schrecklich."

Fast hatte Jana den Eindruck, dass Cornelia Henning mit Tränen kämpfte. Entweder war die Frau eine wirklich erstklassige Schauspielerin oder die alte Pies, die die Streitigkeiten gehört haben wollte, hatte sich tatsächlich geirrt oder wichtig tun wollen. Auch so etwas kannte man zur Genüge.

Bernd Henning lag auf einer Couch und las Zeitung, als Fuß anklopfte und das Zimmer betrat.

„Sie werden sich wundern", begrüßte der Witwer den Oberkommissar etwas verlegen, „aber ich bin immer noch nicht im Stande, meiner Arbeit nachzugehen. Fragen über Fragen türmen sich in meinem Kopf und suchen nach einer Antwort."

„Vielleicht bringen ein paar Fragen von mir etwas mehr Licht in alles hinein", meinte Fuß zuversichtlich.

Bernd Henning bot Fuß einen Sessel an und blieb selbst auf der Couch sitzen.

„Sind Sie bei Ihren Ermittlungen weitergekommen?" Er schaute Fuß erwartungsvoll an.

Fuß knetete zunächst einmal ausgiebig sein Gesicht. Eine Angewohnheit um Zeit zu gewinnen oder nachdenken zu können. Doch dann blickte er Henning plötzlich direkt in die Augen und fragte: „Worüber haben sich Ihre Frau und Ihre Schwägerin gestritten?"

„Gestritten?" Auch Bernd Henning schien ehrlich überrascht. „Worüber sollen sie denn gestritten haben?"

„Genau das, Herr Henning, möchte ich von Ihnen wissen."

„Ich habe nicht ein einziges Mal erlebt, dass sich die beiden Frauen gestritten haben", beteuerte Bernd Henning. „Wann soll das denn gewesen sein?"

„Vor kurzem, und es muss lautstark hergegangen sein."

„Was sagt denn Cornelia dazu?"

„Zunächst möchte ich von Ihnen eine Aussage dazu haben", blockte der Oberkommissar sofort ab.

Henning schüttelte energisch den Kopf. „Tut mir leid, Herr Kommissar, ich weiß von keinem Streit zwischen den beiden und wüsste auch keinen Grund, weshalb sich die Frauen in die Haare geraten wären."

Von dieser doch recht klaren Aussage war Fuß enttäuscht und begann wieder sein Gesicht zu kneten. Er hatte zumindest gehofft, dass sich Henning dazu bekennen würde, dass es schon mal kleinere Auseinandersetzungen gegeben habe. Immerhin musste er von den Streitigkeiten wissen oder waren sie tatsächlich nur eine Erfindung dieser alten Nachbarin?

Plötzlich sprang Henning, wie von einem Blitz getroffen, auf.

„Da fällt mir etwas ein. Sollte das im Karneval gewesen sein?" Henning begann zu lachen und hopste wie ein kleines Kind förmlich vor Freude. Vergessen schien plötzlich, dass seine Frau tot war und in der Gerichtsmedizin lag. „Dann ist mir alles klar!"

Jetzt war es Fuß, der überrascht war.

„Meine Frau und Cornelia sind im Karneval aufgetreten, eine ziemlich laute und turbulente Szene, ein unverschämt frecher Sketch!"

Fuß verstand nicht. Was hatte ein Karnevalsauftritt damit zu tun, auch wenn er laut und turbulent war.

„Sie haben die Szene mehrfach hier geprobt, das werden die Nachbarn gehört haben, da bin ich mir ganz sicher."

„Die Streitigkeiten haben nach Zeugenaussage aber nicht hier in Beltheim stattgefunden, sondern in Boppard."

Doch Henning ließ sich nicht beirren. „Sie haben sicherlich auch ein paar Mal bei uns in Boppard geprobt, wenn Eva wenig Zeit hatte."

Das war natürlich ein Argument, dem sich Fuß nicht verschließen konnte. Aber, es konnte auch eine plötzliche Eingabe von Henning gewesen sein, der die Streitigkeiten auf diese Weise erklären und vertuschen wollte. Noch ehe Fuß Henning daran hindern konnte, hatte dieser plötzlich die Tür geöffnet und rannte die Treppe hinunter. Fuß war von Hennings Reaktion so überrascht, dass er den Vorsprung nicht mehr einholen konnte.

Als er unten im Wohnzimmer ankam, war sein erster Blick zu Jana, die wohl ebenso entgeistert war, wie er wenige Sekunden zuvor.

Erst auf der Rückfahrt im Wagen konnten die beiden die einmalige Szene rekonstruieren. Jana war mit ihrer Befragung zunächst auch keinen Schritt weitergekommen und deshalb der Überzeugung, dass Cornelia Henning die Wahrheit sagte.

Dann flog plötzlich die Tür auf und Bernd Henning war auf seine Schwägerin zugestürzt, hatte sie in die Arme genommen und gerufen: „Der angebliche Streit waren eure Proben für den Karnevalssketch, verstehst du. Dabei habt ihr euch doch laut angeschrien."

Wie Cornelia reagiert hatte, konnte Jana im Nachhinein nicht sagen, da Henning ihr die Sicht versperrte. War das alles Zufall oder wahnsinnig gut erdacht? Cornelia hatte spontan reagiert, war sogar vor Freude über die Auflösung des Vorwurfes in Tränen ausgebrochen und hatte immer und immer wieder betont, dass es genauso gewesen sein müsse, und dass die Nachbarin die Proben einfach falsch interpretiert hatte. Natürlich habe sie auch zwei oder drei Mal mit Eva in Boppard geprobt.

Fuß und Jana fühlten sich auf der Rückfahrt im wahrsten Sinne des Wortes ganz schön geschlagen.

„So etwas ist mir in meiner ganzen Laufbahn noch nicht passiert", schimpfte Fuß, der allgemein unter den Kollegen als besonders reaktionsschnell galt.

„Es passiert alles irgendwann zum ersten Mal", versuchte Jana ihn zu trösten. „Ich war ja auch völlig überrascht, als der Mann plötzlich zur Tür hereinkam, und sich auf die Frau stürzte. Im ersten Moment wollte ich sogar dazwischengehen, weil es so aussah, als wolle er ihr an die Gurgel."

„Hätte durchaus auch sein können", meinte Fuß mit Galgenhumor. „Wenn er durch meine Befragung auf die Idee gekommen wäre, dass seine eigene Schwägerin wegen eines Streits seine Frau umgebracht hat."

Im Präsidium rief Fuß als Erstes den Beltz Verlag an und ließ sich mit der Chefredaktion verbinden, um zu erfahren, ob Eva Henning ihren Artikel für die Zeitschrift „Psychologie heute" noch abgeschickt hatte. Es dauerte eine Weile bis man ihm eine verbindliche Auskunft geben konnte. Tatsächlich war der Artikel auf dem Postweg zwei Tage nach Evas Tod eingetroffen. Leider hatte man den Briefumschlag vernichtet, so dass nicht mehr festgestellt werden konnte, wann der Brief aufgegeben worden war. Für Fuß spielte diese Frage auch keine große Rolle, denn er hatte die Uhrzeit, wann Eva Henning das letzte Mal den Text bearbeitet und folglich auch ausgedruckt hatte. Wichtig war nur zu wissen, dass sie ihn danach auf irgendeine Art und Weise auf den Postweg gebracht hatte. Später würde es vielleicht eine Rolle spielen, wann und wo dies geschehen war. Aber im Moment erschien ihm diese Frage sekundär.

Als Nächstes machte er sich daran, den jungen Mann ausfindig zu machen, der Eva Henning offenbar nachgestellt und dem sie in einem der gefundenen Briefe mit einer Anzeige gedroht hatte, falls er sie nicht in Ruhe lasse. Leider trug dieser Brief wie auch der Brief von Cornelia Henning kein Datum. Es war also schwer einzuschätzen, wie lange der Vorfall zurücklag.

Bei der Telekomauskunft kam Fuß nicht weiter. Einen Tobias Esch, an den der Brief gerichtet war, konnte man in Bonn als Telefonteilnehmer nicht ausfindig machen. Also rief Fuß das Einwohnermeldeamt in Bonn an. Hier weigerte man sich eine telefonische Auskunft zu erteilen. Fuß musste also eine Mail absetzen und wusste gleich, dass man sich in Bonn trotz seines Eilvermerkes sicherlich reichlich Zeit lassen würde, seine Anfrage zu beantworten.

So war es denn auch. Erst am späteren Nachmittag traf die Antwort ein. Tobias Esch hatte bis vor Kurzem in Bonn gewohnt, sich dann nach Frankfurt umgemeldet. Damit begann für Fuß das ganze Suchspiel aufs Neue und musste auf den nächsten Tag verlegt werden, denn bei der Stadtverwaltung Frankfurt hatte man bereits Feierabend.

Reichlich missgelaunt, wieder Zeit verloren zu haben, entschied er sich noch schnell das Protokoll des Gesprächs vom Vormittag mit Henning in den Computer zu tippen und dann Feierabend zu machen.

Kurz bevor Fuß den Computer herunterfahren wollte, tauchte Wagner auf, der am Mittag für die Kollegen vom Einbruch, wo großer Personalmangel herrschte, eingesprungen und zu einem Einstiegdiebstahl nach Ehrenbreitstein gefahren war.

„Das habe ich leider noch vor mir", stöhnte Wagner, als er die Protokolle von Fuß auf dessen Schreibtisch entdeckte und überflog sie.

„Wenn ich jetzt gerade lese, wie sich der Hinweis von der Pies auf eine lautstarke Auseinandersetzung und auch der Inhalt des gefundenen Briefs der Schwägerin in Luft aufgelöst haben, dann bin ich mir sicher, dass es auch hierfür eine plausible oder von den Hennings schnell erfundene Lösung gibt."

Fuß musste Wagner recht geben. Bisher waren all die guten Ansätze im Sande verlaufen, was ihn aber eher misstrauisch machte, von den Hennings ausschließlich die Wahrheit zu erfahren. Und die Tote konnte nur noch der Gerichtsmediziner befragen. Dabei fiel ihm ein, dass er vorgehabt hatte Jana nochmals zu bitten, sich mit diesem Dr. Wehlen in Mainz in Verbindung zu setzen, mit dem er es nicht konnte.

In diesem Moment klopfte es und Pressesprecher Ralf Schomisch steckte den Kopf zur Tür hinein.

„Stör ich?"

„Immer!"

Schomisch kannte Fuß lange genug, um zu wissen, wie dieser reagierte. Er betrat das Büro und nahm auf dem Stuhl neben dem Schreibtisch von Fuß Platz.

„Der Staatsanwalt will morgen eine Pressekonferenz in Sachen Henning abhalten. Gibt es irgendetwas Neues dazu?"

„Wir haben gerade darüber gesprochen", gestand Fuß. „Wann soll die Pressekonferenz denn stattfinden?"

„Am späten Vormittag, wahrscheinlich so gegen halb zwölf."

Fuß schien zufrieden. „Bis dahin könnten noch einige Dinge überprüft werden. Ich ruf dich gegen halb elf an, wenn's noch was Interessantes gibt. Vielleicht haben wir ja bis dahin etwas."

„Dann verschlaft morgen mal nicht und ich erwarte um halb elf deinen Anruf", meinte der Pressesprecher.

Wagner versprach Jana zu bitten, am nächsten Morgen möglichst früh mit ihm ins Präsidium zu kommen, um Dr. Wehlen anzurufen.

Auch an diesem Abend tauchte Thomas von Essen wieder in der Straußwirtschaft auf. Sonst ein oder zwei Mal in der Woche Gast bei Fuß, trieb es ihn durch den Fall Eva Henning im Moment häufiger nach Alken. Immerhin war er auf bestimmte Weise in den Fall involviert und an der Aufklärung interessiert. Auch er bot sich sofort an, mit Dr. Wehlen zu telefonieren, falls Jana mit diesem nicht klarkommen sollte.

„Ich hoffe, dass mir zumindest ein Teil seiner Fachausdrücke geläufig sind", meinte er augenzwinkernd. „Ich kenne diese Kollegen, die es verlernt haben, sich mit normalen Menschen zu unterhalten."

„Der ist aber ein ganz besonderer Fall", warnte ihn Fuß. „Ich glaub, der kann wirklich nicht anders."

Dr. von Essen hatte Fuß eine Fotokopie aus einem Fachbuch mitgebracht. In dem Text ging es um Rizin, die Wirkungsweise und alles, was man darüber wusste.

Fuß legte die beiden Seiten beiseite, weil er sich wieder um die Gäste kümmern musste. Zwar war an diesem Abend die Terrasse wegen des kalten Wetters und immer wieder einsetzendem Regen geschlossen, dafür drängten sich aber die Gäste dicht an dicht in den Innenräumen.

Zwischendurch ergab sich aber immer wieder für Fuß kurz die Gelegenheit, den Arzt über den neuesten Stand der Ermittlungen zu informieren. „Wenn das mit dem Besuch von Cornelia Henning am Nachmittag vor Evas Todestag zutrifft, was sie im Moment noch vehement bestreitet, dann sind wir meiner Meinung nach auf der richtigen Spur und das Ganze ist ein Fall von Familienstreit. Entweder es geht um Eifersucht oder Finanzielles. Wir müssen nur rauskriegen, von wem das Kind wirklich war und was vielleicht die Geburt in Sachen Erbe oder was weiß ich verändert hätte", meinte Fuß zum Schluss.

„Kann ich mir eigentlich nicht vorstellen", gestand Dr. von Essen. „Gut, ich habe den Bruder und die Schwägerin erst einmal gesehen, und kann mir daher kein Urteil erlauben. Aber dann hätten Bernd oder Eva sicherlich irgendwann mal eine Bemerkung gemacht. Nein, soweit ich mich erinnere, haben sie sich beide immer dahingehend geäußert, wie sich die gesamte Verwandtschaft auf das Kind freue. Obwohl ..."

Fuß, der gerade dabei war ein paar Gläser vom Tisch zu räumen, hielt inne und wartete gespannt, was diesem „obwohl" folgen würde. Doch von Essen schüttelte nur wortlos den Kopf.

„Obwohl?!", wiederholte Fuß.

Dr. von Essen schien der Gedanke, der ihm gekommen war, etwas abwegig. Doch schließlich entschloss er sich, ihn trotzdem auszusprechen. „Ich habe natürlich mit meiner Frau darüber gesprochen und von ihr erfahren, was ich bisher nicht wusste, dass die Schwägerin von Eva Henning Apothekerin ist und bis vor Kurzem noch in Simmern in einer Apotheke gearbeitet hat."

Fuß stellte das Tablett mit den eingesammelten Gläsern ab und ließ sich auf dem freien Stuhl neben Thomas von Essen nieder.

„Das ist ja der Hammer, wenn sich das mit dem Gift genauer darstellen lässt", meinte er überrascht. „Jetzt glaube ich den Hennings kein einziges Wort mehr. Wir sollten uns nur noch um das Motiv kümmern. Woher weiß deine Frau das mit der Apothekerin?"

„Sie haben beide zusammen die Prüfung abgelegt."

„Zufälle gibt es. Irgendwie sind es mir aber in diesem Fall zu viele Zufälle. Zufällig ist Eva deine Patientin, zufällig kennen wir uns, zufällig war diese Eva Henning noch wenige Stunden vor ihrem Tod bei dir in der Praxis, zufällig will die Nachbarin der Toten den Streit mit deren

Schwägerin gehört und den Wagen der Schwägerin am Vortag des Todes von Eva Henning am Tatort gesehen haben, zufällig kennt deine Frau die Cornelia Henning und zufällig ist der Akku des Handys von Bernd Henning leer, als er zufällig ausgerechnet an diesem Abend nicht wie üblich nach Hause kommen kann. Kommt mir alles vor, wie in einem schlechten Krimi."

„Ist aber ‚zufällig' Realität", meinte von Essen nachdenklich.

„Abwarten", räusperte sich Fuß, stand auf und trug das Tablett in die Küche.

6.

Tatsächlich kam Jana am nächsten Morgen frühzeitig mit Wagner ins Polizeipräsidium. Fuß amüsierte sich wieder, wie unausgeschlafen beide wirkten. Aber er verzichtete auf eine entsprechende Bemerkung, die ihm natürlich sofort auf der Zunge lag. Stattdessen informierte er Wagner, was ihm Dr. von Essen am Abend an Neuigkeiten unterbreitet hatte.

„Wenn das alles stimmt und uns der Gerichtsmediziner dazu noch einen passenden Untersuchungsbericht zur Verfügung stellt, dann sehe ich mich heute noch mit einem Haftbefehl nach Beltheim fahren", orakelte Fuß zufrieden.

Jana Dufkova zog sich nebenan in das Büro eines in Urlaub befindlichen Kollegen zurück, um in Ruhe mit Dr. Wehlen telefonieren zu können. Währenddessen telefonierte Fuß mit dem Einwohnermeldeamt in Frankfurt und hatte mehr Glück als am Vortag bei der Stadtverwaltung Bonn. Relativ schnell und unkompliziert erhielt er die neue Adresse von Tobias Esch. Allzu lange konnte es demnach nicht her sein, dass Eva Henning den Brief an ihn geschrieben hatte. Denn Esch war einundzwanzig Jahre und hatte als Beruf Student angegeben. Folgerichtig vermutete Fuß, dass Eva Henning wahrscheinlich einmal ein Gutachten in Zusammenhang mit diesem Jungen erstellt hatte, und von ihm daraufhin belästigt wurde und aus diesem Grund den Brief geschrieben hatte. Fuß machte sich für die Akten ein paar Notizen und wartete gespannt auf Janas Rückkehr aus dem Nachbarbüro.

Es sollte eine ganze Weile dauern. Offenbar hatte auch sie gewisse Verständigungsschwierigkeiten mit dem Gerichtsmediziner.

„Langsam kommt Licht ins Dunkel!", strahlte die Profilerin, als sie endlich das Telefonat beendet hatte und in das Büro von Fuß zurückkehrte. Sie holte tief Luft und warf einen flüchtigen Blick auf ihre Notizen.

„Also, diese Eva Henning hat wohl kurz vor ihrem Tod Cremetorte gegessen und Tee getrunken. Man darf mit an Sicherheit grenzender

Wahrscheinlichkeit davon ausgehen, dass entweder der Tee oder der Kuchen vergiftet waren. Ebenso sicher dürfen wir davon ausgehen, dass es sich bei dem Gift tatsächlich um Rizin handelt. Der Tod des Embryos ist übrigens bereits einige Zeit vor dem Tod der Mutter eingetreten. Ob das von Bedeutung ist, weiß ich nicht." Sie schaute Fuß und Wagner erwartungsvoll an.

„Das ist alles, nach fast zwanzig Minuten?", wunderte sich Fuß.

„Du kannst einem jede Freude nehmen", spielte Jana die Beleidigte. „Statt froh über eine so konkrete Aussage zu sein. Der Rest war typisches Wehlen-Geschwafel, wie du dir vorstellen kannst. Er musste mir natürlich erklären, warum er sicher ist, dass es sich um Rizin handelt und aus welchen Gründen er eher davon ausgeht, dass das Gift im Tee war. Willst du das alles wissen?"

Fuß hob abwehrend die Arme vor sein Gesicht. „Gott bewahre mich davor", rief er aus, denn er sah ein, dass seine Bemerkung recht unpassend gewesen war. Jana hatte wirklich das erreicht, was ihm versagt geblieben war: Aus dem mit Fachbegriffen gespickten Vortrag dieses Dr. Wehlen in kurzen und verständlichen Worten den wesentlichen Inhalt wiederzugeben.

„Damit ist der Sachverhalt wohl deutlich", freute er sich. „Cornelia Henning hat ihre Schwägerin vergiftet. Von Beltheim ist sie über Kastellaun, wo sie den Kuchen gekauft hat, nach Boppard gefahren und hat dann ihre Schwägerin vergiftet. Als Apothekerin, behaupte ich mal, wusste sie sehr gut mit dem Gift umzugehen und wie man es sich besorgt. Die lautstarke Auseinandersetzung und den undatierten Brief müssen wir noch richtig einordnen, dann werden wir auch auf das Motiv zu der Tat stoßen, da bin ich mir sicher."

„... und wir sollten herausfinden, ob davon auch andere Familienmitglieder wussten. Denn nun muss man auch die Frage stellen, warum ausgerechnet an diesem Abend ihr Mann nicht angerufen hat und erst spät nach Hause gekommen ist", ergänzte Wagner.

„Dann lass uns mal wegen des Haftbefehls zum Staatsanwalt gehen. Schomisch wird sich freuen, dass es wenigstens etwas Neues für die Pressekonferenz heute gibt." Fuß griff zum Telefonhörer und veranlasste alles Notwendige. Dann meldete er sich bei Familie Henning an und gab vor, wegen der Aussagen und Protokolle nochmals vorbeikommen zu wollen. Cornelia Henning versicherte ihm, dass sie zu Hause sei und auch ihr Schwager Bernd nicht vorhabe, das Haus zu verlassen.

Fuß rieb sich zufrieden die Hände. „Dann lasst uns mal zur Tat schreiten.“

Cornelia Henning saß im Vernehmungszimmer, das Gesicht in ihren schmalen Händen vergraben und schluchzte vor sich hin. Obwohl Fuß ihr das Hinzuziehen eines Anwalts nahegelegt hatte, verzichtete sie darauf. Trotz aller Bemühungen von Fuß und Wagner, die sich abwechselten, und der zeitweisen Teilnahme von Jana, verlief alles im Kreis. Cornelia Henning beharrte darauf, dass der Brief uralt sei, die „lautstarke Auseinandersetzung“ sicherlich mit dem Proben des Karnevalsketches identisch seien und sie am Nachmittag des Vortages, an dem ihre Schwägerin abends tot aufgefunden worden war, nicht bei Eva Henning gewesen wäre. Fuß und Wagner wussten, dass sie unter diesen Umständen schlechte Karten hatten, und ihnen nur eine sehr begrenzte Zeit zur Verfügung stand, weiteres Material zu sammeln, um den Haftbefehl aufrecht halten zu können. Als Zeugen für den Brief nannte Cornelia Henning die halbe Familie, die alles mitbekommen habe – damals, und für die Sketchproben benannte sie neben ihrer Partnerin, einer Marlene Liesenfeld, noch einige Frauen aus Beltheim, die hiervon gewusst hätten. Einzig und allein blieb das kleine gelbe Auto, das Frau Pies gesehen haben wollte, ein Rätsel. Aber hier mussten selbst Fuß und Wagner zugeben, dass kleine gelbe Autos zwar nicht häufig, aber doch vereinzelt im Straßenverkehr zu sehen sind. Sie bestritt erstaunlicherweise nicht, ausreichend Kenntnisse über Rizin und die Wirkungsweise des Giftes zu haben. Hartnäckig bestand sie darauf, Frau Pies sowie Frau Claus und deren Mitarbeitern gegenübergestellt zu werden.

Doch damit gerieten Fuß und Wagner erneut in eine Sackgasse. Sie waren sich beide sicher, dass Anneliese Pies in jedem Fall Frau Henning wiedererkennen würde, was aber nicht unbedingt belegte, dass es sich bei dem gelben Wagen vor dem Haus der Hennings am Vortag des Todes auch um das Fahrzeug von Cornelia Henning gehandelt haben musste. Denn Frau Pies hatte ausgesagt, den Wagen gesehen zu haben, nicht aber, wer ihn gefahren hatte. Theoretisch konnte sich jeder der Familie Henning den Wagen ausgeliehen haben. Und der mögliche Erfolg einer kosten- und zeitaufwändigen Gegenüberstellung von Frau Claus mit Cornelia Henning musste vorerst mittels eines Fotos geprüft werden. Nur, wenn Frau Claus oder jemand des Personals glaubte, die Frau als Kundin zu erkennen, wäre der Aufwand gerechtfertigt.

Fuß ließ also über einen Streifenbeamten ein Foto von Frau Henning nach Kastellaun bringen, um diese Vorprüfung herbeizuführen. Fast war es, als hätte Fuß es geahnt. Weder Frau Claus, noch jemand vom Personal kam die Frau auf dem Foto bekannt vor. Damit war auch diese Möglichkeit einer Verifizierung schnell dahin.

Etwa missmutig und gereizt betrat Fuß sein Büro, das ihn bereits mit einem läutenden Telefon begrüßte. Lustlos hob er den Hörer ab und meldete sich nur mit einem undefinierbaren Knurren, das alles hätte bedeuten können, nur keine freundliche Begrüßung. Lars Wienand, Redakteur der Rhein-Zeitung, meldete sich und schien ebenso genervt. Er hatte aus Termingründen zur Pressekonferenz in Sachen Henning eine Volontärin geschickt, die, wie er jetzt feststellen musste, noch nie an einer solchen teilgenommen und praktisch nichts Verwertbares mit in die Redaktion gebracht hatte.

So bedauerten sich Fuß und Wienand zunächst gegenseitig, heute einen schlechten Tag erwischt zu haben. Erst, als Wienand von der erfolgten Verhaftung von Cornelia Henning erfuhr, besserte sich seine Stimmung.

„Wie groß ist die Chance, dass sie ihre Schwägerin vergiftet hat?“, wollte Wienand wissen.

Das ging Fuß nun wiederum zu weit. „Lars, wir sind noch ganz am Anfang. Spekulier nicht zu hoch. Es reicht doch zu schreiben, dass die Verdachtsmomente ausreichend für einen Haftbefehl waren. Dann kann jeder Leser selbst spekulieren.“

Wienand gab sich damit zufrieden. Er war erfahren genug, um aus den nun erlangten Informationen einen griffigen Bericht für die Rhein-Zeitung zu schreiben.

An diesem Abend tauchte Dr. von Essen zum ersten Mal seit dem Tod von Eva Henning nicht beim Kommissar Fuß in der Straußwirtschaft auf. Der war einigermaßen froh darüber, denn er hätte von keinen Neuigkeiten bei der Ermittlung berichten können. Und die Verhaftung von Cornelia Henning hatte sich bereits wie ein Lauffeuer verbreitet, nachdem in allen Nachrichtensendungen des SWR, sowohl im Hörfunk als auch im Fernsehen davon ausführlich berichtet worden war. Fuß und Wagner waren sich darüber einig, dass Frau Pies die Verhaftung als eine Folge ihrer Beobachtunsgabe ansah.

„Mal sehen, ob ihr jetzt weitere Dinge im Nachhinein einfallen“, spöttelte Fuß, woraus Wagner schloss, dass sein Kollege nicht unbedingt an eine hundertprozentige Glaubwürdigkeit der Alten in Buchenau glaubte.

Nachdem es Fuß gelungen war, auch noch die Telefonnummer von Tobias Esch zu ermitteln, hatte er ihn kurz vor Feierabend einfach angerufen. Am anderen Ende meldete sich eine sehr kräftige und leicht arrogant wirkende Stimme.

„Ich habe nicht viel Zeit, kommen Sie also bitte gleich auf den Punkt“, drang es an Fuß' Ohr.

„Etwas Zeit werden Sie sich schon nehmen müssen“, konterte Fuß, „sonst kann ich Sie auch vorladen lassen. Das nimmt bestimmt mehr Ihrer kostbaren Zeit in Anspruch. Sie haben von einer gewissen Eva Henning aus Boppard einen Brief noch nach Bonn bekommen, in dem sie Sie auffordert, sie nicht weiterhin mit Anrufen und Briefen zu belästigen. Können Sie mir bitte den Grund Ihrer Briefe und Anrufe nennen.“

Die Antwort kam schnell und ließ an Deutlichkeit nichts zu wünschen übrig.

„Ich kenne zwar Boppard, das heißt, ich weiß, wo es liegt. Eine wie auch immer ... Eva ... kenne ich nicht und habe auch von der Dame niemals einen Brief erhalten.“

„Der Brief liegt in Kopie vor mir, ist allerdings wie gesagt Ihre Bonner Adresse gerichtet.“

„Mag ja alles sein. Ich habe aber auch von Bonn aus mit niemandem in Boppard korrespondiert oder telefoniert. Es muss sich um einen Irrtum oder eine Verwechslung handeln.“

„Frau Henning ist Psychologin, falls das Ihre Erinnerungen etwas beflügelt.“

Zwar hatte Fuß den Eindruck eines kurzen Zögerns am anderen Ende, doch dann kam sofort die definitive Rückmeldung, er, Tobias Esch, kenne keine Psychologin und habe auch nie mit einer solchen Kontakt gehabt. Um jedes Missverständnis zu vermeiden, ließ sich Fuß nochmals von dem Studenten seine frühere Bonner Adresse gaben, die allerdings mit der auf dem Brief übereinstimmte.

„Das war's?“, ertönte die gereizte Stimme des Studenten wieder.

„Vorerst“, Fuß' Stimme wirkte leicht drohend, „aber gehen Sie nicht davon aus, dass ich die Sache nicht weiter verfolge.“

„Tun Sie, was Sie nicht lassen können“, antwortete der junge Mann und beendete das Gespräch mit einem fast herausforderndem „Na, dann bis zum nächsten Mal!“

„So ein arrogantes Bürschchen!“ Fuß schmiss förmlich den Hörer auf den Telefonapparat und sprang wütend auf. Ein Glück, dass er in diesem Moment alleine im Zimmer war. Wagner hatte sich mit Jana Dufkova für eine Tasse Kaffee in die Kantine des Präsidiums zurückgezogen. Also machte sich Fuß auch auf den Weg dorthin. Er musste sich einfach etwas abreagieren.

Wagner und Jana winkten ihn gleich zu sich an den Tisch, als sie ihn erblickten.

„Du siehst nicht gerade erfolgsverwöhnt aus“, lästerte Wagner und erntete dafür einen strafenden Blick von Jana, die Fuß besser einschätzen konnte und wusste, wann er eine solche Bemerkung vertrug und wann nicht. Und jetzt war nicht der richtige Zeitpunkt.

„Setz dich erst mal hin, ich hole dir einen Kaffee“, meinte sie und machte sich auf den Weg zur Kantinentheke.

Als sie zurückkam und vor Fuß die Tasse abstellte, legte sie freundschaftlich ihren Arm um seine Schultern. „Nimmst du es mir übel, wenn ich mich in deine Ermittlungen einmische, obwohl ich nur als Urlauberin hier bin?“, fragte sie.

Fuß schaute sie verwundert an. „Was soll das? Ich missbrauche dich doch schon die ganze Zeit. Also schieß los!“

„Walter hat mir von der Hausdurchsuchung erzählt. Dabei ist für mich eine Frage aufgetaucht, die mir äußerst wichtig erscheint ...“ Irgendwie schien es ihr peinlich, dass Fuß und Wagner und letztendlich auch Schäfer sich diese Frage nicht gestellt hatten.

„Nun sag schon“, forderte sie Fuß ungeduldig auf.

„Der Toten war es schlecht, sehr schlecht sogar, vielleicht nahe einem Koma. Warum ist sie in diesem Zustand in den Keller gegangen? Was wollte sie dort? Walter sagt, ihr habt nichts gefunden, was irgendwie mit dem Tod in Verbindung zu bringen ist.“

Fuß und Wagner schauten sich an. Jana hatte recht. In dem Regal, vor dem Eva Henning zusammengebrochen war, befanden sich Eingemachtes und zwei Reihen Wein, mehr nicht. Niemand in diesem Zustand, in dem sich die Tote befunden haben musste, würde sich für Eingemachtes oder Wein interessieren. Selbst, wenn sie rein zufällig dort zusammengebrochen war, hatte man im Keller nichts entdeckt, was Eva Henning veranlasst haben könnte, dorthin zu gehen.

Jana nahm wieder am Tisch Platz. „Habt ihr etwas dagegen, wenn ich einmal mit euch an den Tatort gehe?“

„… noch ist das Haus versiegelt. Wer weiß, wie lange wir den Zustand aufrecht halten können?“, überlegte Wagner laut.

Fuß schaute auf die Uhr. „Für wann ist Cornelia Henning wieder zum Verhör bestellt?“

„Vierzehn Uhr“, antwortete Wagner.

„Dann los!“ Fuß nahm seine Tasse und war im Begriff, den Kaffee hastig hinunterzukippen.

„Heiß!“, riefen Wagner und Jana fast gleichzeitig aus und verhinderten so, dass sich Fuß den Mund verbrannte.

„Du nimmst dir diese Frau Pies vor“, wies Fuß seinen Kollegen an, der sofort Jana einen enttäuschten Blick zuwarf. Zu gern hätte er mit ihr die Kellerdurchsuchung vorgenommen.

Während Jana und Fuß im Haus verschwanden, machte Wagner sich auf den Weg ins Nachbarhaus und läutete. Fast um gleichen Moment wurde ihm die Haustür geöffnet. Frau Pies hatte offensichtlich bereits hinter der Gardine sein Kommen beobachtet.

„Nur hereinspaziert“, strahlte sie über das ganze Gesicht. Sie fühlte sich seit dem Zeitungsartikel und dem letzten Gespräch mit Wagner als zentrale Figur bei der Aufklärung des Mordfalls.

Wagner folgte ihr ins Wohnzimmer.

„Wie kann ich Ihnen behilflich sein?“, erkundigte sie sich und deutete Wagner mit einer fast überschwänglichen Geste an, Platz zu nehmen.

„Ich will Sie gar nicht lange aufhalten“, wehrte Wagner ab und blieb in der Nähe der Tür stehen. „Ist Ihnen zu dem gelben Wagen oder anderen Dingen, die Sie beobachtet haben, noch etwas eingefallen?“

Anneliese Pies nickte. „Und ob!“, ereiferte sie sich sofort und holte tief Luft. „Sie haben doch sicherlich hier drüben schon diesen grässlich gelben Neubau gesehen?“

Wagner nickte.

„Das war früher …“, sie beugte sich zu Wagner vor und flüsterte fast, „so ein Kegelklub-Bums-Hotel, so ein ‚Sauerlandstern des Hunsrücks‘ … wenn Sie wissen, was ich damit meine. Dann stand das Hotel lange Zeit leer und verfiel langsam. Wir sind natürlich alle froh, dass da jetzt ein Haus mit Eigentumswohnungen entstanden ist. Das können Sie mir ruhig glauben.“

Wieder nickte Wagner nur und war gespannt, was ihm Frau Pies mitteilen wollte.

„Ich habe gehört, der Henning soll dort früher auch schon mal aufgetaucht sein. Das lässt natürlich Rückschlüsse auf seine Ehe zu, verstehen Sie?“

Natürlich verstand Wagner, konnte sich aber nicht vorstellen, dass Henning so dämlich war, praktisch in unmittelbarer Nachbarschaft seines Hauses und seiner Frau und unter den Augen aller Nachbarn in ein Bordell zu gehen. Er verkniff sich eine entsprechende Bemerkung, um seinen Aufenthalt bei Frau Pies nicht unnötig zu verlängern.

„Sonst noch etwas?“

Er konnte dem Gesicht von Frau Pies die Enttäuschung ansehen, dass er ihre Mitteilung so ohne jeden Kommentar zur Kenntnis genommen hatte. Gleichzeitig schien sie zu überlegen, was sie ihm noch mitteilen könne, um doch noch zu einer Anerkennung zu kommen.

„Kann ich Ihnen sonst eine Frage beantworten. Sie sind doch sicherlich in Ihren Ermittlungen vorangekommen und da gibt es doch immer wieder Dinge, die man in der Nachbarschaft ermittelt. Zumindest ist das in den Fernsehkrimis oft so.“

„Die Realität sieht anders aus“, antwortete Wagner trocken und spürte sofort, dass er damit etwas an Sympathie bei der alten Frau eingebüßt hatte. Er musste also zurückschalten. „Aber in diesem Fall haben Sie sicherlich recht“, fügte er deshalb schnell hinzu. „In Buchenau sieht das natürlich anders aus als in Koblenz, Frankfurt oder Hamburg.“ Hoffentlich merkte Frau Pies nicht den Nonsens seiner Bemerkung.

Tatsächlich schien die alte Dame wieder etwas versöhnt. „Also, ich habe auch über den gelben Wagen nachgedacht, der am Tag vor dem Mord in der Garageneinfahrt stand. Ich bin sicher, dass es sich um den Wagen von Hennings Schwägerin handelte. Denn hätte der Wagen eine auswärtige Zulassung gehabt, wäre es mir sicherlich aufgefallen.“

Dieser Hinweis schien Wagner schon brauchbarer und auch nachvollziehbarer.

„Gestanden hat sie wohl noch nicht?“

Wagner konnte sich ein Lächeln nicht verkneifen. „Dazu kann ich Ihnen nichts sagen. Aber Sie haben mir mit Ihren Beobachtungen sehr geholfen. Vielleicht schaue ich in den nächsten Tagen noch mal vorbei.“ Er zog eine Visitenkarte aus seiner Brieftasche. „Wenn Ihnen zwischenzeitlich etwas einfällt, rufen Sie mich einfach an.“

Jana hatte Fuß beim Betreten des Hauses gebeten, in der Diele zu warten. Sie wollte zunächst alleine und ungestört durch das Haus gehen und sich gleichzeitig vorstellen, was sich dort in den letzten Stunden im Leben von Eva Henning abgespielt hatte. Die bisherigen Ermittlungsprotokolle hatte sie auf der Fahrt vom Präsidium durchgelesen und dadurch voll gegenwärtig. Sie zog Latexhandschuhe an und begann ihren Rundgang in der Küche. Auch sie verfolgte dieselbe Methode wie Fuß und nahm erst einmal den Raum in sich auf. Dann begann sie die Informationen und Erkenntnisse der Spurensicherung in ihre Vorstellungen zu integrieren. Im Abfalleimer hatte man das Papier vom Café Claus sichergestellt, in der Spülmaschine waren Geschirr, Gläser und Bestecke gefunden worden. Beim Lesen des Protokolls war ihr bereits aufgefallen, dass es sowohl bei den Gläsern als auch beim Geschirr eine ungerade Zahl an Gedecken gab. Das konnte unter Umständen die Bestätigung der Aussage von Frau Pies sein, dass nachmittags die Schwägerin zu Besuch gewesen war. Im Vorbeigehen öffnete sie den Kühlschrank. In einer Weinflasche befand sich noch ein kümmerlicher Rest. Außerdem zwei volle und eine halbvolle Flasche Mineralwasser. Instinktiv nahm Jana die Flasche und schüttelte sie. Der Inhalt begann nur wenig zu perlen, also war schon einige Zeit vergangen, seit sie geöffnet worden war. Beim Öffnen fiel ihr auf, dass der Verschluss nur leicht angedreht war. Natürlich konnte der Verlust der Kohlensäure auch darauf zurückzuführen sein. Hatte Frau Henning als Letzte daraus getrunken und vielleicht nicht mehr die Kraft gehabt, den Verschluss ordnungsgemäß zuzudrehen? Ansonsten war der Kühlschrank recht leer, was nicht dafür sprach, dass Eva Henning noch am Nachmittag einkaufen war. Das konnte ein weiterer Hinweis auf ihren schlechten Gesundheitszustand sein. Sie hatte auch nicht ihren Mann angerufen und sich erkundigt, was sie am Abend kochen solle. Janas Blicke schweiften weiter suchend durch die Küche. Auch sie öffnete einen Schrank nach dem anderen und die Schubladen. Dabei versuchte sie sich in die Rolle von Eva Henning zu versetzen. Nein, es gab wirklich keinen eindeutigen Hinweis, was die Verstorbene kurz vor ihrem Tod gemacht haben könnte. Von der Küche ging sie ins Wohnzimmer, während Fuß immer noch geduldig in der Diele wartete.

Auch hier nahm sie erst einmal das Zimmer in sich auf und begann dann die Schränke und vor allem das Buchregal zu inspizieren. Bücher sagten oft sehr viel aus. Aber in diesem Fall schien es so zu sein, wie bereits Schäfer in seinem Untersuchungsbericht vermerkt hatte. Das Wohnzimmer spielte offenbar in dem Drama keine Rolle. Trotzdem versuchte Jana auch hier sich in die Tote zu hineinzuversetzen. Wieder tasteten ihre Augen den Raum ab. Hier hatte das Ehepaar laut Aussage von Bernd Henning zum letzten Mal gemeinsam gesessen und zu Abend gegessen. Bereits zu diesem Zeitpunkt war es angeblich der Toten schlecht gewesen, so schlecht, dass ihr der Ehemann Tee gemacht hatte. Einen Magentee – merkwürdig, nirgends hatte man einen Teebeutel oder Reste von aufgebrühtem Tee gefunden. Überhaupt … Jana eilte schnellen Schrittes in die Küche zurück … sie hatte überhaupt keinen Tee entdeckt. War das ein erster Hinweis darauf, dass Henning in diesem Punkt gelogen hatte. Aber warum?

„Fuß“, rief sie und sah im gleichen Moment, dass der Oberkommissar in der Küchentür stand und sie schweigend beobachtete. „Ruf mal Schäfer an, ob er irgendwo Tee gefunden hat.“

Während Fuß über sein Handy versuchte, Hauptkommissar Schäfer zu erreichen, ging Jana in die Gästetoilette, in der sich die Tote offenbar noch kurz vor ihrem Ableben übergeben hatte. Reste des Erbrochenen hatte Schäfer sichergestellt und sie waren analysiert worden. Das Ergebnis war bekannt. Der Wasserhahn war nicht zugedreht gewesen, was mehrere Gründe haben konnte. Zum einen konnte es sein, dass Frau Henning zu schwach war, um den Hahn zuzudrehen, zum anderen hatte sie vielleicht vor, die Gästetoilette nur kurzzeitig zu verlassen und wieder zurückzukehren. Und dann gab es noch die Möglichkeit, dass ihr irgendetwas auf- oder eingefallen war und sie deshalb hastig und gedankenverloren die Toilette verlassen hatte. Einiges sprach für die letzte Überlegung. Und dann stand das schnelle Verlassen der Gästetoilette möglicherweise in direktem Zusammenhang mit dem Aufsuchen des Kellers.

„Schäfer hat verschiedene Teesorten gefunden und zur Untersuchung mitgenommen. Müsste auch im Protokoll stehen, meint er. Die Untersuchung ist nebenbei negativ verlaufen.“

Die junge Frau zuckte mit den Schultern. Das musste sie überlesen haben.

„Lass mich noch schnell nach oben gehen“, bat die Profilerin, die ahnte, wie schwer es Fuß fiel, untätig herumzustehen. Fuß brummte nur etwas vor sich hin und sah hinter Jana her, die eiligen Schrittes die Treppe hinaufstieg.

Die Betten im Schlafzimmer waren nicht gemacht. Schäfer hatte sie laut Bericht nach Erbrochenem untersucht, aber nichts gefunden. Herr Henning hatte seine Frau schlafen lassen, sie hatte sich beim Aufstehen unwohl gefühlt und deshalb das Zimmer so zurückgelassen wie es war. Eva Henning musste also irgendwann aufgestanden sein, wahrscheinlich hatte sie dabei unter schweren Kreislaufproblemen gelitten, denn das Gift musste zu diesem Zeitpunkt bereits erhebliche Wirkung gezeigt haben. Was hatte sie aber dann gemacht? Warum hatte sie keinen Arzt gerufen? Merkwürdig war, dass das Telefon in der Diele nicht funktionierte. Wie schlecht war es ihr zu diesem Zeitpunkt gegangen? Irgendwann auf jeden Fall hatte sie sich übergeben und war dann in den Keller gegangen. Gegangen? Schäfer hatte Hinweise gefunden und mit Fotos und Video dokumentiert, dass die Frau Stufe für Stufe die Treppe heruntergerutscht sein musste. Was war es also, weswegen sie diese Strapazen auf sich genommen hatte.

„Komm!" Jana kam herunter und machte Fuß ein Zeichen ihr zu folgen. Mit jeder Stufe stellte sie sich vor, wie Eva Henning die Treppe herunterrutschte, außer Atem, wie von Sinnen, vielleicht schon halb im Koma – warum? Unten angelangt blieb Jana wieder stehen und überlegte. Links ging es in den Heizungskeller. Die feuerfeste Eisentür hatte Schäfer verschlossen vorgefunden. Dieser Teil des Kellers konnte nicht das Ziel der Sterbenden gewesen sein. Ihr Ziel und damit die Lösung der Frage nach dem Grund, warum Eva Henning in den Keller gegangen war, musste vor ihren Augen liegen. Deutlich konnte Jana Dufkova an Hand der Kreidemarkierung erkennen, wo und wie Eva Henning gelegen hatte. Neben dem Regal mit Eingemachtem und Weinflaschen standen in einem weiteren Regal Konserven. Aber die Ermordete war sicherlich nicht hinuntergegangen, um hier etwas für das Abendessen zu holen. Hiernach konnte ihr nicht der Kopf gestanden haben. Es musste einen Sinn oder eine Antwort auf die Frage geben, was es dort gegeben hatte und was jetzt nicht mehr da war.

Jana trat dicht an das Regal heran, vor dem Eva Henning gelegen hatte. Man hatte laut Obduktion kleinste Holzteilchen an der Innenfläche der Hände der Toten gefunden. Sie hatte sich also am Regal festgehalten … oder hochgezogen! Jana trat noch dichter ans Regal und stieß einen leisen Pfiff aus.

„Fuß!"

Sie trat einen Schritt beiseite, hielt den Kopf schief und ließ ihre Blicke schräg über eine leere Regalfläche streifen. Bei genauem Hinsehen konnte man eine kaum sichtbare, puderähnliche Staubschicht ausmachen, die eindeutig dokumentierte, dass hier etwas Rechteckiges gestanden haben musste.

„Ruf Schäfer an, der muss nochmals vorbeikommen!" Jana deutete vorsichtig mit dem Finger auf die Fläche. „Du musst dich hier hinstellen, sonst siehst du es nicht."

Es dauerte einige Sekunden, bis Fuß die richtige Position und den richten Blickwinkel eingenommen hatte.

„Nicht anfassen, nicht einatmen!", gab Fuß die Warnung von Schäfer weiter, als dieser erstmals von der Möglichkeit einer Vergiftung durch Rizin gesprochen hatte, und zog Jana ängstlich besorgt vom Regal weg.

Das Verhör von Cornelia Henning am frühen Nachmittag drehte sich im Kreis. Immer noch blieb sie bei den ursprünglichen Behauptungen und Darstellungen, was ihr Verhältnis zu ihrer Schwägerin betraf und wie die angeblichen Beweise sich als völlig harmlos darstellen ließen. Was Fuß etwas bei dem Verhör verunsicherte war die Tatsache, dass sich Cornelia Henning trotz aller Verhörtaktik nicht in Widersprüche verwickelte. Ihm wurde bewusst, dass die Zeit immer knapper wurde. Fast war abzusehen, dass man die Verdächtige wieder aus der U-Haft entlassen musste. Aber vielleicht würde die Untersuchung des „Puders", das Schäfer inzwischen unter strengsten Vorsichtsmaßnahmen ins Labor gebracht hatte, zu neuen Erkenntnissen führen.

Bereits kurz vor Feierabend kam allerdings vom Labor Entwarnung. Bei dem Puder handelte es sich um ein im Handel erhältliches Rattengift.

Fuß, Jana und Wagner saßen zusammen im Büro, als sie die Nachricht erreichte.

„Dann hat uns Bernd Henning belogen. Er hat ausgesagt, dass sich niemals Gift im Haus befunden hätte", stellte Fuß mit grimmiger Miene fest.

„Und außerdem", Jana strahlte über das ganze Gesicht, „glaube ich jetzt zu wissen, warum die Ermordete in den Keller gegangen ist. Sie wusste von dem Gift und sie ahnte in den letzten Stunden oder Minuten ihres Lebens, dass man sie vergiftet hatte und wollte es möglicherweise als Beweis aus dem Keller holen, um es der Polizei zu übergeben. Nur, dann war der Tod schneller."

„Und Henning hat es verschwinden lassen, bevor der Notarzt kam!", ergänzte Wagner.

„Dann werden wir uns morgen mal wieder den Ehemann vorknöpfen müssen und mit seinen Lügen konfrontieren", stöhnte Fuß.

„Und wie passt das alles in die bisherigen Ermittlungen gegen seine Schwägerin?“

Für kurze Zeit herrschte ein fast betretenes Schweigen in dem Büro, schließlich meinte Fuß: „Vielleicht hatten ja beide vor, Eva Henning zu vergiften, nur die Schwägerin war schneller.“

7.

Mit diesem Gedanken begann für Fuß und Wagner auch der nächste Morgen. Im Vordergrund stand nun die Frage, welches Motiv hinter dem Mord stand. Fuß hatte in der Nacht, als er nicht einschlafen konnte, beschlossen, mittels einer DNA feststellen zu lassen, ob Bernd Henning wirklich der Vater des ungeborenen Kindes war. Immerhin ließ der im Arbeitszimmer der Toten gefundene Brief der Schwägerin die Vermutung zu, dass die Tote möglicherweise eine engere Beziehung zu ihrem Schwager hatte. Damit hätten sowohl ihr Mann als auch ihre Schwägerin ein Motiv gehabt.

„Unabhängig davon nehme ich mir heute noch einmal den Ehemann vor, aber bevor seine Schwägerin aus der U-Haft entlassen wird", entschied Fuß und klopfte Wagner auf die Schulter. „Und du holst in der Zwischenzeit die Schwägerin zum Verhör. Aber kein Wort von Rattengift. Dafür aber umso deutlicher, dass wir sicher sind, dass sie am Tag vor dem Mord nachmittags bei der Ermordeten gewesen ist."

„Ich könnte ihr androhen, dass wir sie einer Zeugin gegenüberstellen, die sie erkannt hat."

Fuß verzog sein Gesicht ein wenig. Beide wussten nur zu gut ein solches Druckmittel bei einem Verhör einzuschätzen und Fuß hielt nicht viel von solchen Methoden. Trotzdem enthielt er sich eines Kommentars und machte sich erneut auf den Weg nach Beltheim.

Es wunderte ihn, dass August Henning ihm die Haustür öffnete.

„Können Sie sich vorstellen wie das in der Arbeit ist, wenn die Frau unter Mordverdacht in U-Haft sitzt. Da zeigen doch alle mit dem Finger auf einen. ‚Das ist der Mann der Mörderin!'. Nein danke, das muss ich nicht haben", meinte er recht ungehalten und eine gewisse Feindseligkeit schwang in seiner Stimme mit.

Fuß sagte nichts zu der Feststellung, sondern meinte nur kurz angebunden: „Ich möchte Ihren Bruder sprechen."

Wortlos machte August Henning den Weg frei und deutete auf die

Wohnzimmertür. Fuß klopfte energisch an und fand Bernd Henning in die Rhein-Hunsrück-Zeitung vertieft, die an diesem Tag wieder die neuesten Spekulationen im Mordfall Henning über knapp eine halbe Seite publizierte. Er schaute Fuß erstaunt entgegen. Offenbar hatte er nach der Verhaftung seiner Schwägerin nicht mit einem weiteren Besuch der Kriminalpolizei gerechnet.

Fuß baute sich breitbeinig vor Henning auf und stellte ohne Umschweife fest: „Sie haben uns belogen!"

Am liebsten wäre Henning aufgesprungen, aber Fuß war absichtlich so dicht vor ihn getreten, dass ihm dies nicht möglich war. Henning blieb also nichts anderes übrig als zu fragen, wann dies geschehen sein solle und worum es gehe.

„Sie haben behauptet, niemals Gift in Ihrem Haus gehabt zu haben."

Bereits bei diesen Worten konnte Fuß deutlich sehen, wie sich das Gesicht seines Gegenübers rot färbte und seine Augen zu flackern begannen. Also wusste Henning ganz genau, worum es ging.

„Sie meinen die Sache mit dem Rattengift?", begann Henning auch sofort, ohne dass Fuß seine Behauptung erläutern musste. „Das war zugegeben eine Dummheit, eine Notlüge, wie man zu sagen pflegt. Als Sie die Vermutung äußerten, meine Frau sei möglicherweise vergiftet worden, hatte ich Angst in den Verdacht zu kommen, sie vergiftet zu haben. Das Rattengift hatte ich für eine Baustelle gekauft und für ein paar Tage in unserem Keller aufbewahrt, weil mir das Risiko auf der Baustelle zu groß schien. Aber am Morgen des Tages, an dem ich abends meine Frau im Keller vorfand, habe ich es mit auf eine andere Baustelle genommen, wo auch Ratten aufgetaucht waren. Ich konnte doch nicht ahnen, was geschehen würde. Ich weiß, es war ungeschickt, es zu verschweigen."

Fuß überlegte, wie er auf diese Erklärung reagieren sollte. Irgendwie klang sie glaubwürdig und auch relativ leicht zu überprüfen, denn Henning war bestimmt nicht der Einzige, der von den Ratten wusste und über das Streuen von Gift informiert war.

„Warum glauben Sie, ist Ihre Frau unmittelbar kurz vor ihrem Tod in den Keller gegangen und dann ausgerechnet vor dem Regal zusammengebrochen, in dem Sie das Gift aufbewahrt hatten?"

Das rote Gesicht von Henning wurde zusehends blass. Es schien, dass er sich dazu noch keine Gedanken gemacht hatte und erst in diesem Moment sich die gleiche Frage wie Fuß stellte.

„Ich ... ich weiß nicht ...", stotterte er. Mit einer energischen

Armbewegung schubste er Fuß beiseite, sprang auf und rannte aus dem Zimmer. Durch die offene Tür konnte Fuß deutlich hören, wie sich Henning im Bad oder der Toilette übergab.

„Was ist denn jetzt schon wieder los?“, tauchte August Henning in der Tür auf und schaute unverhohlen feindselig den Oberkommissar an.

Fuß zog nur die Schultern hoch. Er hatte keine Lust sich mit Hennings Bruder in eine Diskussion einzulassen. Er konnte sich schon jetzt ausmalen, wie er reagieren würde, wenn er demnächst eine Speichelprobe für eine DNA abgeben musste.

Vom Flur her war das Betätigen der Wasserspülung zu hören. Bernd Henning würde also gleich wiederkommen und konnte sich dann mit seinem Bruder auseinandersetzen.

August Henning blieb in der Zwischenzeit herausfordernd in der Tür stehen, als wolle er den Oberkommissar bewachen oder dessen Verlassen des Raumes verhindern.

Als Bernd Henning endlich kam, machte er allerdings wortlos den Durchgang frei und verschwand wieder irgendwo im Haus.

Bernd Henning sah elend aus, sein vor wenigen Minuten noch hochrotes Gesicht war jetzt kalkweiß. Er ließ sich in den nächst erreichbaren Sessel fallen und schaute den Oberkommissar mit fast ängstlichen Augen an.

„Glauben Sie wirklich, meine Frau hat das Gift gesucht? Sie hat gewusst, wo es stand, und ist in der Annahme …“, er holte tief Luft und vermied offenbar das Wort „gestorben“, „… ich hätte sie vergiftet?“

Fuß ließ sich nun auch in einem Sessel nieder und zögerte mit seiner Antwort, doch schließlich nickte er: „Davon gehen wir im Moment aus.“

Er sah, dass Henning wieder drauf und dran war aufzuspringen und sich erneut zu übergeben. Fast tat ihm der Mann leid. Trotzdem blieb Bernd Henning neben seiner Schwägerin vorerst der Hauptverdächtige. Solch inneren Zwiespalt kannte Fuß und wusste damit umzugehen.

„Aber …“, begann Henning leise, „ich habe meine Frau doch geliebt und wir haben uns so sehr auf unser Kind gefreut. Da kann sie doch nicht …“ Die Stimme versagte ihm und er fiel in einen Weinkrampf. Fuß wusste, dass es jetzt keinen Sinn hatte, etwas zu sagen. Mit dieser Vorstellung musste Henning weiterleben, ob er nun der Täter war oder tatsächlich mit dem Mord nichts zu tun hatte.

Nachdem Henning wieder einigermaßen zu sich gekommen war,

stand Fuß auf und ging langsam auf den Witwer zu, der ihn immer noch ängstlich und Hilfe suchend anschaute.

„Wenn Sie wollen, dass wir den Mörder oder die Mörderin Ihrer Frau finden, dann sollten Sie mit uns arbeiten und nicht mit falschen Aussagen gegen uns."

Fuß glaubte ein Nicken zu erkennen. Er schaute Henning noch ein paar Sekunden direkt ins Gesicht, dann wandte er sich ab und verließ das Haus.

Im Präsidium erfuhr Fuß als Erstes, dass nicht der Haftbefehl gegen Cornelia Henning, dafür aber die Versiegelung des Hauses der Hennings aufgehoben worden war und seinem Antrag auf eine DNA von Bernd und August Henning stattgegeben wurde. Damit traten die Ermittlungen in eine neue Phase.

Was gegen eine Entlassung aus der U-Haft von Cornelia Henning sprach, war vor allem die Tatsache, dass sie als Apothekerin in der Lage war, sich Rizin zu beschaffen; das Café Claus auf der Strecke zwischen Beltheim und Buchenau liegt und die Wahrscheinlichkeit, dass es sich bei dem kleinen gelben Fahrzeug, das die Zeugin gesehen hatte, mit großer Wahrscheinlichkeit um ihr Fahrzeug handelte. Der Haftrichter sah außerdem aufgrund der vielen bisher ungeklärten familieninternen Fragen das Risiko der Verdunklungsgefahr.

Fuß freute sich über die Einschätzung des Haftrichters, zu oft hatten hier Fehlentscheidungen schon zu Misserfolgen bei den Ermittlungen geführt. Er nahm sich vor, die Speichelproben so schnell wie möglich einzusammeln und bat Jana, den Brief, den Cornelia Henning an ihre Schwägerin geschrieben hatte, einmal im LKA-Labor „auf dem kleinen Dienstweg" auf das mögliche Alter untersuchen zu lassen.

Bernd Henning würde also jetzt in das Haus zurückkehren. Manchmal führte der Umstand, dass ein Täter gezwungen war, an den Tatort zurückzukehren, zu erstaunlichen Reaktionen. Fuß wollte ihn weiterhin nicht aus den Augen lassen.

Jana hatte telefonisch sehr schnell einen Kollegen beim LKA gefunden, der die Untersuchung des Briefes ohne große Anträge und Papierkrieg vornehmen wollte. Sie und Wagner beschlossen, sich einen gemütlichen Abend in einer Mainzer Altstadt-Kneipe zu gönnen, um den Brief weder auf den Dienst- noch auf den Postweg geben zu müssen.

Beim Aufräumen seines Schreibtisches stieß Fuß wieder auf seine Notizen zu dem Studenten Tobias Esch. Er lehnte sich in seinem Stuhl zurück und versuchte verschiedene Varianten durchzuspielen, was sich hinter dem Brief von Eva Henning verbergen konnte. Dass Esch gelogen hatte, war Fuß völlig klar. Aber dafür konnte es durchaus plausible Gründe geben. Vielleicht waren sie sich einmal irgendwo zufällig begegnet. Eva Henning war eine attraktive Frau. Esch hatte sich in sie verknallt und lief ihr hinterher. Sie fühlte sich belästigt und schrieb diesen Brief. Nun fürchtete Esch vielleicht, von ihr wegen Stalkings angezeigt worden zu sein, denn Fuß hatte ihm nichts von der Ermordung der Psychologin erzählt. Und schließlich gab es auch noch die Variante, dass Tobias Esch tatsächlich irgendwann einmal Patient der Psychologin gewesen war und sich ungerecht behandelt oder beurteilt gefühlt hatte und er mit seinen im Brief erwähnten Anrufen und Briefen Rache übte.

In diesem Moment fiel Fuß ein, dass er allerdings von diesen erwähnten Briefen, durch die sich die Ermordete belästigt gefühlt hatte, keinen einzigen gefunden hatte. Dieser Umstand erschien ihm plötzlich merkwürdig. Fuß machte sich auf dem Notizzettel einen kurzen, dementsprechenden Vermerk. Warum hatte Eva Henning nur die Kopie ihres Briefes aufgehoben, aber die Briefe, um die es sich drehte, offenbar nicht?

Wagner war von seinen Ermittlungen bezüglich des Einstiegdiebstahls in Ehrenbreitstein noch nicht zurück. Vielleicht begleitete ihn Jana, wovon Fuß grundsätzlich ausging und was unter Umständen zu einer zeitlichen Verzögerung führen konnte. Ein verständnisvolles Lächeln huschte über das Gesicht des Oberkommissars. Auch er war schließlich einmal jung und verliebt gewesen. Und Wagner würde es schon nicht übertreiben und die Arbeit schleifen lassen, dessen war er sich sicher.

Das Telefon schreckte Fuß aus seinen Gedanken. Am anderen Ende meldete sich Thomas von Essen. Man hatte Bernd Henning nach einem Kreislaufkollaps in die Hunsrück Klinik *kreuznacher diakonie* gebracht. Sofort fühlte sich Fuß an diesem Umstand mitschuldig, obwohl ihm am Vormittag nichts anderes übrig geblieben war, als Henning die Überlegungen bei ihren Ermittlungen mitzuteilen.

Kurz entschlossen machte sich Fuß auf den Weg nach Beltheim, um August Henning persönlich die Speichelprobe abzunehmen. Danach würde er nach Simmern fahren und versuchen, diese auch von Bernd Henning zu bekommen und sich gleichzeitig über dessen Gesundheitszustand informieren.

August Henning war gerade dabei in sein Auto einzusteigen, angeblich hatte ihn sein Arbeitgeber zu einem Gespräch gebeten. Nun fürchtete Henning, dass man ihm die Kündigung überreichen werde. Die Tatsache, dass Fuß gekommen war, um eine Speichelprobe von ihm zu bekommen, gab ihm den Rest und der Oberkommissar dachte einen Moment, auch August Henning könne einen Kreislaufkollaps bekommen.

Nach dem Speichelabstrich wollte Henning sich einen Cognac genehmigen und bot auch Fuß ein Glas an. Doch auf Anraten des Oberkommissars und unter Hinweis auf das bevorstehende Gespräch mit dem Arbeitgeber, verzichtete Henning auf den Alkohol. Eine Fahne bei einem solchen Gespräch, leuchtete ihm sofort ein, wäre nicht unbedingt förderlich. Und für Fuß war Alkohol im Dienst sowieso tabu.

Also stellte Henning den Cognac wieder in den Schrank zurück und ließ sich in einem Sessel nieder.

„Ich werde zu spät kommen", lamentierte er. Nichts erinnerte mehr an seinen Auftritt vom Vormittag, als er feindselig in der Tür gestanden und losgebrüllt hatte.

Fuß warf einen Blick auf seine Armbanduhr. „Wann sollten Sie denn dort sein?"

Auch Henning blickte auf seine Uhr. „In knapp einer Viertelstunde."

„Das müsste aber doch noch zu schaffen sein."

Henning streckte Arme und Hände aus und Fuß konnte sehen, wie der Mann zitterte. „Aber nicht in meinem Zustand", meinte er.

„Geben Sie mir die Telefonnummer und den Namen Ihres Personalchefs, ich werde Ihre Verspätung ankündigen und mit meinem Besuch begründen."

Henning machte nur eine hilflose Handbewegung und erhob sich mühsam aus seinem Sessel. „Vergessen Sie es. Es ist sowieso alles zu Ende. Meine Schwägerin ermordet, meine Frau unter Mordverdacht im Gefängnis, mein Bruder im Krankenhaus und ich gefeuert."

Fuß wollte etwas sagen, doch Henning schob ihn förmlich aus dem Wohnzimmer und begleitete ihn zur Haustür.

„Das war's dann wohl", meinte er und schloss die Tür hinter dem Oberkommissar. Fuß blieb noch einen Moment mit dem Ohr dicht an der Tür stehen und lauschte, aber drinnen war nichts mehr zu hören. Mit einem etwas unguten Gefühl machte er sich auf den Weg in die Hunsrück Klinik nach Simmern.

Bernd Hennings Zustand war besser, als Fuß befürchtet hatte. Zwar hing er noch an einer Infusion, machte aber insgesamt einen gefassten und klaren Eindruck. Fuß beugte sich über ihn und teilte ihm mit, warum er gekommen war. Die beiden Bettnachbarn mussten ja nicht unbedingt mitbekommen, worum es ging. Zwar war auch Bernd Henning über den Grund des Besuches von Fuß etwas überrascht, ließ sich aber ohne große Einwände die Speichelprobe nehmen. Fuß stellte sich dabei so zwischen die Betten, dass keiner im Zimmer etwas davon merkte.

Anschließend verabschiedete sich der Oberkommissar, wünschte noch gute Besserung und entschied auf dem Parkplatz, nicht mehr ins Präsidium zu fahren. Die Proben gingen sowieso erst morgen ins Labor und Erika war sicherlich froh, wenn er ausnahmsweise schon vor dem Hauptandrang in die Straußwirtschaft kam.

August Henning saß über eine Stunde fast bewegungslos in seinem Sessel und starrte vor ich hin. Seine Gedanken irrten wie wild durch seinen Kopf, der allmählich zu glühen begann, obwohl der Rest seines Körpers ihn fröstelte. Er fühlte sich ausgelaugt. Schließlich begann er über sein Leben nachzudenken. Bilder aus seiner Jugend tauchten auf. Immer wieder stieß er dabei auf den Umstand, dass er sich nicht integrieren und erst recht nicht binden konnte. Er versuchte nicht herauszufinden, woran das lag. Das hatte er früher, wenn wieder einmal etwas in die Brüche gegangen war, schon tausende Male getan, ohne Erfolg. Seine Freundschaften, soweit er sie als solche bezeichnen konnte, hielten nie lange. Das gleiche Schicksal traf ihn bei der Berufswahl und später bei der schlichten Suche nach irgendeiner Arbeit. Seine Brüder waren da ganz anders. Sie hatten alle einen anständigen Beruf, wie sich seine Mutter immer ausdrückte. Sie waren erfolgreich, konnten ihre Frauen ernähren. Und er? Dann hatte er Cornelia getroffen, keine Schönheit. Aber sie hatte eine feste Anstellung und verdiente als Apothekerin nicht schlecht. Sie verhalf ihm auch über Beziehungen die Anstellung bei Steffen Möbel in Mastershausen zu bekommen. Trotzdem hatte sich in seinem Leben nicht allzu viel geändert. Die große Liebe, so wie sie offensichtlich sein Bruder Bernd und Eva erlebt hatten, blieb aus. Bereits nach wenigen Monaten fühlte er sich wieder so einsam wie vorher. Und jetzt das! Wie sollte er seine Situation seinen Arbeitskollegen erklären? Und nachdem er das heutige Gespräch vermasselt hatte, war er wahrscheinlich auch seinen Job los, wieder ohne

Geld, arbeitslos. Und das in seinem Alter. Das ganze Dilemma würde wieder von Neuem beginnen. Er fing an zu zittern, Bewegung kam in seinen Körper. Er richtete sich auf und merkte, dass er steif geworden war. Mühsam erhob er sich, seine Gelenke schmerzten. Er öffnete den Vitrinenschrank und nahm die Cognac-Flasche und einen Schwenker heraus, den er fast randvoll füllte. Er kippte das ganze Glas in einem Zug hinunter und schüttelte sich. Dann goss er sich ein zweites Glas ein. Er hielt sich an der Lehne eines Sessels fest. Draußen hatte die Dämmerung eingesetzt und er konnte nur noch schemenhaft die Einrichtung seines Wohnzimmers erkennen. Seines Wohnzimmers? Hatte es nicht Cornelia eingerichtet? Jedes Teil war von ihr ausgesucht worden, bis hin zu der grässlichen Bodenvase neben der Tür zur Terrasse. Wenn er dann an die Einrichtung von Eva und seinem Bruder dachte. Gemeinsam hatten sie alles mit viel Liebe ausgesucht. Und dies spiegelte sich in der ganzen Wohnung wider. Aber hier? Hier spiegelte sich nichts wider. Alles war einfach da, ohne spürbare Beziehung zu den Menschen, die hier lebten. Auch Annette, seine ältere Schwester, hatte ein geschicktes Händchen und Geschmack. Und Eva war der Beweis, dass man Hausfrau sein und trotzdem einen Beruf ausüben konnte. Eva … was verband Cornelia mit seiner Schwägerin? Mit allen anderen hatte sie sich zerstritten oder ging ihnen aus dem Weg. Er kippte das zweite Glas Cognac hinunter und schenkte sich gleich auch noch den Rest der Flasche ein. Zu gern hätte er mit der leeren Flasche diese hässliche Bodenvase zerschlagen. Was Cornelia wohl dazu sagen würde? Aber wieder war er zu nichts fähig. Er stellte die Flasche in den Schrank zurück und trat mit dem Schwenker in der Hand ans Fenster. Draußen war es inzwischen so dunkel geworden, dass die Straßenlaternen bereits brannten. Gegenüber konnte er bei seinen Nachbarn in die hellerleuchteten Zimmer schauen. Da saßen sie beim Abendessen, Vater, Mutter und zwei Kinder. Eine Familie, eine richtige Familie. Und plötzlich tauchte wieder Eva auf, warum gerade jetzt verfolgte ihn das Bild von ihr? Sie verdrängte die realen Bilder der Nachbarhäuser. Lachte sie ihn an oder lachte sie ihn aus? Er wusste es nicht. Dann tauchte dieser Polizist auf, seine mächtige Figur stand plötzlich vor ihm, unüberwindbar. „Haben Sie Eva Henning ermordet?“, brüllte er August an. Der machte sich ganz klein. „Ich glaube nein, ich weiß es nicht“, jammerte er. „Wenn Sie es nicht waren, wer war es dann, Ihre Frau?“, fuhr dieser Goliath lautstark fort. Irgendeine Stimme rief: „Du warst es. So gib es doch endlich zu, du warst es!“

August Henning war überzeugt, dass es Evas Stimme war. Warum lieferte sie ihn ans Messer? Was hatte er ihr getan? Als er wieder aufblickte, stand sein Chef vor ihm, ebenso groß und mächtig wie der Polizist. Auch er schrie: „Haben Sie Ihre Schwägerin umgebracht? Dann sind Sie entlassen. Fristlos entlassen!“ August Henning versuchte sich abzuwenden, aber dort stand Cornelia vor ihm und lachte ihn hämisch aus. „Man wird dich hängen!“, rief sie. „Mörder hängt man! Mörder!“ Er versuchte erneut sich umzudrehen, aber da standen seine Arbeitskollegen und zeigten mit dem Finger auf ihn. Auch sie schrien: „Mörder, Mörder!“ August Henning trank den letzten Rest Cognac und stellte das Glas auf die Fensterbank neben die Azalee mit ihren rosa Blüten. Als er merkte, dass der Boden unter ihm zu schwanken begann, hielt er sich rasch an der Marmorplatte fest. Dann verließ er leicht schwankend das Wohnzimmer und ging ins Bad. Einige Zeit betrachtete er sich im Spiegel. Sah so ein Mörder aus? Der Kommissar schien ihn bereits zu verdächtigen. Der Cognac auf nüchternen Magen zeigte immer deutlicher seine Wirkung. Allmählich trübte sich sein Blick und das Gesicht im Spiegel verschwamm langsam. Mit beiden Händen hielt er sich am Becken fest. Nein, so konnte es mit seinem Leben nicht weitergehen. Plötzlich tauchten der Kommissar, sein Chef, einige Kollegen und schließlich auch sein Bruder Bernd wieder auf und titulierten ihn als Mörder, Versager, Schlappschwanz. In immer schnellerer Folge wechselten die Gesichter, schließlich vermischten sie sich alle zu einer Grimasse und diese Grimasse wuchs und wuchs …

„Polizeinotruf Simmern“, meldete sich eine Männerstimme. Irene Ademas Stimme zitterte, als sie den Unfall meldete. Sie hatte noch deutlich vor Augen wie der Audi auf der langen Geraden wenige hundert Meter vor ihr zunächst auf ihre Fahrbahn wechselte, auf sie zuschoss und dann ungebremst gegen einen Baum am Straßenrand fuhr. Sie hatte eine Vollbremsung vorgenommen, wodurch auch sie die Gewalt über ihren Wagen verlor, sich drehte und quer zur Fahrbahn zum Stehen kam. Durch das Beifahrerfenster sah sie in einer riesigen Staubwolke Fahrzeugteile durch die Luft fliegen, irgendetwas traf ihren Wagen mit einem ohrenbetäubenden Knall. Instinktiv duckte sie sich, doch dann wurde ihr bewusst, dass sie aussteigen musste. Jederzeit konnte ein nachfolgendes Fahrzeug in ihren quer stehenden Mondeo hineinfahren.

Wie in Trance stieg sie aus, hastig zerrte sie ihr Warndreieck aus dem Kofferraum und verhedderte sich beim Auseinanderklappen. Sie stolperte die Straße entlang und stellte ihr Warndreieck mitten auf die Fahrbahn. Dann hastete sie zurück zu dem Unfallwagen. Das Bild, das sich ihr bot, würde sie ihr ganzes Leben lang nicht mehr vergessen. Die Frontscheibe war herausgeschleudert worden. Zwischen dem tief eingebeulten Dach und der hochgedrückten Armaturenverkleidung war ein blutüberströmter Kopf eingeklemmt, daneben das Lenkrad. Der Wagen hatte sich beim Aufprall zunächst am dicken Stamm der Eiche aufgebäumt und war dann um einige Meter zurückgeschleudert worden.

Mit zitternden Händen hatte sie die 110 gewählt. Sie riss sich zusammen und meldete den Unfall. „Auf der Hunsrückhöhenstraße kurz hinter Kappel, Fahrtrichtung Koblenz, hat es einen schweren Autounfall gegeben. Zumindest eine Person ist schwer verletzt und im Fahrzeug eingeklemmt."

„Gibt es weitere verletzte Personen?"

„Moment!" Irene Adema stieg vorsichtig über ein herausgeschleudertes Teil einer Achse und blickte in das Unfallfahrzeug. „Zu sehen ist niemand."

„Bleiben Sie bitte am Unfallort, bis wir kommen. Sagen Sie mir noch bitte Ihren Namen."

„Irene Adema."

Die junge Frau drehte sich erschrocken um. Von Trier kommend näherte sich ein Lkw. Er hatte bereits die Warnleuchten eingeschaltet, wie sie erleichtert sehen konnte, und hielt unmittelbar hinter dem Warndreieck.

Fahrer und Beifahrer sprangen aus dem Lkw und liefen auf Irene Adema zu.

„Haben Sie schon die Polizei verständigt?", wollte der Beifahrer, ein kleiner, rundlicher Mann mit hoher Stirn, wissen.

„Was ist mit der Person im Auto?" Der Fahrer lief an ihr vorbei auf den Unfallwagen zu. Im gleichen Moment kam aus der anderen Fahrtrichtung ein Pkw. Der Lkw-Fahrer blieb deshalb auf der Fahrbahnmitte stehen und signalisierte dem herannahenden Fahrzeug mit ausgestreckten Armen anzuhalten.

„Richard, sichere mal die andere Richtung ab!", rief er seinem Beifahrer zu, der sofort loslief.

„Machen Sie die Warnleuchten an", schrie dieser dem Fahrer des

Pkws entgegen, der gerade ausgestiegen war. „Und stellen Sie schnell ein Warndreieck auf!“

Der Fahrer des Lkws war inzwischen einmal um den Trümmerhaufen herumgegangen und meinte: „Dem ist nicht mehr zu helfen.“ Trotzdem versuchte er die Fahrertür zu öffnen, die aber derart verklemmt war, dass sie sich selbst mit Gewalt nicht öffnen ließ. Er griff durch das zerborstene Seitenfenster und versuchte den Puls des Eingeklemmten am Hals zu fühlen. „Hören Sie mich?“, schrie er laut. „Können Sie mich hören?“

Nichts regte sich, kein noch so kleines Lebenszeichen oder ein leises Stöhnen. Sein Beifahrer war inzwischen hinter ihn getreten und meinte: „Den muss man mit ’ner Schere rausholen.“

„Riecht ganz schön nach Alkohol!“, stellte sein Kollege fest und richtete sich wieder auf. Dabei fiel sein Blick über das Wrack hinweg auf die Straße.

„Schnell!“ Er schubste seinen Beifahrer beiseite und rannte los. Irene Adema lag auf der Straße. Offenbar hatte ihr Kreislauf versagt. Routiniert zog der Lkw-Fahrer seine Lederjacke aus und legte sie unter ihre Beine. Dann öffnete er die obersten Knöpfe ihrer Jacke und schlug ihr leicht abwechselnd rechts und links auf die Wangen. „Junge Frau, wach bleiben!“, rief er laut.

Inzwischen hatten sich mehrere Fahrzeuge angesammelt. Einige Insassen waren ausgestiegen, betrachteten den Unfallwagen und diskutierten leise den möglichen Unfallhergang. Was allen sofort auffiel, war, dass keine Bremsspuren zu sehen waren. Die Meinungen gingen deshalb von Bremsversagen über Lenkradblockierung bis hin zum Sekundenschlaf.

Nach einer Weile ertönte in der Ferne ein Martinshorn, dass allmählich lauter wurde. Wenig später mischte sich ein weiteres hinzu. Dann tauchte der erste Wagen mit Blaulicht auf. Es war die herbeigerufene Polizei aus Simmern. Mit nur wenig Abstand folgten dann der Notarztwagen, ein Rettungswagen und schließlich auch noch die von der Rettungsleitstelle herbeigerufene Feuerwehr.

Während sich die beiden Polizisten zunächst vorrangig um die Absperrung der Unfallstelle kümmerten, bemühte sich der Notarzt um den Eingeklemmten. Doch schon nach der ersten kurzen Untersuchung machte er den Rettungssanitätern ein Zeichen, dass sie nicht gebraucht würden. Stattdessen bemühten sich die beiden um die junge Frau, die inzwischen wieder zu sich gekommen war. Sie führten sie zu ihrem Wagen und legten ihr eine Wolldecke um den zitternden Körper.

„Der Arzt gibt Ihnen gleich eine Spritze", beruhigte sie einer der beiden Sanitäter.

Die Feuerwehrleute hatten inzwischen eine Rettungsschere angesetzt und trennten mit ihr den linken vorderen Holm des Audis vom Dach. Mit Muskelkraft drückten drei Mann danach das Wagendach hoch, sodass die eingeklemmte Person aus dem Trümmerhaufen befreit werden konnte. Der Notarzt beugte sich noch einmal in den Wagen. Vorsichtig versuchte er den blutüberströmten Körper aufzurichten. Dabei entdeckte er seitlich im Schädel hinter dem Ohr einen offenen Spalt, aus dem Gehirnmasse herausquoll. Mit Hilfe eines Feuerwehrmannes legten sie den Toten auf die Straße und der Feuerwehrmann deckte die Leiche mit einer Folie zu.

„Tot!", bestätigte der Notarzt einem der Polizisten, der daraufhin zu der Leiche ging, die Folie beiseiteschob und begann nach einer Brieftasche oder Ähnlichem zu suche, um die Personalien feststellen zu können. Dabei entging auch ihm nicht, dass der Tote nach Alkohol roch.

Die Brieftasche steckte in der Innentasche des Jacketts. Der Beamte deckte die Leiche wieder zu und öffnete die Brieftasche. In dem ersten Fach befand sich der Führerschein, der den Toten als einen gewissen August Henning auswies. Irgendwie kam dem Beamten der Name bekannt vor. Er rief seinen Kollegen herbei und zeigte ihm den Führerschein.

„Das ist doch der Mann von der Mordverdächtigen, die derzeit in U-Haft sitzt", sagte der Herbeigerufene sofort, als er auch noch als Wohnort Beltheim las. „Das sollten wir schnellstens Börsch und den Kollegen vom K eins melden."

Der Sturm auf die Straußwirtschaft hatte an diesem Tag bereits unerwartet früh eingesetzt und Fuß musste sich förmlich durch die Reihen von Wartenden und die zusätzlichen Stühle zwängen, die ihm den Weg in den Vorraum zum Weinkeller versperrten, wo seine Winzerschürze hing und er sich vom Oberkommissar in den Wirt verwandelte.

Während dieser Verwandlung hörte er Erika im Hof lautstark ihren neusten Lieblingswitz erzählen. In das johlende Gelächter hinein öffnete Fuß die Tür zum Hof und wartete, bis wieder etwas Ruhe eingetreten war. Dann legte er seinen Arm um seine Frau und meinte: „Ich habe zu meiner Frau gesagt, wenn einer von uns beiden mal stirbt, dann zieh ich nach Mallorca!"

Erneutes Gejohle und Zuprosten.

Vergessen war der Tag, jetzt war aus dem Oberkommissar wieder der Winzer geworden. Fuß vollzog sein allabendliches Ritual, zündete die Kerzen auf den Tischen an und räumte die Kühlschränke wieder voll. Dann schlenderte er von Tisch zu Tisch, begrüßte den einen oder anderen, wechselte ein paar, meist spöttische Worte mit seinen Stammgästen und übernahm schließlich den Service auf der Terrasse.

Irgendwann tauchte auch Dr. von Essen mit seiner Frau Choon Ok, einer Koreanerin, auf, die im Ärztehaus in Emmelshausen eine Apotheke hat und Cornelia Henning vom Studium her kannte. Da nirgends ein Stuhl frei war, blieben sie an der Theke stehen. Beide waren verständlicherweise sehr an dem Fall Henning interessiert, zumal sie hofften, Fuß durch eigene Kenntnisse bei den Ermittlungen helfen zu können.

Auch als sie nach einer knappen halben Stunde endlich einen Sitzplatz ergattert hatten, war noch so viel Betrieb auf der Terrasse, dass Fuß sich ihnen immer noch nicht widmen konnte.

Gegen einundzwanzig Uhr läutete das Telefon. Erika zwängte sich durch die stehenden Gäste und hob ab.

„Hier ich, wer dort?"

Ein Kollege des Bereitschaftsdienstes der Kripo Koblenz meldete sich und bat, den Oberkommissar sprechen zu können. Etwas genervt legte Erika den Hörer neben den Apparat und zwängte sich zur Tür, die zur Terrasse führte.

„Fuß!", brüllte sie die Treppen zur Terrasse hinauf, „Telefon!"

Ohne auf eine Antwort zu warten, setzte sie ihre Arbeit an der Theke fort. Das „Wer?" von Fuß, beantwortete sie nur mit einem missmutigen Achselzucken. Sie hatte in den dreißig Jahren ihrer Ehe zu oft erfahren, was solche Anrufe abends oder nachts bedeuteten.

Während sie für Gäste im unteren Bereich der Straußwirtschaft, die von Renate bedient wurden, mehrere Schoppen einschenkte, warf sie einen kurzen Blick hinüber in die Küche und sah, dass das Gesicht ihres Mannes blass und versteinert war. Als sich wenige Sekunden später ihr Blick mit dem von Thomas von Essen kreuzte, machte sie ihm ein Zeichen, in die Küche zu gehen.

„Was ist los?", fragte Dr. von Essen, als er an der Theke vorbeikam.

„Sicherlich nichts Gutes."

Fuß hatte gerade den Hörer aufgelegt, als der Arzt neben ihn trat.

„Scheiße!“, fluchte Fuß und sah von Essen erregt an. „Der Henning hat sich umgebracht.“

„Welcher?“, wollte von Essen wissen.

„Der Bruder, der aus Beltheim.“ Fuß fuhr sich nervös mit seiner breiten Hand über das Gesicht und begann es zu kneten. Dabei wurden seine Augen feucht und Thomas von Essen glaubte sogar ein leichtes Zittern zu erkennen.

Fuß nahm auf dem einzigen Stuhl in der Küche Platz und schaute seinen Freund aufgelöst an. „Ich hatte schon so ein merkwürdiges Gefühl, als ich heute bei ihm weggefahren bin.“

„Du warst heute bei ihm?“

Fuß erzählte dem Arzt kurz warum er August Henning aufgesucht und wie dieser reagiert hatte. „Ich hätte ihn nicht so zurücklassen dürfen“, murmelte Fuß. „Ich hatte so ein merkwürdiges Gefühl“, wiederholte er.

„Was ist passiert?“ Erika war hinter von Essen getreten und sah sofort, dass ihre Ahnung zutreffend gewesen war.

Thomas von Essen drehte sich um und schob Erika beiseite. „Jetzt nicht“, meinte er leise.

Erika verstand. Sie winkte Renate zu sich, gab ihr ein paar Anweisungen und übernahm dann den Service auf der Terrasse.

Polizeihauptkommissar Börsch, Leiter der Polizeiinspektion Simmern, veranlasste sofort, dass man die zuständigen Kollegen von der Koblenzer Kripo informierte und beauftragte zwei Kollegen sich um Kontaktaufnahme mit nahen Verwandten des Verunglückten zu kümmern, um diesen die Todesnachricht mitzuteilen.

Etwa eine Stunde später läuteten zwei Beamte an der Haustür von Familie Stoffel in Burgen. Annette Stoffel öffnete die Tür einen Spalt, so weit es die Vorhängekette zuließ.

„Polizei, Hauptwachtmeister Richter“, stellte sich der größere der beiden Beamten vor. „Dürfen wir kurz hereinkommen?“

Frau Stoffel entfernte die Kette und öffnete die Tür.

„Ist etwas passiert?“, fragte sie erschrocken.

Der kleinere, aber um etliche Jahre ältere Beamte räusperte sich: „Wir müssen Ihnen eine traurige Nachricht überbringen. Ihr Bruder August hatte einen schweren Verkehrsunfall. Er ist leider tot.“

Frau Stoffel drehte sich um und rief in den Flur hinein: „Paul, komm mal, August ist tot.“

Dann wandte sie sich wieder den Beamten zu.
„Wo ist es den passiert?"
„Auf der Hunsrückhöhenstraße in der Nähe von Kappel. Es ist nicht auszuschließen, dass er absichtlich gegen einen Baum gefahren ist."
„Auch das noch. Haben wir nicht schon genug Probleme in der Familie." Paul Stoffel war aus dem Halbdunkel des Flurs herausgetreten und betrachtete die beiden Beamten mit Argwohn.
„Da ein Suizidverdacht nahe liegt, würden wir gern in die Wohnung des Toten. Vielleicht gibt es einen Abschiedsbrief oder einen anderen Hinweis. Seine Frau sitzt, soweit uns bekannt ist, in der JVA Koblenz ein. Bevor wir einen Schlüsseldienst beauftragen … vielleicht wissen Sie, ob ein Nachbar einen Schlüssel hat …"
„Ich habe einen Schlüssel", fiel ihm Frau Stoffel ins Wort.
Es entstand eine kurze Pause, in der jeder überlegte, was zu tun sei. Stoffels schienen von der Nachricht nicht allzu sehr betroffen, registrierten die beiden Polizisten.
„Können Sie …?"
„Ich fahre mit!", fiel ihm Annette Stoffel erneut ins Wort. „Sie können schon vorfahren. Ich ziehe mich nur schnell um und komme dann sofort nach Beltheim."
Sie drehte sich rasch um und verschwand hinter einer der Türen im Flur. Paul Stoffel zuckte mit den Schultern. „Ich kann dazu gar nichts sagen", brummte er und ließ die beiden Beamten im Flur stehen. Der ältere machte eine Kopfbewegung zu gehen.
Draußen meinte Hauptwachtmeister Richter: „Eine merkwürdige Familie, kalt und gefühlslos."
„Oder eine zerstrittene Familie!", ergänzte sein Kollege.

Die beiden Polizeibeamten mussten doch länger vor dem Haus von Hennings in Beltheim warten als sie angenommen hatten. Erst gut eine Viertelstunde nach ihnen traf Annette Stoffel in Beltheim ein.
Außer dem leeren Schwenker auf dem Fensterbrett und der leeren Flasche Cognac im Vitrinenschrank war nichts zu entdecken. Alles wirkte aufgeräumt und so, als würde jederzeit jemand die Wohnung betreten und hier leben wollen. Von Tod und geplantem Selbstmord keine Spur.
Da in der Diele die Tür zum Keller weit offen stand, meinte Haupt-

wachtmeister Richter: „Wir sollten vielleicht auch einen kurzen Blick in den Keller werfen."

Sofort entdeckten sie auf dem Kellerboden eine Reiseschreibmaschine und drei Ordner vor einem Schrank, dessen Türen ebenfalls weit offen standen. Es sah aus, als habe jemand die Ordner aus dem Schrank herausgezogen und auf den Boden fallen lassen. Vielleicht hatte der Tote etwas mit der Maschine geschrieben und dort abgeheftet. Richter öffnete hastig den obersten Ordner und warf einen Blick hinein. Dabei und schaute ihm sein Kollege über die Schulter. Auf den ersten Blick waren es alles Briefe und Akten einer gewissen Eva Henning.

„Ist das nicht die junge Frau, die vor ein paar Tagen vergiftet aufgefunden wurde?", erkundigte sich der Größere.

„Frau Henning war meine Schwägerin", bestätigte Frau Stoffel, die den beiden ebenfalls in de Keller gefolgt war. Auch sie warf einen kurzen Blick in den Ordner.

„Das sind Gutachten meiner verstorbenen Schwägerin", sagte sie erstaunt. „Wieso sind die hier? Und wozu?"

Hauptwachtmeister Richter stellte die Ordner und die Schreibmaschine wieder in den Schrank zurück, wo sie offenbar vorher ihren Platz hatten. „Das könnte unsere Kollegen, die den Giftmord aufklären, möglicherweise interessieren. Ich werde den Fund auf jeden Fall nach Koblenz melden."

Erst als die meisten Gäste gegangen waren erfuhr Erika, was geschehen war. Fuß und von Essen hatten sich an den Stammtisch zurückgezogen, nachdem auch dieser frei geworden war und leerten inzwischen die dritte Flasche.

Choon Ok und Erika nahmen am anderen Ende des langen Tisches Platz. Während die Apothekerin Mineralwasser trank, weil klar war, dass sie fahren musste, öffnete sich Erika auch eine Flasche Wein. Sie wusste jetzt schon, wie die Nacht verlaufen würde. Ihr Mann würde wie ein Tiger ruhelos bis zum Morgengrauen durch die Wohnung stapfen, dann hinauf in seine Weinberge gehen und anschließend wortlos seine Siebensachen packen und ohne Frühstück ins Präsidium fahren. Auch das kannte sie seit dreißig Jahren. Damit war auch ihre Nachtruhe in Frage gestellt und es schadete deshalb nichts, wenn sie dank des Weines etwas Bettschwere hatte und wenigstens ein paar Stunden schlafen konnte.

Jana und Wagner hatten wie vereinbart das Labor des LKA aufgesucht, um den Brief auf sein Alter untersuchen zu lassen. Gut gelaunt betraten sie am späteren Vormittag das Büro im Polizeipräsidium und waren geschockt, als sie erfuhren, was am Vorabend geschehen war.

„August Henning muss sich etwa eine Stunde nach meinem Besuch in seinen Wagen gesetzt haben", berichtete Fuß, „und ist auf der Hunsrückhöhenstraße, wenige Kilometer vor Kappel, in Richtung Hermeskeil, ungebremst gegen einen Baum gerast. Der Wagen ist dabei völlig zerfetzt worden. Man hatte die Bundesstraße für längere Zeit total sperren müssen, bis es der Feuerwehr gelang, Henning aus den Trümmern zu befreien. Er muss nach Einschätzung des Notarztes sofort tot gewesen sein."

Fuß und Wagner diskutierten mit Jana, was wohl der Auslöser für den Selbstmord gewesen sein konnte. Die Scham, was alles in den Medien über seine Frau und die Familie berichtet wurde? Die Angst vor seiner Zukunft ohne Arbeit mit einem Haufen Schulden oder die Speichelprobe, deren Untersuchung möglicherweise zu dem Ergebnis führte, dass er der Vater des Kindes von Eva Henning war, was zu einem Familiendrama geführt hätte? Oder war er, auf den bisher kein Verdacht gefallen war, sogar der Giftmörder? Immerhin konnte auch er im Café Claus den Kuchen gekauft haben und mit dem Wagen seiner Frau zu seiner Schwägerin gefahren sein. Frau Pies hatte ja nur den Wagen, nicht aber den Fahrer gesehen.

„Hat man einen Abschiedbrief oder Ähnliches gefunden?", fragte Jana Dufkova.

Fuß zog die Schultern hoch. „Das hat alles die Nachtschicht gemacht. Ich würde vor allem gerne wissen, ob man seine Frau und seinen Bruder schon informiert hat. Außerdem sollte man jetzt einmal den Mitarbeitern vom Café Claus ein Foto von August Henning vorlegen. Kannst du das bitte mal übernehmen?"

Wagner konnte nur ahnen, wie sehr Fuß dadurch belastet war, dass er gestern nicht seinen Gefühlen gefolgt und noch eine Weile bei August Henning geblieben war. Vor einigen Jahren, als er noch Polizeihauptmeister in Trier war, hatte Wagner am eigenen Leib eine ähnliche Situation erlebt. Es hatte lange gedauert, bis er einsah, dass sein Verhalten und Handeln absolut korrekt gewesen und er für die sich daraus ergebenden unvorhersehbaren Folgen nicht verantwortlich war. Wortlos stand er auf, um die anstehenden Fragen zu klären und zu veranlassen, dass nochmals jemand, diesmal mit einem Foto von August Henning, in das Café nach Kastellaun fuhr.

Nachdem Wagner das Büro verlassen hatte, stand Jana auf und nahm Fuß in ihre Arme. Fuß nahm diese Geste dankbar an. Ihm war speiübel. Er genoss den psychischen und physischen Halt, den ihm die Profilerin in diesem Moment gab.

Plötzlich löste sich Fuß mit einem Ruck aus der Umarmung, räusperte sich laut und meinte mit fester Stimme: „Es wird Zeit, dass wir den Fall aufklären, bevor noch mehr Scheiße geschieht."

Er ergriff den Telefonhörer und bat die Kollegen vom Schichtdienst, ihm die Unterlagen über den Selbstmord von August Henning und die erfolgten Ermittlungen vorbeizubringen. Dann schaute er Jana an, die sich inzwischen an Wagners Schreibtisch gesetzt hatte.

„Du hast dir deinen Urlaub wohl auch anders vorgestellt."

„Die Nähe zu Walter tut mir gut", gestand sie. „Wenn dieser Fall abgeschlossen ist, werden wir beide nochmals ein paar Tage Urlaub nehmen und dann alles nachholen …"

„Wohin soll es dann gehen?"

Jana Dufkova spürte, dass Fuß froh war, ein Gesprächsthema gefunden zu haben, das ihn etwas von der aktuellen Situation ablenkte.

„Ich werde Sabrina dann für ein paar Tage aus der Schule nehmen. Walter möchte das, um zu meiner Tochter einen etwas engeren Kontakt aufbauen zu können. Das erscheint mir auch wichtiger als die paar Tage Schule."

„So ernst ist es?", wunderte sich Fuß.

Jana nickte wortlos und strahlte dabei über das ganze Gesicht.

„Walter ist ein feiner Kerl", bestätigte Fuß. „Es täte mir leid, ihn als Kollegen zu verlieren, wenn …"

„Sooo weit sind wir nun doch noch nicht", fiel ihm Jana ins Wort. „Wir werden uns beide Zeit lassen, viel Zeit. Mainz und Koblenz ist ja keine Entfernung. Ich glaube auch nicht, dass Walter an eine Versetzung denkt. Eher könnte ich mir vorstellen, dass wir so in der Mitte im Hunsrück einen Wohnkompromiss finden werden. Die Verkehrsverbindungen sind heute sehr gut. Aber da reden wir wirklich noch über ungelegte Eier."

„Wie lange hast du jetzt noch Urlaub?"

Jana Dufkova stöhnte. „Nur noch bis Übermorgen. Wie kann ich euch bis dahin noch helfen?"

Fuß schüttelte den Kopf. „Du wirst jetzt wenigstens die letzten Stunden etwas Urlaub machen. Wenn Walter kommt …"

In diesem Moment wurde die Tür geöffnet und Wagner betrat das Büro.

„Ich höre, man spricht von mir?!" Er schaute erwartungsvoll zwischen Jana und Fuß hin und her und legte dabei die Unterlagen vom Schichtdienst vor Fuß auf den Schreibtisch, der sofort zu lesen begann.

„Ich habe gerade zu Jana gesagt, sie soll endlich daran denken, dass sie Urlaub hat. Und … auf dich könnte ich vielleicht heute verzichten, um einer Kollegin vom LKA etwas von der kriminellen Seite von Koblenz zu zeigen", grinste Fuß und rieb sich dabei vergnügt die Hände.

„Daraus wird wohl nichts", meinte Wagner. Die Enttäuschung war ihm deutlich anzumerken. „Ich befürchte, wir sollten einmal den Bericht gemeinsam durchgehen und dann mit ‚Spusi Schäfer' nach Beltheim rausfahren."

„Nach Beltheim? Schon wieder?", stöhnte Fuß.

Fuß sah Jana enttäuscht an. „Dann wirst du wohl alleine den Nachmittag verbringen müssen." Er vertiefte sich in die Mappe, die Wagner mitgebracht hatte. Als Erstes las er den Bericht der Kollegen der Verkehrspolizei vom Unfallort mit dem Hinweis, dass man bereits die Leiterin der JVA in Koblenz, Frau Beckmann, und auch die Leitung der Hunsrück Klinik über den Tod von August Henning informiert hatte. Im Haus hatte man zwar keinen Abschiedsbrief gefunden, dafür aber Ordner mit Korrespondenzen und Gutachten, die eindeutig von der Ermordeten Eva Henning stammten. Zum Glück war einer der Kollegen so pfiffig, diesen Fund als eventuell wichtig für die Ermittlungen im Mordfall Eva Henning zu erachten und hatte dies im Protokoll festgehalten.

„Ich fahr mit Schäfer allein raus", entschied Fuß und machte mit einer Handbewegung deutlich, dass Wagner und Jana das Büro verlassen sollten.

Jana Dufkova drückte ihm im Vorbeigehen einen Kuss auf die Stirn, während Wagner nicht so recht wusste, ob er tatsächlich ausgerechnet jetzt Überstunden abfeiern und den Oberkommissar alleine nach Beltheim fahren lassen sollte.

Als sich die Tür hinter den beiden schloss, griff Fuß zum Telefon. Schäfer meldete sich nicht. Er rief auf einem Nachbarapparat an und erfuhr, dass Schäfer gerade dabei war, die Spuren eines Einbruchs in der Innenstadt zu sichern. Fuß suchte aus den Unterlagen von Wagner den Durchsuchungsbeschluss heraus und entschloss sich, alleine nach Beltheim zu fahren. Er rief Annette Stoffel in Burgen an und bat sie, noch einmal nach Beltheim zu kommen. Man verabredete sich für den frühen Nachmittag. So konnte Fuß in aller Ruhe sämtliche Protokolle durchackern, in der Hoffnung, irgendwo einen Ansatzpunkt zu finden, warum sich Ordner, die eigentlich in das Arbeitszimmer der Ermordeten gehörten, bei ihrem Schwager befanden. Vor allem, wer hatte sie dorthin gebracht und wann? Bernd Henning konnte es eigentlich nicht gewesen sein, denn Fuß selbst hatte noch in der Nacht das Haus versiegelt. Also mussten sie vorher bereits aus dem Arbeitszimmer entfernt worden sein. Hatte Eva Henning selbst diese Unterlagen beiseite geschafft und hatten diese etwas mit ihrer Ermordung zu tun? Der Fall wurde immer rätselhafter. Fuß nahm ein Blatt Papier und begann zeitliche Abläufe festzuhalten, wobei er die meisten ihm bekannten Fakten immer noch mit einem Fragezeichen versehen musste. Einiges würde davon abhängen, was das LKA zu dem Alter von Cornelias Brief an Eva herausfand. Dabei vermisste Fuß den Durchschlag des Briefes von Eva an diesen Studenten. Hastig durchsuchte er nochmals alle Akten. Nichts. Als alles Suchen nichts brachte, rief er Wagner auf seinem Handy an. Doch es meldete sich nur die Ansage, dass diese Nummer vorübergehend nicht zu erreichen sei.

Als Letztes durchwühlte Fuß seinen Papierkorb und den von Wagner, allerdings ohne Ergebnis. Fuß stand vor einem Rätsel, der Brief konnte sich doch nicht in Luft aufgelöst haben.

Annette Stoffel entstieg ihrem VW Golf erst, als sie sich sicher sein konnte, dass Fuß der Mann von der Kripo war, mit dem sie telefoniert hatte und auf den sie wartete. Sie hatte Angst von Nachbarn erkannt und angesprochen zu werden. Rasch eilte sie auf Fuß zu und drängte darauf, möglichst schnell in das Haus zu kommen.

Im Haus schien Frau Stoffel sehr gefasst, kein Anzeichen von Trauer. So, als sei sie hier zu Hause, führte sie Fuß zunächst ins Wohnzimmer und bot ihm einen Sessel an und war sogar bereit, einen Kaffee zu kochen. Fuß lehnte diesen jedoch dankend ab. Da er es nicht eilig hatte, nahm er die Gelegenheit wahr, um etwas mehr über die Familienbande der Hennings zu erfahren.

So erfuhr er, dass eine weitere Schwester in Hamburg lebte, vor Kurzem von ihrem Mann, einem Arzt, geschieden worden war und der dritte Bruder, Erwin, mit seiner Frau kurz nach dem Fall der Mauer in die Nähe von Leipzig gezogen war, wo er sich mit einem Getränkehandel selbstständig gemacht hatte.

Ihr Bruder August war, wie Annette Stoffel freimütig zugab, schon immer etwas der Außenseiter unter den Geschwistern gewesen, der erst nach seiner Hochzeit mit Cornelia „den richtigen Weg gefunden hatte", wie sie es ausdrückte. Vorher habe August mehr oder weniger in den unterschiedlichsten Bereichen gejobbt, habe dann aber durch Beziehungen eine gut bezahlte Stellung beim Möbelfabrikanten Steffen bekommen. Neu für Fuß war auch die Information, dass Cornelia Henning auch heute noch in verschiedenen Apotheken zwischen Emmelshausen, Simmern und Cochem als Urlaubsvertretung arbeitete.

„So hat sie manchmal mehr Geld verdient als früher, als sie noch fest angestellt war. Und Cornelia gab es auch mit beiden Händen aus."

„Ich nahm an, dass sie mitverdienen musste, wegen der Hypotheken", warf Fuß ein.

Annette Stoffel lächelte. „Da kennen Sie Cornelia schlecht. Nein, das Geld für das Haus stammte aus einem recht umfangreichen Erbe, dass uns Geschwistern unser Vater nach seinem Tod hinterlassen hatte."

Fuß notierte sich die eine oder andere Information und kam dann geschickt auf Eva zu sprechen. Als er den Namen erwähnte, verzog Annette Stoffel etwas das Gesicht.

„Ach Eva!", begann sie. „Sie wirkte immer so unbekümmert, aber eigentlich war sie ein sehr komplizierter, gespaltener Mensch. Als Psychologin war sie meiner Meinung nach immer im Zweifel mit sich selbst. Bernd hat oft genug erzählt, dass sie manches Gutachten mehrfach neu schrieb und auch später immer wieder Zweifel hatte, richtig geurteilt zu haben."

„Ist Ihnen etwas davon bekannt, dass sie mal diesbezüglich Probleme hatte?", warf Fuß ein, der sich sofort an diesen Studenten erinnerte.

Annette Stoffel verneinte, wahrscheinlich sei Eva sogar hochqualifiziert gewesen. Auf die Frage, wie sie denn die Ehe von Bernd und Eva gesehen habe, erhielt Fuß eine überraschende Antwort.

„Ich glaube, es war die beste Ehe aller Geschwister, einschließlich meiner. Ich hoffe, Sie nehmen das nicht in ein Protokoll auf, sonst streichen Sie den letzten Teil des Satzes", meinte sie lachend. „Nein, die beiden waren sehr glücklich miteinander. Und als bekannt wurde, dass Eva schwanger war, da war das Glück perfekt."

Fuß schaute Annette Stoffel fest in die Augen. „Und Sie sind sicher, dass Bernd der Vater des Kindes war?“

Sein Gegenüber wusste zunächst nichts dazu zu sagen, so unvorstellbar schien ihr offensichtlich ein Zweifel daran. Dann kam ein „Aber, ja!“ aus vollster Überzeugung. „Gibt es einen Anlass, dies anzuzweifeln?“

„Bei Mord muss man alle Möglichkeiten in Erwägung ziehen, die ein Motiv bedeuten könnten“, antwortete Fuß und ließ gleich seine nächste Frage folgen. „Wie war denn das Verhältnis zwischen Ihnen und Ihren Schwägerinnen und den Schwägerinnen untereinander?“

Zum ersten Mal schien der Gesprächsfluss ins Stocken zu geraten. Annette Stoffel zögerte mit einer Antwort.

„Ich denke da insbesondere an einen Brief, der von Ihrer Schwägerin Cornelia stammt, und den wir in den Akten der Ermordeten gefunden haben“, versuchte Fuß ihr mit Erkenntnissen seiner bisherigen Ermittlungen eine Brücke zu bauen.

Doch Frau Stoffel griff diese Brücke nicht auf, sondern drehte den Kopf zur Seite, als signalisiere sie damit, nichts zu diesem Thema sagen zu wollen. Fuß verfolgte jedoch auch die Taktik des abwartenden Schweigens und hatte damit Erfolg. Nach einiger Zeit blickte ihn Annette Stoffel wieder an. „Sie werden es ja so wieso erfahren. Aber zu meiner Schwägerin hatten mein Mann und ich seit einigen Jahren keinen Kontakt mehr. Uns hat das für August sehr leidgetan. Er litt stark darunter …“

„Aber Sie haben doch einen Haustürschlüssel und kennen sich offenbar hier sehr gut aus“, unterbrach sie der Oberkommissar.

„Cornelia durfte das aber nicht wissen. August hat mich oft gebeten, ihm dies oder jenes heimlich zu erledigen, wenn Cornelia wieder mal eine Urlaubsvertretung oder Urlaub mit unbekanntem Ziel machte.“

„Was darf ich unter ‚dies oder jenes‘ verstehen?“

„Nicht was Sie glauben, ganz banale Dinge, Cornelia ist alles andere als eine Hausfrau. Ich sollte mal Staub saugen oder Staub wischen. August war in diesen Dingen sehr penibel und Cornelia hat nicht einmal bemerkt, wenn ich da war und geputzt habe. Sie las lieber, reiste mit ihrem Mini durch die Lande, spielte hier in so einer Theatergruppe mit oder hörte stundenlang Musik. Hausarbeit ist nicht ihres. Ich glaube, August hat in letzter Zeit öfter mal an Scheidung gedacht.“

„Und wieso hatten Sie seit Jahren keinen Kontakt mehr mit ihr, hatten Sie Streit miteinander?“

„Cornelia war von einer grenzenlosen Eifersucht besessen, sah in jeder Frau eine potenzielle Rivalin. Ein Lächeln, ein freundlicher Blick zu ihrem Mann genügte, um sie eifersüchtig zu machen … Selbst, wenn es von der eigenen Schwester kam."

„Trauen Sie ihr den Mord an Eva zu?", nutzte Fuß diesen Moment mit einem Überraschungsangriff.

Ohne zu überlegen kam die Antwort „Das Erstaunliche ist, dass Eva eine Ausnahme war. Zumindest nach außen hin. Aber grundsätzlich würde ich die Frage mit Ja beantworten."

Fuß war verblüfft über diese freimütige Äußerung, die Cornelia Henning natürlich schwer belastete. Es würde ihm nichts anderes übrig bleiben, als von dieser Aussage ein Protokoll anzufertigen.

„Meine Kollegen haben hier im Keller in einem alten Schrank Akten von Ihrer toten Schwägerin gefunden", kehrte Fuß zum eigentlichen Anlass seines Besuches zurück. „Können Sie mir dazu etwas sagen?"

Annette Stoffel schüttelte den Kopf. „Nicht wirklich. August hatte mir einmal ganz nebenbei gesagt, er hebe für Eva alte Ordner auf. Er meinte dazu, Eva habe Angst, dass vertrauliche Unterlagen über ihre Patienten beispielsweise bei einem Einbruch in falsche Hände geraten könnten und bei ihm würde niemand diese Unterlagen suchen."

„Und das fanden Ihr Bruder und Sie nicht merkwürdig?"

Annette Stoffel schüttelte abermals den Kopf. „Ich brachte dies mit ihrer Unsicherheit in Verbindung, die sicherlich auch eine Portion Angst zur Folge hatte."

„Dann würde ich jetzt die Unterlagen gern einmal sehen und mitnehmen."

Annette Stoffel erhob sich und ging voran in den Keller. Sie öffnete die Tür des alten Schranks, in dem völlig willkürlich und unsortiert alles Mögliche hineingestopft war. Von Nippes über zerlesene Taschenbücher und alten Gardinen bis hin zu abgetragenen Schuhen und einer alten Kofferschreibmaschine. Hinter dieser kamen drei Ordner zum Vorschein, deren Rücken sauber mit dem Namen Eva Henning und den Buchstaben A-G, H-N und O-Z versehen waren. Annette Stoffel wischte mit einer alten Gardine den gröbsten Staub herunter und reichte sie dem Oberkommissar.

„Darf ich Ihnen noch eine persönliche Frage stellen?", meinte Fuß. „Der Tod Ihres Bruders scheint Ihnen nicht sehr nahe zu gehen."

Abrupt drehte sich Annette Stoffel von ihm ab, aber in der Drehung konnte Fuß noch sehr deutlich erkennen, wie ihr Tränen in die Augen schossen. Sie bückte sich, um die Kofferschreibmaschine wieder an ihren alten Platz zu stellen und weinte dabei still vor sich hin. Sie schloss die Schranktür und wischte sich die Tränen aus den Augen, bevor sie sich wieder zu Fuß hindrehte. „Trauer ist eine Sache des Herzens und der Seele und hat nichts mit Äußerlichkeiten zu tun, Herr Kommissar."

Fuß wusste nichts darauf zu antworten, aber er wusste in diesem Moment, wie sehr er dieser Frau Unrecht getan hatte.

Im Polizeipräsidium fand Fuß die Nachricht vor, dass niemand im Café Claus August Henning erkannt hatte. Das war zwar kein hundertprozentiger Beweis, dass er nicht doch dort Kuchen gekauft hatte, denn wie viele sogenannte Laufkunden kehrten täglich in dem Café ein?

Fuß legte die drei Ordner vor sich auf den Schreibtisch und nahm sich als Erstes den mit den Buchstaben A-G vor. Natürlich hoffte er hier den Namen Esch zu finden und damit seine Vermutung bestätigt, dass Tobias Esch ihn belogen hatte. Doch so sehr er auch blätterte, nirgends tauchte der Name auf. Also begann er von vorne und bekam sogleich wieder das schlechte Gewissen, sich Einblick in intimste Dinge von Menschen zu verschaffen, die er kannte. Denn schon nach wenigen Seiten tauchten Namen und Personen auf, die ihm nicht fremd waren. Teilweise waren es Leute, die er dienstlich kannte, aber auch einige Stammkunden aus der Straußwirtschaft und seinem privaten Bekanntenkreis tauchten auf. Die Welt war doch sehr klein und es war eigentlich logisch, dass sich die Klientel von Eva Henning überwiegend im Großraum Koblenz befand.

Einige Unterlagen der ihm bekannten Personen überblätterte er, weil er aus eigenen Kenntnissen ahnte oder sogar wusste, worum es ging. Meist waren es familiäre Probleme mit Kindern oder dem Ehepartner.

Bei einer Akte, die bereits einige Jahre zurücklag, hielt er sich länger auf. Hier hatte ein Gutachten offenbar sogar zu einer juristischen Auseinandersetzung geführt. Die eigene Klientin hatte Eva Hennings Gutachten angefochten und ihr Parteilichkeit unterstellt, da sich die Psychologin unabhängig von den gutachterischen Kontakten zumindest einmal privat mit einer Gegenseite getroffen hatte und man ihr vorwarf, dass sie eine freundschaftliche Beziehung zur Gegenseite unterhielt. Die Klientin hatte ihre Behauptung sogar mit Fotos versucht zu untermauern, die aber vom Gericht als Beweis nicht zugelassen worden waren. Fuß betrachtete die Fotos und musste zugeben, dass neutral betrachtet nicht anderes zu sehen war, als dass Eva Henning einen Mann mittleren Alters auf der Straße begrüßte, später mit ihm in einem Café oder Restaurant saß und sich dort angeregt unterhielt. Ein Foto ließ erkennen, dass beide herzhaft lachten. Mehr war wirklich nicht aus den Fotos zu ersehen.

Eva Henning hatte in der Verhandlung dann auch nicht bestritten, den Kontrahenten ihrer Klientin zufällig in der Stadt getroffen zu haben. Sie sei von ihm eingeladen worden, was sie als harmlos angesehen habe. Dass man dort natürlich über den Fall sprach, was grundsätzlich ja auch nichts Rechtswidriges sei, da das Gespräch genauso gut in ihrer Praxis hätte stattfinden können. An den Grund, warum man einmal herzhaft gelacht habe, könne sie sich wirklich nicht mehr erinnern. Das Gericht hatte Frau Henning zwar nahegelegt, in solchen Situationen in Zukunft etwas sensibler zu sein, aber den Verdacht der Parteilichkeit nicht anerkannt.

Fuß blätterte, fand aber nichts, was er auf irgendeine Weise mit der Ermordung von Eva Henning in Verbindung bringen konnte. Als er den Ordner durchgearbeitet hatte und beiseite legte, fiel ihm wieder der Brief an Tobias Esch ein, den er vermisste. In aller Ruhe durchsuchte er nochmals seinen Schreibtisch in der Hoffnung, ihn zwischen anderen Papieren zu finden. Doch auch diese Suche blieb erfolglos. Etwas gereizt machte er Feierabend. Er hasste Tage, an denen alles ohne ein greifbares Ergebnis endete.

8.

Dafür bescherte ihm der nächste Tag gleich zwei Ergebnisse: Wagner konnte sehr schnell das rätselhafte Verschwinden des Briefes von Eva Henning an Tobias Esch aufklären. Er hatte irrtümlich Jana Dufkova nicht nur den Brief von Cornelia Henning an ihre Schwägerin mitgegeben, sondern auch den Esch-Brief mitgegriffen.

„Und ich hatte schon gedacht, ich bin senil und habe den Brief weggeschmissen!“, brummte Fuß. „Hat Jana gesagt, wann wir mit einem Ergebnis rechnen können?“

„So schnell wie möglich. Ich denke, in ein oder zwei Tagen wissen wir Bescheid. Heute Abend fährt sie nach Mainz zurück, da kann sie sich morgen gleich darum kümmern“, antwortete Wagner, dem das Missgeschick peinlich war.

„Dann kommt ihr heute Abend nicht nach Alken, Abschied feiern?“

„Nee, wohl kaum. Aber vielleicht schaue ich mal auf einen Schoppen vorbei, um meine Einsamkeit herunterzuspülen“, lachte Wagner.

Kurz vor der Mittagspause traf das Ergebnis der DNA von Bernd und August Henning ein. Es bestand kein Zweifel, Bernd war der Vater des Kindes von Eva. Also gab es hier für den Giftmord kein Motiv.

„Es schließt aber nicht aus, dass jemand annahm, August könne der Vater sein“, meinte Fuß und legte die DNA-Ergebnisse zu den Akten. „Doch nur weil seine Frau in U-Haft sitzt und er um seinen Arbeitsplatz fürchtete, muss sich August Henning nicht umgebracht haben. Wir sollten in jedem Fall nach weiteren Motiven suchen.“

„Und bei Cornelia Henning gibt es auch nichts Neues“, stellte Wagner enttäuscht fest. „Wir sollten vielleicht doch einmal die Gegenüberstellungen mit der Pies und den Mitarbeitern des Café Claus angehen.“

Fuß schüttelte den Kopf. „Junge, das bringt doch überhaupt nichts. Die Pies hat nicht gesehen, wer im Auto saß und ebenso wie die Leute aus dem Café bisher niemanden auf dem Foto erkannt haben, wird es sein, wenn sie der Person leibhaft gegenüberstehen. Langsam bekomme ich das Gefühl, wir liegen völlig daneben. Der einzige Hoffnungsschimmer ist noch das Alter des Briefes. Wenn man mich hier belogen hat, dass das Ganze mehr als fünf Jahre zurückliegt, als Bernd und Eva Henning noch nicht verheiratet waren, dann wird der Richter die U-Haft aufheben und wir stehen wieder ganz am Anfang."

„Was hast du den Ordnern von Eva Henning entnehmen können, die die Kollegen in dem Haus ihres Schwagers gefunden haben?"

„Bisher nichts. Aber ich habe auch nur den ersten Ordner angesehen." Fuß schob den Ordner H-N seinem Kollegen über den Schreibtisch zu. „Du kannst einmal den zweiten Ordner durchschauen, vielleicht fällt dir ja etwas auf."

Er selbst nahm sich den dritten Ordner vor. „Ich frage mich immer nur, warum Eva Henning diese Unterlagen dort deponiert und nicht zu Hause aufbewahrt hat. Das Argument, sie habe Angst gehabt, im Falle eines Einbruchs könnten die Unterlagen in falsche Hände geraten, scheint mir doch sehr fadenscheinig."

Wagner sah von den Akten auf. „Wer ist Kruse?"

„Das sind ältere Gutachten und Korrespondenzen. Kruse ist der Mädchenname von Eva Henning. Diese Akten sind also vor ihrer Hochzeit entstanden", klärte ihn Fuß auf.

„Dann kann man diese Unterlagen außer Acht lassen", meinte Wagner. Doch Fuß widersprach ihm.

„Viele Leute sind nachtragend und Rache ist ein langlebiges und unverwüstliches Unkraut im Seelengarten des Menschen."

Wagner schaute überrascht auf und blickte Fuß verwundert an. „Gott, ist bei dir jetzt eine philosophische Ader aufgeplatzt?"

„Ich habe schon immer gesagt, du unterschätzt mich", grinste Fuß. „Und ich lasse eben meine Talente nicht so raushängen."

Wagner fiel plötzlich ein, dass Fuß noch nicht berichtet hatte, was sich am Vortag in Beltheim außer den drei Ordnern noch ergeben hatte. „Was hat denn die Schwester von Henning noch so von sich gegeben?"

„Wenig", gestand Fuß. „Das Einzige was klar geworden ist: So einträchtig und harmonisch, wie uns Bernd, August und Cornelia weißmachen wollten, ist es unter den Geschwistern nicht zugegangen. Da gab es schon ganz schöne Spannungen. So sind sich Cornelia und Frau Stoffel samt ihrem Ehemann seit Jahren aus dem Weg gegangen. Cornelia Henning muss unheimlich eifersüchtig gewesen sein. Es würde mich also nicht wundern, wenn das LKA-Labor dem Brief ein wesentlich jüngeres Datum zuordnen würde."

„Also, wenn diese Cornelia Henning schon auf die Schwester ihres Mannes eifersüchtig war, dann wird sie wohl auf die Schwägerin Eva noch viel eifersüchtiger gewesen sein", folgerte Wagner. „Wenn das so ist, bin ich mir fast sicher, dass sie es war, die den Giftmord begangen hat."

Fuß schaute kurz von seinem Ordner auf. „Dann beweis es! Nur wie?"

Etwa eine Stunde später rief Bernd Henning an und meldete sich aus dem Krankenhaus zurück. Er fühle sich zwar noch etwas schwach, wolle aber gern mit dem Oberkommissar unter vier Augen sprechen. Er wollte wissen, ob er deshalb ins Präsidium kommen müsse oder Fuß nach Buchenau käme, was ihm wegen seines gesundheitlichen Zustands lieber wäre.

„Wenn es dem Erfolg der Ermittlungen dient, fahre ich auch weiß Gott wohin!", murmelte Fuß vor sich hin. Laut sagte er zu Wagner: „Wenn du in dem Ordner etwas findest, was ich mit Henning sofort abklären kann, ruf mich bitte gleich an."

„Was der wohl will?", kommentierte Wagner den Anruf, ohne aufzublicken. „Vielleicht hat die Zeit im Krankenhaus ja bewirkt, ihn zu einer lügenfreien Aussage zu bewegen. Oder glaubst du, es kommt sogar ein Geständnis dabei heraus?"

Fuß verneinte. Er war sich inzwischen sicher, dass Bernd Henning nicht der Täter war, was aber nicht ausschloss, dass er den Täter oder die Täterin kannte oder zumindest ahnte, wer es war.

Bernd Henning war noch sehr blass, sein Gesicht zusammengefallen und seine Augen rotbraun umrandet, als er dem Oberkommissar die Haustür öffnete. Auffallend lang hielt er bei der Begrüßung die Hand von Fuß fest. Dann führte er ihn ins Wohnzimmer, in dem die Rollläden halb heruntergelassen waren.

„Meine Augen sind momentan etwas empfindlich", entschuldigte er sich gleich. „Ich habe es im Krankenhaus nicht mehr ausgehalten. Wissen Sie, wie es meiner Schwägerin geht?"

Fuß musste verneinen, versicherte Henning aber, dass ihm nichts Negatives bekannt sei.

„Ist das nicht furchtbar mit meinem Bruder?", begann Henning. „Er war zwar immer etwas labil, aber einen Selbstmord hätte ich ihm nie zugetraut."

„Haben Sie eine Idee, was ihn in den Tod getrieben hat?", nutzte Fuß gleich den sich anbietenden Einstieg.

Langsam schüttelte Bernd Henning den Kopf. „Man hat mir gesagt, Sie seien der Letzte gewesen, der ihn lebend gesprochen hat. Ich habe mir erhofft, von Ihnen eine Antwort auf diese Frage zu bekommen."

Vorsicht!, schoss es Fuß durch den Kopf, ich will etwas von dir wissen und nicht umgekehrt. Aber ein bisschen Zucker warf er seinem Gegenüber doch hin.

„Er wirkte etwas hilflos", meinte Fuß und fügte zögernd und mit einem plötzlich auftauchenden merkwürdigen Gefühl im Magen hinzu: „Aber einen suizidgefährdeten Eindruck hat er nicht unbedingt auf mich gemacht."

Henning starrte vor sich hin und schwieg. Was ging in dem Mann vor? Hatte er ihn tatsächlich nur gerufen, um etwas über die letzten Stunden seines Bruders zu erfahren oder suchte er jetzt nach einem Anfang, etwas loszuwerden oder sein Gewissen zu erleichtern?

Fuß ließ einige Zeit verstreichen, ehe er dem stummen Beisammensein ein Ende bereitete.

„Sie wollten mir doch sicherlich etwas erzählen, was für unsere Ermittlungen wichtig ist", stellte er betont sachlich fest.

Henning schaute zwar auf, blickte sich im Raum um, als wollten sich seine Augen an einen kräftigen Gegenstand klammern und landeten schließlich doch im Gesicht des Oberkommissars. Fuß glaubte ein leichtes Nicken auszumachen, doch Henning schwieg zunächst weiter. Erst als Fuß begann, etwas unruhig in seinem Sessel hin und her zu rutschen, machte Henning eine kurze Handbewegung und lehnte sich mit einem leisen Stöhnen in den Sessel zurück.

„So schwer es mir überhaupt fällt zu begreifen, dass Eva tatsächlich vergiftet wurde, glaube ich nicht, dass es jemand aus der Familie war."

Er hatte die Augen halb geschlossen und die Hände vor seinem Bauch gefaltet. „Sicherlich gab es in der Familie schon einmal Streit … wie in jeder Familie. Aber ich habe mir in den letzten Tage das Hirn zermartert und bin sicher, dass keiner dieser kleinen Unstimmigkeiten zu einer solchen Tat Anlass gegeben hätte und auch niemand zu einer solchen Tat fähig wäre …"

„Ebenfalls nicht ihre fast krankhaft eifersüchtige Schwägerin Cornelia?", unterbrach ihn Fuß sofort und beobachtete das Gesicht von Henning. Doch darin bewegte sich nichts, nicht einmal ein leichtes

Zucken seiner Augen. Stattdessen fuhr Henning mit ruhiger Stimme leise fort.

„Auch sie nicht, obwohl sie recht haben, was die Eifersucht betrifft. Aber zwischen ihr und Eva war das etwas ganz anderes. Ich glaube, sie waren die einzigen Frauen in unserer Familie, die sich gut verstanden oder zumindest gut miteinander auskamen. Vielleicht lag es an Eva, die als Psychologin wusste, wie man mit Menschen umgeht ...“

Wieder fiel ihm Fuß ins Wort. „Sie soll aber oft auch sehr unsicher in ihrer Meinung und Urteilskraft gewesen sein.“

Diesmal öffnete Henning für einen Moment die Augen und warf Fuß einen kurzen Blick zu. „Sie haben sich ja bestens informiert. Nein, Eva war ein sehr sensibler Mensch und immer darauf bedacht, niemandem Unrecht zu tun oder ihn zu verletzen. Ich weiß, manche haben das als Unsicherheit oder Schwäche angesehen.“

„Warum hat aber dann Ihre Frau bestimmte Ordner mit Gutachten und Korrespondenzen Ihrem Bruder zum Aufbewahren gegeben. Das muss doch irgendeine Bedeutung haben.“

Wieder hatte Fuß das Gefühl, dass Henning leicht zustimmend nickte, war sich aber auch dieses Mal nicht ganz sicher.

„Darauf kann ich Ihnen leider keine Antwort geben. Ich habe davon auch erst erfahren, als Eva bereits tot war und mein Bruder mich fragte, was er mit den Ordnern anfangen solle. Ich war auch etwas überrascht. August meinte ...“

„... Ihre Frau habe Angst gehabt, dass im Falle eines Einbruchs hier im Haus die Unterlagen in falsche Hände kämen“, vollendete Fuß den Satz. „Aber es gibt genügend andere Unterlagen gleicher Art, die sich weiterhin in ihrem Arbeitszimmer in diversen Ordnern befinden. Also diese Begründung scheint mir doch sehr fadenscheinig. Hat Ihr Bruder Ihnen eigentlich gesagt, wann Ihre Frau ihm die Ordner gegeben hat?“

„Einen genauen Zeitpunkt hat er nicht erwähnt, aber es klang so, als sei dies noch nicht allzu lange her.“

„Hat es denn in letzter Zeit Anlass gegeben, einen Einbruch zu befürchten? Soweit mir bekannt ist, hat es hier in Buchenau schon längere Zeit keinen Einbruch mehr gegeben, weshalb Ihre Frau möglicherweise gewisse Ängste hätte entwickeln können.“

Henning öffnete die Augen und richtete sich mit einem leisen Seufzer auf. „Darüber habe ich auch nachgedacht. Vor allem hätte Eva mit mir darüber gesprochen.“

„Wie war eigentlich Ihre Ehe wirklich?", wechselte Fuß überraschend das Thema und beobachtete wieder genau die Reaktion von Henning. Doch auch diese unerwartete Frage schien ihn nicht aus der Fassung zu bringen.

Henning ließ sich lediglich wieder zurück in den Sessel fallen und meinte ohne Zögern: „Wir haben uns wirklich geliebt. Auch wenn Sie es nicht glauben, aber unsere Ehe war glücklich. Vielleicht weil jeder seinen eigenen Beruf hatte, in dem er erfolgreich war. Wir hatten deshalb auch keine finanziellen Probleme. Unser Sexualleben war in Ordnung, es gab keine Flirts oder gar Seitensprünge. Das einzig Fehlende in unserer Ehe, ein Kind, war nach fünf Jahren endlich unterwegs. Abgedroschen gesagt, unser Glück war perfekt."

Henning schloss wieder die Augen, die bei den letzten Sätzen feucht geworden waren. Er schwieg für einige Zeit und Fuß ließ ihm diese Pause der Trauer, denn er ging davon aus, dass Hennings Aussage über seine Ehe ehrlich und aufrichtig war.

„Nein", fuhr Henning schließlich mit etwas belegter Stimme fort, „wir müssen wahrscheinlich ganz woanders nach einem Motiv und dem Täter suchen."

Mit dieser Reaktion hatte Fuß nicht gerechnet. Hatte der Mann tatsächlich ‚wir' gesagt und wusste er möglicherweise etwas, was sie auf eine neue heiße Spur bringen konnte?

„Und wo könnte das sein?", erkundigte sich Fuß und beugte sich zu Henning herüber. „Sie verfolgen doch eine bestimmte Idee!"

Doch Henning schüttelte energisch den Kopf. „Ich bin mir nur sicher, dass jeder Gedanke an ein Mitglied der Familie und dort ein Motiv zu suchen verlorene Zeit ist."

Hoppla, hatte er sich so geirrt? Hatte Henning das Gespräch nur gesucht und seinen Verlauf geschickt arrangiert, um jemanden aus der Verwandtschaft zu decken? War alles doch nur ein Ablenkungsmanöver? Eigentlich traute er das dem Mann nicht zu. Trotzdem konnte man es nicht ausschließen.

Fuß nahm sich vor, zunächst einmal an das Gute im Menschen zu glauben und zumindest nach außen hin den Anschein zu erwecken, dass ihn Bernd Henning überzeugt hatte.

„Machen Sie einmal einen Vorschlag, in welche Richtung wir ermitteln sollen", forderte Fuß Henning auf. Wenn alles ein Ablenkungsmanöver war, würde der Mann ihm über kurz oder lang eine Spur anbieten, in der Hoffnung, so sein Ziel zu erreichen. Doch zu Fuß'

Erstaunen blieb eine Verdachtsäußerung aus. Henning schien tatsächlich ebenso ratlos wie er zu sein.

Enttäuscht beendete Fuß nach gut einer Stunde das Gespräch, das sich begann nur noch im Kreis zu drehen. Auf der Fahrt zurück ins Präsidium ließ er nochmals das Gespräch Revue passieren. Er nahm sich vor mit dem Staatsanwalt zu reden. Vielleicht war es gar nicht so falsch, Cornelia Henning aus der Untersuchungshaft zu entlassen und abzuwarten, was innerhalb der Familie geschah. Dann würde sich sehr schnell herausstellen, was möglicherweise wirklich hinter dem Gespräch mit Bernd Henning steckte.

9.

Wagner war, während Fuß nach Buchenau fuhr, nicht untätig geblieben. Er hatte in der näheren Umgebung die Besitzer aller Minis ausfindig gemacht, was ein Stück Arbeit gewesen war. Nur zwei gelbe befanden sich darunter. Der eine war, wie zu erwarten, auf Cornelia Henning zugelassen, der zweite in Bad Kreuznach auf einen Aserbaidschaner namens Ssadigow, dessen Wagen folglich auf eine KH-Nummer zugelassen war. Frau Pies hatte aber behauptet, dass es sich auf jeden Fall um eine Simmerner Zulassung gehandelt habe. Wagner hatte sich trotzdem über diesen Ssadigow informiert. Es handelte sich um einen seit vielen Jahren in Deutschland lebenden Arzt, der bis Anfang Zweitausend eine Praxis in Bad Godesberg hatte, diese aber aus gesundheitlichen Gründen aufgeben musste und seither in Bad Kreuznach lebte und als Dolmetscher und Übersetzer arbeitete.

„Das war's dann wohl mit dem gelben Flitzer, wobei ich glaube, dass die Pies nicht einmal einen Mini von einem Ford KA unterscheiden kann", kommentierte Fuß das Ergebnis von Wagners Recherchen.

„Mag sein, es zu testen wäre zu aufwändig", ärgerte sich Wagner, denn er hatte mit seinen Nachforschungen einen halben Tag verbracht. „Und jetzt?"

Fuß berichtete Wagner von seinem Gespräch mit Henning. Dabei fiel Wagner ein, dass die Leiche von Eva Henning zur Beerdigung freigegeben worden war.

„Warum hast du mich nicht angerufen?", knurrte Fuß. Hatte er seinem Kollegen nicht ausdrücklich gesagt, er möge ihn sofort anrufen, wenn etwas Wichtiges geschehen würde. Und diese Nachricht sah Fuß als wichtig an.

„Sorry, Chef, aber ich war so mit dem Mini beschäftigt, dass ich nicht mehr daran gedacht habe", entschuldigte sich Wagner.

„Mit dem Mini oder Jana?", fragte Fuß. Er wollte gerade Henning anrufen und ihn über die Freigabe informieren und hatte dabei in Gedanken die Wahlwiederholung gedrückt und die Mainzer Vorwahl entdeckt.

„Also gut, ich habe auch mit Jana telefoniert. Aber wirklich nur dienstlich. Ich wollte wissen, ob sie schon etwas wegen der Briefe weiß."

„Und?"

„Negativ was den Brief von Cornelia Henning angeht, da sind sie noch nicht so weit. Aber der Brief an diesen Studenten ist erst vor Kurzem geschrieben worden. Die Experten meinen, auf jeden Fall erst im letzten halben Jahr, eher später."

„Und wann bekommen wir das Ergebnis von dem anderen Brief?"

Hierauf wusste Wagner keine Antwort. Jana hatte nur gemeint, es dauere noch, um zu einem möglichst genauen Ergebnis zu kommen.

Plötzlich wurde Wagner etwas nervös und Fuß konnte sehen, wie sein Gesicht rot wurde. „Da ist noch etwas", druckste Wagner herum.

Fuß ahnte sofort, das sein Kollege noch etwas verschlafen hatte. „Raus mit der Sprache. Passiert ist sowieso passiert."

„Die Henning hat sich jetzt doch einen Anwalt geholt …"

Auch wenn er sich versuchte zu beherrschen, schlug Fuß wütend mit der flachen Hand auf den Schreibtisch, dass gleich eine ganze Batterie von Kugelschreibern, Stiften und selbst das Keyboard seines Computers hochsprangen und Wagner zusammenzuckte, obwohl er damit gerechnet hatte.

„Das darf doch nicht wahr sein!", donnerte Fuß los. Es war wohl das erste Mal seit dem Beginn ihrer Zusammenarbeit vor fünf Jahren, dass er wegen Wagner so aus der Fassung geriet. „Du bist doch das letzte …"

„Sag's ruhig: Arschloch!", gab Wagner zu. „Ich weiß auch nicht …"

Fuß knetete sein Gesicht, während er nachdachte, was das bedeutete und was nun zu tun sei. Dabei blickte er Wagner immer noch drohend an. Dann sprang er auf. „Ruf du den Henning an und teil ihm mit, dass seine Frau beerdigt werden kann, ich muss erst mal hier aus."

Damit verließ er das Büro und knallte die Tür hinter sich zu. Dabei wäre er beinahe über Hauptkommissar Schäfer gestolpert, der gerade im Begriff war, an seiner Bürotür anzuklopfen.

„Ist dir der Teufel begegnet?", entfuhr es Schäfer.

„Wenn du was von mir willst, komm mit … aber nicht da rein. Wir gehen in die Kantine."

„Ärger?"

„Der Wagner ist ein derartiger Trottel“, schimpfte Fuß weiter, während er großen Schrittes über den Gang in Richtung Tür und Aufzug ging. Schäfer verfiel in einen Laufschritt, nur so konnte er Fuß folgen.

Im Aufzug begann Fuß langsam sich abzureagieren. Doch dann blickte er seinen Kollegen an.

„Ich hoffe, du bringst mir jetzt nicht auch noch so eine verschlampte Neuigkeit.“

Schäfer grinste. „Wie man’s nimmt?!“

„Dann lass es lieber sein und komm morgen wieder.“

Der Aufzug hielt mit einem kräftigen Ruck. Schäfer ließ Fuß den Vortritt, der auch gleich in Richtung Kantine stürmte, sich am Eingang umdrehte und fragte: „Willst du auch einen Kaffee?“

„Lieber ein Mineralwasser“, antwortete Schäfer und zog eine kleine Plastikhülle aus seine Jackentasche.

„Was ist das?“

„Ein Terminkalender.“

„Von wem? Doch nicht etwa …“

Schäfer steuerte einen freien Tisch an. „Hol du erst mal deinen Kaffee. Es ist nichts Wichtiges oder Dramatisches.“

Kopfschüttelnd steuerte Fuß auf das Büfett zu und kam immer noch missmutig dreinschauend mit einer Tasse Kaffee, einer Flasche Mineralwasser und einem Glas zurück.

„Also, was hat es mit dem Terminkalender auf sich?“, wollte er sofort wissen.

Schäfer reichte seinem Kollegen die Plastikhülle. „Eigentlich gar nichts. Er befand sich in der Einkaufstasche, die ich zur Untersuchung mitgenommen hatte. Es sind auch nur wenige Eintragungen drin, ein paar Geburtstage, einige Arzttermine und Abgabetermine von Gutachten und so weiter, mehr nicht. Das Telefonverzeichnis ist völlig leer, es gibt auch keine Notizen bis auf eine …“

„Mach es nicht so spannend!“

Schäfer nahm Fuß wieder die Plastikhülle ab und begann zu blättern. Dann hielt er Fuß den Terminkalender vor die Nase. Dort standen nur zwei Worte mit einem Ausrufungszeichen: *Schwangerschaftstest positiv!*

„Ich dachte, ich gebe ihn dir einfach zu den Akten. Für die Spurensicherung hat der Kalender nichts hergegeben, außer dass er nach ihrem Parfüm riecht und den Zwiebeln, die in der Einkaufstasche waren. Auf jeden Fall habe ich nur ihre Fingerabdrücke auf dem Einband gefunden.“

Nun begann auch Fuß in dem Kalender zu blättern, konnte aber auch nichts entdecken, was seine Interesse geweckt hätte. Schließlich schob er den Kalender in die Plastikhülle zurück, trank seinen Kaffee aus und bedankte sich bei Schäfer.

Wagner war froh, dass Fuß sich wieder etwas beruhigt hatte, als er ins Büro zurückkam. Wortlos schob er ihm Namen und Adresse des Anwalts zu, der das Mandat von Cornelia Henning übernommen hatte.

„Weiß Henning wegen der Beerdigung Bescheid?" Fuß' Stimme klang schon wieder etwas versöhnlich.

„Da geht niemand ans Telefon. Aber ich bleibe am Ball."

Fuß begann eine seiner unliebsamsten Tätigkeiten, er fing an seinen Schreibtisch aufzuräumen. Das Suchen nach dem Brief an den Studenten hatte ihn genervt. Hätte er in den letzten Tagen mehr Ordnung gehalten, wäre ihm das vergebliche Suchen erspart geblieben. Mitten hinein in diese Arbeit läutete wieder sein Telefon. Thomas von Essen meldete sich und wollte ihm als Neuigkeit mitteilen, dass Bernd Henning mittlerweile die Hunsrück Klinik verlassen und soeben bei ihm gewesen sei.

„Hat er dir nicht erzählt, dass er mich um ein Gespräch gebeten hatte und wir uns bereits getroffen haben?"

Fuß konnte durch das Telefon förmlich sehen, wie erstaunt der Arzt war. Nein, Henning habe ihm davon nichts erzählt. Er sei gekommen und habe darum gebeten, ihm ein leichtes Schlafmittel zu verschreiben, da er die halben Nächte wachliegen würde. „Von einem Besuch von dir hat er nichts gesagt, merkwürdig."

Wieder kamen sofort in Fuß Zweifel auf, was Henning mit dem Gespräch bezwecken wollte. Immer noch schwankte er zwischen dem Verdacht der Schauspielerei und der Gewissheit, dass Henning tatsächlich nur daran interessiert war, mitzuhelfen, den Mord an seiner Frau so schnell wie möglich aufzuklären.

„Hat Eva Henning eigentlich bei dir einen Schwangerschaftstest machen lassen, oder ist sie zu dir gekommen, als sie bereits wusste, dass sie schwanger war?"

„Wir haben hier in unserem Labor den Test gemacht", bestätigte von Essen. Allerdings hatte sie bereits ein oder zwei Tage vorher auch getestet und wollte nur absolute Sicherheit."

„Wann war das?"

Dr. von Essen schaute in seiner Patientenkartei nach und Fuß notierte sich das Datum, um es mit der Eintragung in dem Terminkalender zu vergleichen.

„Henning ist nicht allzu stabil“, warnte von Essen. „Falls da noch ungeahnte Dinge auf ihn zukommen, solltet ihr das mit entsprechender Rücksicht machen.“

„Wir fassen unsere Leute immer mit Samthandschuhen an“, konterte Fuß, obwohl er genau wusste, wie von Essen das meinte. Aber er war immer noch nicht ganz von seiner schlechten Laune runter.

Nach dem Telefonat verglich Fuß gleich die Daten und stellte fest, dass Eva Henning tatsächlich erst an dem Tag die Eintragung *Schwangerschaftstest positiv!* gemacht hatte, an dem ihr der Arzt die Schwangerschaft bestätigt hatte. Gedankenversunken blätterte Fuß weiter in dem Kalender. Insgesamt war sie seit dem Schwangerschaftstest fünf Mal bei Thomas von Essen gewesen, außerdem gab es eine Eintragung einer *Geburtstagsfeier bei Julia* am 28. Juni und einen Zahnarzttermin am 6. Juli. Als Fuß über den Tag ihrer Ermordung hinausblätterte, entdeckte er, dass sich Eva Henning bereits für den Winter zur Schwangerschaftsgymnastik angemeldet hatte. Auch das konnte als Beweis angesehen werden, dass sie keinen Suizid vorhatte.

Fuß schloss den Terminkalender wieder und fuhr mit dem Aufräumen seines Schreibtisches fort. Dabei fiel im ein kleiner Notizzettel in die Hände, der seine Handschrift trug: *Schreibmaschine oder Computer* stand darauf. Zuerst konnte Fuß mit dieser Notiz nichts anfangen, obwohl sie nicht allzu alt sein konnte. Doch dann fielen ihm die Zusammenhänge wieder ein, als er die beiden Ordner A-G und O-Z in das halbhohe Regal hinter sich stellte. Er hatte Jana noch bitten wollen, dass das Labor des LKA auch Auskunft darüber geben sollte, ob der Brief mit einem Computer oder einer Schreibmaschine geschrieben worden war. Beim Auffinden der Ordner hatte Frau Stoffel eine Schreibmaschine beiseite räumen müssen. Er würde also einen Typenvergleich vornehmen lassen, wenn der Brief mit einer Schreibmaschine geschrieben worden war, um einen endgültigen Beweis zu haben. Er klebte den Notizzettel mit Tesafilm an den Monitor seines Computers.

„Bist du mit deinem Ordner durch?“, fragte er Wagner.

Eigentlich hätte er die Frage nicht stellen brauchen, denn sein Kollege war eindeutig gerade mit dem Ordner beschäftigt. Aber er hatte das Gefühl signalisieren zu müssen, dass sein Ärger sich wieder gelegt hatte.

Wagner hob ein Blatt in die Luft. „Ich habe mir auch schon zu einigem Vermerke gemacht. Aber etwas richtig Griffiges habe ich noch nicht gefunden."

Inzwischen lag der Giftmord gut eine Woche zurück, ohne dass man bei den Ermittlungen einen wesentlichen Schritt vorwärts gekommen wäre. Es gab einfach solche Fälle, wo man immer das Gefühl hatte, auf der Stelle zu treten. Genau diese hasste Fuß wie die Pest.

Die DNA hatte nichts ergeben, der Anwalt von Cornelia Henning hatte, wie erwartet, bei einem Haftprüfungstermin die Freilassung seiner Mandantin erreicht, und sie war als Witwe in das verwaiste Haus in Beltheim zurückgekehrt. Das Ergebnis des LKA-Labors war inzwischen eingetroffen. Der Brief war auf einer Schreibmaschine geschrieben worden und der Zeitraum des Schreibens lag in der Toleranz, die Frau Henning angegeben hatte, also etwas älter als fünf Jahre. Damit waren auch in diese Richtung keine weiteren Ermittlungen notwendig. Auch die erhoffte Reaktion innerhalb der Familie blieb zunächst aus, zumindest hatte es den Anschein.

Jetzt versprachen sich Fuß und Wagner noch eventuelle Erkenntnisse bei den Beerdigungen von Eva und August Henning. Zunächst hieß es, beide würden an ein und demselben Tag stattfinden, eine vor- und die andere nachmittags. Doch dann entschied man sich, zunächst August und am nächsten Tag Eva zu beerdigen.

Zu gerne hätte Fuß Jana zu den Beisetzungen mitgenommen. Aber ihr Urlaub war zu Ende. So fuhren Wagner und er alleine nach Beltheim, in der Hoffnung, vielleicht das eine oder andere zu beobachten oder sonstige Erkenntnisse zu gewinnen, die ihnen Hinweise zur Aufklärung des Mordes an Eva Henning geben würden.

Zum Trauergottesdienst waren neben den Angehörigen nur wenige Menschen gekommen. Natürlich war Bernd Henning anwesend, der seine Schwägerin am Arm führte, ebenso das Ehepaar Stoffel und die geschiedene Schwester aus Hamburg, offenbar mit einem neuen Lebensgefährten. Aus Leipzig war nur Bruder Erwin angereist. Pastor Reichel gelang es geschickt in Anbetracht der Situation die passenden Worte zu finden. Immerhin konnte man nicht ausschließen, dass die trauernde Witwe in der ersten Bankreihe eine Giftmörderin war. Auch der Tatsache, dass der Tote keinen normalen Autounfall, sondern mit an Sicherheit grenzender Wahrscheinlichkeit Selbstmord begangen hatte, wich er geschickt aus.

Im Anschluss an den Trauergottesdinest ging es auf den Friedhof am

Ortsausgang von Beltheim, wo August Henning beigesetzt wurde. Zur eigentlichen Beisetzung waren erstaunlich viele Menschen gekommen. Die meisten waren wohl Kollegen von August und Nachbarn. Aber es schienen sich auch etliche Neugierige unter die Trauergemeinde gemischt zu haben. Man erkannte sie daran, dass sie ständig die Witwe beobachteten und dabei immer wieder miteinander tuschelten. So einer Mordverdächtigen, die sogar schon in U-Haft gesessen hatte, begegnete man ja nicht alle Tage. Wagner machte unauffällig ein paar Fotos mit seiner kleinen Coolpix SQ Digitalkamera, bei der das Objektiv so geschwenkt werden kann, bei der nur schwerlich zu erkennen ist, dass man fotografiert wird. Man wusste nie, wozu diese Fotos einmal dienen könnten. Sie dokumentierten auf jeden Fall, dass Erwin und Bernd die einzigen Verwandten waren, die Tränen in den Augen hatten, als sie dem Sarg folgten.

Wie so oft bei Beerdigungen nieselte es ununterbrochen und die beiden Kripobeamten mussten sich einen kleinen Schirm teilen, so dass bei Fuß die linke und bei Wagner die rechte Schulter innerhalb weniger Minuten nass bis auf die Haut war.

Fuß konnte sich während der Einsegnung des Grabes ein leises „Scheiße“ nicht verkneifen, weil ihm das Wasser auch noch vom Schirm in den Kragen lief.

Nach der Beerdigung hatte Cornelia Henning in das „Haus am Schnellbach“ eingeladen. Die beiden Kripobeamten beobachteten, wer außer den ihnen bekannten Angehörigen zu diesem Treffen eingeladen worden war. Wagner machte vom Auto aus Fotos von drei Personen, die ihnen unbekannt waren. Er musste dafür die Scheibe herunterkurbeln, weil sie durch die nasse Bekleidung und die Körperwärme sofort beschlagen waren.

„Das gibt eine satte Erkältung“, fluchte Wagner und nahm sich vor, am Abend einen kräftigen Glühwein zu trinken. Nachdem offenbar keine weiteren Personen die Gaststätte aufsuchten, fuhren sie ins Präsidium zurück.

Die Beerdigung von Eva Henning am nächsten Tag fand auf dem Buchenauer Friedhof statt. Pfarrerin Andrea Gorres hatte es bei der Vorbereitung ihrer Ansprache etwas leichter als ihr katholischer Kollege in Beltheim. Immerhin war die Tote keine Selbstmörderin, sondern das Mordopfer. Von Bernd Hennings Verwandten waren wieder alle gekommen. Die Zahl der Nachbarn und Neugierigen war allerdings wesentlich größer, was Fuß und vor allem Wagner, der wieder unauffällig Fotos schießen wollte, vor erhebliche Schwierigkeiten stellte. Dieses Mal hatten beide Regenjacken angezogen und einen Schirm mitgenommen, dafür schien die Sonne so unverschämt stark, als wolle sie damit ihre Schadenfreude zum Ausdruck bringen und gab damit dem Oberkommissar auch heute Anlass zu leisem Fluchen. Beharrlich versuchte er einen Schattenplatz in dem Friedhofshang zu erwischen, was ihm aber nicht gelang.

Bernd Hennings Gesicht war grau, seine Hände zitterten, wenn er sich durchs Haar strich, das sich gegen den recht stürmischen Wind immer wieder aufbäumte. Er ging alleine, häufig stolpernd und schwankend, hinter dem Sarg her. Seine Geschwister und ihre Partner folgten erst in zweiter und dritter Reihe. Die Pfarrerin verzögerte ihre Schritte, um neben dem Witwer den Weg zum Grab fortzusetzen. So hätte sie die Möglichkeit gehabt, ihn zu stützen.

Auffallend war, dass unter den Trauernden auch einige Kinder und Jugendliche waren. Fuß nahm folgerichtig an, dass es sich hierbei um solche handelte, mit denen die Psychologin Eva Henning einmal gearbeitet hatte.

Direkt hinter den Verwandten entdeckte Fuß ‚Else Kling' alias Anneliese Pies, gefolgt von einer Gruppe von vier Frauen, die sich offenbar kannten oder zusammengehören mussten. Vom Alter her konnten es durchaus ehemalige Schulkameradinnen der Toten sein. Abgesehen davon, dass sie von Zeit zu Zeit leise ein paar Worte wechselten, trug jede von ihnen den gleichen kleinen Abschiedsstrauß in der Hand. Fuß machte Wagner mehrfach ein verdecktes Zeichen, diese Frauen zu fotografieren. Ob Wagner die Zeichen gesehen und begriffen hatte, konnte Fuß nicht wissen, denn immer wieder verlor er seinen Kollegen in der Menschenmenge aus den Augen.

Als sich die Trauergemeinde schließlich um das offene Grab versammelt hatte, löste sich Fuß aus der Menge und begann zwischen den Gräbern hindurchzuschlendern, um so auch die beobachten zu können, die sich möglicherweise hinter der Masse bewusst versteckten, um teilzunehmen, ohne unbedingt gesehen zu werden. Doch die Hoffnung, eine solche Person auszumachen, schwand mehr und mehr. Außerdem war auf dem restlichen Friedhof niemand zu entdecken, der unerkannt auf Distanz an der Beerdigung teilnehmen wollte. Auch wenn wie jetzt im Fall Henning die Ermittlungen in einer Sackgasse steckten, Fuß gab die Hoffnung nicht auf. Der Oberkommissar musste unwillkürlich an die kleine Marion denken (siehe: „Tödliche Träume"), an deren Beerdigung er auch mit den gleichen Hintergedanken teilgenommen hatte, weil er bei den Ermittlungen keinen Schritt vorwärts kam.

Endlich entdeckte er Wagner, der sich ebenfalls von der Trauergemeinde etwas entfernt hatte und seinerseits versuchte, Personen zu entdecken, die sich in irgendeiner Art und Weise auffällig verhielten.

„Nichts!", flüsterte er, als er und Fuß sich zwischen den Grabreihen trafen. „Oder hast du etwas entdeckt?"

„Hast du die vier Frauen gesehen und fotografiert?"

„Mmh", machte Wagner und schoss schnell ein Foto einer älteren Frau, die sich raschen Schrittes entfernte, obwohl die Beerdigung noch nicht zu Ende war.

„Hast du die Pies entdeckt?", wollte Fuß schmunzelnd wissen. „Die hat doch immer die Nase vorn."

„War ja auch die unmittelbare Nachbarin der Toten, das verpflichtet!", grinste Wagner. „Ich glaube, wir können gehen, hier gibt's nichts, was uns weiterbringt."

Fuß hielt Wagner am Arm fest. „Wir bleiben noch. Ich will wissen, wer die vier Frauen sind."

„Das kannst du doch morgen oder übermorgen den Henning fragen", entgegnete Wagner, der auch unter der Sonne litt, obwohl er seinen Parka längst geöffnet hatte.

„Und wenn der die gar nicht kennt …?"

Wagner sah ein, dass Fuß recht hatte. Henning musste nicht unbedingt alle Freundinnen oder Bekannte seiner Frau kennen.

„Dann lass uns aber wenigstens im Schatten unten im Torbogen warten, sonst schwimme ich irgendwann weg."

Sie verließen den Friedhof und warteten am Ausgang, bis sich die Trauergemeinde allmählich auflöste. Tatsächlich kamen die vier Frauen gemeinsam den Hang herunter. Fuß ging geradewegs auf sie zu, zog seinen Dienstausweis aus der Jackentasche und stellte sich ihnen vor.

„Ich will Sie nicht lange aufhalten. Aber ich habe den Eindruck, Sie stehen in einem besonderen Verhältnis zu der Toten und mich würde interessieren, in welchem."

Sie gingen ein paar Schritte in Richtung Parkplatz, um den Nachfolgenden den Durchgang im Torbogen freizumachen und blieben dort stehen.

„Es stimmt“, bestätigte eine große Blonde mit verweinten Augen. „Eva und wir sind alte Schulfreundinnen und haben gemeinsam das Abi gemacht. Mit mir war sie sogar schon auf der Grundschule.“

Fuß schnippte mit dem Finger. „Dann sind Sie genau der Mensch, den wir suchen“, stellte er zur Überraschung der vier fest.

„Wie das?“

„Wenn es Ihnen nichts ausmacht, würde ich mich gern einmal mit Ihnen in Ruhe über Frau Henning unterhalten … was für ein Mensch sie war. Sie hatten doch sicherlich bis in die jüngste Zeit Kontakt zu ihr?“

Immer noch etwas überrascht nickte die blonde Frau wortlos.

„Darf ich Sie morgen einmal besuchen. Es dauert nicht lange, aber ich weiß so wenig von Eva Henning.“

„Kann Ihnen da nicht Evas Mann weiterhelfen?“, wollte eine etwas kleinere und kräftigere Frau neben der Blonden wissen.

„Er hat Eva auch erst vor ein paar Jahren kennengelernt und ich habe die Meinung von Nachbarn und Klienten über sie. Doch die meisten kannten sie eben nur beruflich oder von Haustür zu Haustür. Ich möchte mir aber ein komplettes Bild von ihr machen …“

„Kein Problem“, fiel ihm die Blonde ins Wort. „Nur ich bin berufstätig, muss jetzt möglichst schnell wieder zur Arbeit. Aber Sie können mich gerne heute oder morgen Abend besuchen.“

Fuß zog rasch seinen kleinen Notizblock aus der Jacke.

„Dann darf ich um Namen, Adresse und möglichst auch Telefonnummer bitten.“

„Dagmar Bruch, Koblenz, Pappelweg … das ist oben auf der Karthause …“

„Weiß ich“, murmelte Fuß. „Wo kann ich Sie tagsüber erreichen, wenn mir terminlich etwas dazwischenkommt?“

„Ich bin bei der Sparkasse beschäftigt, in der Hauptgeschäftsstelle Bahnhofstraße.“

„Dann will ich Sie alle nicht länger aufhalten“, Fuß steckte seinen kleinen Block wieder ein. „Ich komme heute Abend so gegen halb acht, wenn es Ihnen passt?!“

Die Blonde nickte und streckte Fuß zum Abschied die Hand entgegen.

Zufrieden kehrte Fuß zu Wagner zurück, der geduldig am Friedhofstor auf ihn wartete.

„Und?“

„Wie ich mir dachte, Klassenkameradinnen. Und eine davon kennt Eva Henning von klein auf. Mit ihr treffe ich mich heute Abend."

„Ist gut, ich werde Erika Bescheid sagen, dass du Ersatz für Jana gefunden hast!"

Fuß holte mit der Hand weit aus, als wolle er Wagner ohrfeigen. Der bückte sich rasch und begann lachend in Richtung Fahrzeug zu laufen. Einige der Trauergäste, die noch vor dem Friedhofsgebäude und auf dem Parkplatz umherstanden, sahen kopfschüttelnd und etwas entrüstet hinter ihm her.

10.

Dagmar Bruch wohnte in einem der wenigen Mehrfamilienhäuser am Pappelweg. Die kleine Wohnung in der ersten Etage machte einen sehr gepflegten Eindruck, war geschmackvoll eingerichtet, typisch für einen Single, der sehr selbstständig und unabhängig ist.

Beim Betreten des Wohnzimmers wurde Fuß von leiser klassischer Musik und einer kleinen grauen Katze begrüßt, die Fuß sofort maunzend um die Beine strich.

„Fühlen Sie sich wie zu Hause." Frau Bruch deutete auf einen der einladenden Sessel, schaltete den CD-Player aus und nahm die Katze behutsam hoch, die gerade Anstalten machte, Fuß auf den Schoß zu springen. „Was darf ich Ihnen zu trinken anbieten? Sie sind ja nicht mehr im Dienst. Ein Glas Wein, Saft oder etwas Schärferes?"

„Nein Danke, ich bevorzuge Mineralwasser, da ich noch nach Hause fahren muss und das ist in Alken."

Frau Bruch schaute Fuß überrascht an. „Alken?", rief sie aus. „Dann haben Sie dort eine Straußwirtschaft! Ich habe gleich zu meinen Freundinnen gesagt, den Mann kenne ich. Mir ist nur nicht eingefallen woher. Denn mit der Polizei habe ich noch nie etwas zu tun gehabt. Aber Alken ... Ich war schon einige Male bei Ihnen."

Fuß war erstaunt. Er hatte ein gutes Gedächtnis, konnte sich aber an Frau Bruch als Gast beim besten Willen nicht erinnern.

„Ich ahne, was Sie jetzt denken. Ich habe seit ein paar Wochen eine ganz andere Frisur und während einer Krankheit einiges an Pfunden verloren – Gott sei Dank." Sie griff hinter sich in ein Regal und hielt Fuß ein Foto von sich entgegen. Darauf hatte sie noch lange blonde Haare und richtige Pausbacken. Jetzt erkannte Fuß sie auch sofort.

„Erstaunlich, wie ein Mensch sich verändern kann. Nicht wahr?"

Fuß musste zugeben, dass selbst bei genauerer Betrachtung kaum mehr eine Ähnlichkeit zu entdecken war. Frau Bruch stellte das Bild wieder in das Regal zurück und entschuldigte sich für einige Augenblicke.

Während sie in der Küche hantierte, beobachtete der Oberkommissar amüsiert wie die Katze tief geduckt und lang gestreckt wieder heimlich in seine Nähe schlich, zwischendurch immer einen kurzen Blick zur Tür werfend, durch die Frau Bruch zurückkommen musste. Bevor die Katze erneut den Versuch unternehmen konnte auf seinen Schoß zu springen, schlug er ruckartig die Beine übereinander, worauf das Tier verstört auswich und unter dem Sofa verschwand.

Frau Bruch kam mit einer Flasche Mineralwasser und zwei Gläsern zurück und schenkte beide ein, dann nahm sie gegenüber Fuß Platz und schaute ihn erwartungsvoll an.

Der Oberkommissar nahm zunächst einen kräftigen Schluck und stellte dann das Glas wieder auf den Untersetzer, den Frau Bruch zum Schutz vor Wasserflecken auf die polierte Tischplatte gelegt hatte.

„Sie haben mir heute Morgen erzählt, dass Sie mit Eva Henning bereits in die Grundschule gegangen sind", begann er ohne große Vorrede.

„Richtig, Eva wohnte damals mit ihren Eltern in der Roonstraße in Koblenz, wir gleich um die Ecke in der Mainzer Straße. Obwohl wir nicht nebeneinander saßen, hatten wir ja den gleichen Schulweg und bereits nach wenigen Tagen lösten sich unsere Mütter ab, uns in die Schule zu bringen."

„Was war Eva für ein Kind?"

Frau Bruch begann zu lächeln. „Im Gegensatz zu einem Wildfang wie mir, ein stilles und verschlossenes Kind. Ich weiß noch, wie oft sie von unserer damaligen Lehrerin aufgefordert wurde, sich intensiver am Unterricht zu beteiligen. Denn, wenn sie gefragt wurde, wusste sie immer alles. Sie war äußerst intelligent, hat dann auch später das beste Abitur der Klasse gemacht."

„Sie gingen also auch mit ihr zusammen aufs Gymnasium?!"

„Auf der Karthause. Nach der Abi-Feier haben wir uns dann für einige Jahre aus den Augen verloren. Sie hat, so viel ich weiß, in Bonn und München studiert und dort auch ihren Abschluss wohl mit Auszeichnung hingelegt. Sie war immer sehr bescheiden und hat nie viel Aufsehens um sich gemacht."

„Sie war also auch als Erwachsene ein verschlossener Mensch?", wollte Fuß wissen.

Frau Bruch zögerte. „So möchte ich das nicht sagen, aber sie nahm sich nicht wichtig. Ihre Arbeit war ihr wichtig."

„Wann sind sie sich dann wieder begegnet?"

„Das war kurz vor ihrer Hochzeit. Sie war bereits mit ihrem späteren Mann zusammengezogen, eben nach Buchenau. Er hat wohl das Haus selbst gebaut, er ist ja vom Fach."

Fuß nickte.

„Wir sind uns rein zufällig in der Sparkasse begegnet. Es ging um die Finanzierung. Ich hatte eine Lehre als Bankkauffrau gemacht, dann BWL studiert, war wegen meiner Eltern wieder nach Koblenz zurückgekehrt und hatte gerade bei der Sparkasse angefangen. Seither haben wir uns eigentlich regelmäßig einmal im Monat getroffen. Mal bei ihr, mal bei mir, mal in einem Café in Koblenz."

„Hat sie Ihnen von ihrer Ehe und ihrem Beruf als Psychologin erzählt?"

„Wenn ich sie gefragt habe, bekam ich immer eine Antwort. Aber von sich aus hat sie nie etwas erzählt. Insofern war sie immer noch so verschlossen wie als Kind."

„Hatten Sie den Eindruck, ihre Ehe war glücklich?"

Frau Bruchs Augen leuchteten auf. „Oh ja, und zwar sogar sehr. Wenn ich sie diesbezüglich mal gefragt habe, dann schwärmte sie von ihrem Mann in den höchsten Tönen. Ich habe ihn außerhalb der Sparkasse nur ein oder zwei Mal getroffen, wenn wir bei ihr Kaffee getrunken haben und kann mir deshalb von ihm selbst kaum ein Urteil erlauben."

„Ist irgendwann mal etwas von Streitigkeiten innerhalb der Familie von Bernd Henning angeklungen?"

Frau Bruch wölbte nachdenklich die Lippen nach außen und schüttelte den Kopf. „An Ähnliches kann ich mich nicht erinnern", meinte sie.

Inzwischen hatte sich die Katze wieder unbemerkt an Fuß herangeschlichen und er erschrak, als sie plötzlich mit einem Sprung auf der Lehne seines Sessels landete.

„Schubsen Sie sie einfach herunter", sagte Frau Bruch. Doch Fuß ließ die Katze gewähren, die sich leise schnurrend langsam über die Lehne auf die andere Sesselseite bewegte.

„In letzter Zeit trafen wir uns öfter mal mit anderen früheren Klassenkameradinnen, drei davon haben Sie ja bereits heute Morgen kennengelernt."

Fuß zog aus seinem Jackett seinen kleinen Notizblock. Schnell hatte er gefunden, was er suchte.

„Sagt Ihnen der Name Julia etwas?"

„Julia? Nein, das war auch niemand aus unserer Klasse. Warum fragen Sie?"

„Ich habe den Namen in einem Terminkalender von Eva Henning gefunden. Einer der wenigen Namen, die dort drinstanden …"

Fuß steckte seinen Notizblock wieder in das Jackett zurück. „Aber ich wüsste schon gerne noch etwas mehr über Frau Henning. Haben Sie irgendetwas bemerkt, dass sie in letzter Zeit noch verschlossener oder, besser gesagt, ängstlich oder verängstigt war?"

Dieses Mal spitzte sein Gegenüber beim Nachdenken die Lippen, wobei sich ihre Nasenspitze etwas nach unten richtete, wie Fuß beobachten konnte.

„Wenn ich mir jetzt die letzten Kontakte genauer vor Augen führe", begann Frau Bruch und kniff dabei die Augen etwas zusammen, „dann war da tatsächlich etwas, was in ihrem Verhalten anders war. Vielleicht könnte man es mit ‚verängstigt' bezeichnen."

„Hat sie sich irgendwie in diese Richtung geäußert oder etwas angedeutet …"

Dagmar Bruch ergriff ihr Glas und trank einen Schluck, behielt es dann an den Lippen und schaute am Oberkommissar vorbei, als versinke sie tief in ihren Erinnerungen. Die Katze hatte es sich inzwischen anders überlegt und machte einen großen Sprung hinüber zur Sessellehne von Frau Bruch, die sie in Gedanken versunken mit dem Ellenbogen von der Lehne stupste, was ein eindeutig beleidigtes Maunzen zur Folge hatte.

„Das letzte oder vorletzte Mal war Eva bei unserem Treffen reichlich zerstreut oder fahrig. Ich weiß auch nicht, wie ich das genau ausdrücken soll. Ich habe sie darauf angesprochen und glaube, sie sagte etwas von Stress, den sie derzeit habe. Ich habe sie dann aber nicht weiter gefragt, weil es mir schien, dass sie das Thema meiden wollte. Ja, man könnte sagen, dass ihr der Gedanke an irgendetwas Sorge bereitete. Ich habe angenommen, dass es die Sorge um ihre Schwangerschaft war. Sie wissen, wie sehr sie sich ein Kind wünschte und … Sie haben recht … Angst hatte, vor einer Fehlgeburt oder ein behindertes Kind zur Welt zu bringen."

„Sie hatten aber nicht den Eindruck, dass die Angst beruflicher Art war?"

Dagmar Bruchs Gesicht erhellte sich und sie lachte laut auf. „In dieser Richtung hatte Eva immer Angst etwas falsch zu machen. Da steckte ihre grenzenlose Gewissenhaftigkeit bei ihrer Arbeit dahinter. Da war sie wie ein Schauspieler, der nach einer bravourösen Leistung immer noch glaubt, nicht gut genug gewesen zu sein. Ich bin sicher, das Gefühl kennen auch Sie, wenn Sie einen Fall abschließen. Haben Sie nicht schon mal im Nachhinein daran gedacht, doch etwas übersehen zu haben und ein Unschuldiger könnte deswegen ins Gefängnis kommen?"

Fuß musste sich eingestehen, dass ihn dieses Gefühl schon einige Male befallen hatte, obwohl bisher nicht der Fall eingetreten war, dass durch sein Verschulden ein Unschuldiger verurteilt wurde.

„Kennen Sie das Gefühl?", wiederholte Frau Bruch und schaute den Oberkommissar forschend an.

„In gewisser Weise sicherlich", gestand Fuß. „Aber einen konkreten Fall hat Ihnen Eva Henning nicht genannt?"

„Nein! Sie hätte nie über ihre Fälle gesprochen. Dafür war sie viel zu diskret. Ich hätte ihr, glaube ich, einen Mord gestehen können, sie wäre niemals auf die Idee gekommen, sich einem anderen anzuvertrauen."

„Würden Sie mir bitte auch noch die Namen und Anschriften der drei anderen Damen geben, die heute Vormittag an der Beisetzung teilgenommen haben. Vielleicht wissen sie etwas, was uns bei unseren Ermittlungen weiterhilft."

Dagmar Bruch stand auf, ging an einen kleinen Sekretär und entnahm ihm ein Blatt und ein Telefon- und Adressenverzeichnis aus dunkelbraunem Leder.

Während sie die Adressen herausschrieb, betrachtete Fuß sie genau. Dagmar Bruch war zwar keine Schönheit und ihre Figur war nicht die eines Mannequins, aber sie verstand sich raffiniert zu schminken, ohne dass es aufdringlich wirkte, und sie wusste auch, sich geschickt zu kleiden.

„So, hier haben Sie die Adressen. Aber, ich gehe davon aus, dass Sie bei den dreien auch nicht mehr erfahren als von mir."

Fuß warf einen Blick auf seine Armbanduhr und erschrak. Ganze zweieinhalb Stunden hatte das Gespräch gedauert und in der Straußwirtschaft war sicherlich der Teufel los. Erika rotierte und würde wieder mit Recht sauer sein. Aber sein Beruf als Kriminalbeamter ging nun einmal vor.

„Es wird uns wohl oder übel nichts anderes übrigbleiben, als uns nochmals auf Cornelia Henning zu konzentrieren“, stellte Fuß am nächsten Morgen fest. Ralf Schomisch hatte wieder reingeschaut, weil ihn ständig die Presse anrief, um den Stand der Ermittlungen zu erfragen.

„Bei allen offenen Fragen passen bei ihr die Puzzleteilchen noch am ehesten zusammen. Vielleicht müssen wir von anderen Voraussetzungen ausgehen“, stöhnte Fuß und seine Verzweiflung war deutlich zu hören.

„Habt ihr schon einmal daran gedacht, dass sich der Ehemann von dieser Cornelia Henning vielleicht aus dem Grund umgebracht hat, weil er wusste, oder einen Beweis gefunden hatte, dass seine Frau die Mörderin ist und er deshalb nicht mehr leben wollte?“, versuchte Schomisch einen Beitrag zur Lösung des Falles zu leisten.

Tatsächlich hatten Fuß und Wagner diesen Aspekt noch nicht in Betracht gezogen. Fuß erinnerte sich, was Frau Stoffel ihm erzählt hatte. Erika würde sagen „Sie lebte nur für schön!“, womit sie meinte, dass Cornelia Henning kein Interesse an Hausarbeit und Ähnlichem hatte, sondern lieber mit ihrem gelben Mini unterwegs war. Vielleicht verdiente sie sich bei ihren Aushilfsjobs als Apothekerin das Geld nur, um sich ein schönes Leben zu machen, an dem ihr Mann nur wenig bis gar nicht teilnehmen konnte, wollte oder sogar sollte.

„Wir haben uns immer gefragt“, fiel es Fuß plötzlich wie Schuppen von den Augen, „wie das Verhältnis von Cornelia zu der Ermordeten war? Vielleicht müssen wir uns fragen, wie war das Verhältnis von Cornelia zu ihrem Schwager Bernd oder besser noch, hatten die beiden vielleicht ein Verhältnis miteinander?“

„Aber, du hast doch selbst erzählt, wie sehr sich Bernd Henning auf das Kind freute und wie er reagierte, als ihm klar wurde, dass seine Frau möglicherweise in den Minuten ihres Todes glauben musste, er habe sie vergiftet“, warf Wagner ein.

„Stopp!“, Fuß hob die Hand zum Widerspruch hoch. „Das sind zwei Paar Schuhe. Wie wir wissen, sind alle Ehen der Hennings kinderlos. An wem das jeweils lag, wissen wir nicht. Aber Eva war sozusagen der Hoffnungsträger. Da muss die Freude über die Schwangerschaft nicht unbedingt etwas mit Liebe zu tun gehabt haben. Und die Reaktion auf die Möglichkeit, dass Eva nach der Dose mit dem Rattengift gesucht hat, kann man auch dahingehend deuten, dass Cornelia von dem Gift wusste. Wieso auch immer und Bernd erst durch meine Bemerkung klar wurde, dass seine Schwägerin die Mörderin war. Und das hat ihn so getroffen!"

„Und schließlich bleibt unumstritten der gelbe Mini, den die Nachbarin gesehen hat als untrügerischer Beweis, dass Cornelia Henning in diesem Punkt lügt und an dem Nachmittag dort war", vervollständigte Schomisch die neue Perspektive. Immerhin hatte auch er sich intensiv mit den Ermittlungsergebnissen befasst und eigene Vorstellungen dazu entwickelt.

Fuß knetete sein Gesicht in diesem Moment noch kräftiger als sonst, wie Wagner zu beobachten glaubte.

„Also halten wir nochmals fest: Cornelia Henning hatte möglicherweise ein Verhältnis mit Bernd Henning, ihrem Schwager. Soll ja schon mal vorkommen. Das Rattengift spielt in diesem Zusammenhang keine Rolle, denn Eva Henning wurde mit Rizin vergiftet. Bernd Henning hatte es tatsächlich für die Baustellen gekauft. Als er von mir darauf hingewiesen wurde, dass seine Frau kurz vor ihrem Tod möglicherweise nach dem Gift gesucht hatte, wusste er noch nicht, dass Evas Tod nicht durch Rattengift, sondern durch Rizin herbeigeführt wurde. Cornelia, als Apothekerin, hätte genügend Fachwissen und die Möglichkeit an das Gift zu kommen. Im Protokoll steht, dass das Gift wahrscheinlich im Tee oder Kuchen gewesen war. Cornelia war bei ihrer Schwägerin, hat ihr das Gift verabreicht und ist wieder weggefahren. Bernd Henning hat nichts von der Absicht seiner Schwägerin gewusst …"

„… oder gerade und war deshalb nicht erreichbar und kam am nächsten Tag erst spät am Abend nach Hause, wo die beiden sicher sein konnten, dass Eva tot oder zumindest nicht mehr zu retten war", korrigierte Schomisch den Oberkommissar. Der blickte den Pressesprecher wortlos an. Der Mann hatte recht, nur wie wollten die beiden nach Evas Tod August los werden? Ein zweiter Giftmord wäre unmöglich gewesen. Plötzlich fiel ihm ein, dass Frau Stoffel angedeutet hatte, ihr Bruder habe mit dem Gedanken gespielt, sich scheiden zu lassen. Wenn er mit seiner Frau darüber gesprochen hatte und sie ihn in bewusst die Scheidung trieb, musste es gar keinen zweiten Mord geben.

Den Hinweis auf eine mögliche Scheidung sah Fuß auf einmal in einem völlig anderen Licht. Er setzte dieses Puzzleteil in das bisher zusammengefügte Bild, es passte!

„Wie können wir das aber beweisen?" In Wagners Stimme war deutlich die Ratlosigkeit zu hören. „Man müsste den beiden eine Falle stellen, aber wie?"

Fuß begann aufs Neue sein Gesicht zu kneten, beschränkte sich aber diesmal nur auf sein Kinn und seine Wangen. „Da wird uns schon etwas einfallen“, antwortete er.

Nachdem am Abend alle Gäste gegangen waren, entkorkte Fuß eine Flasche seines Lieblings-Rosés und zog sich damit in sein Büro oberhalb des überdachten Hofes zurück.

Erika, die diese Situation fast regelmäßig erlebte, wenn ihr Mann in einem Fall nicht weiterkam, rief ihm hinterher: „Vergiss nicht ins Bett zu gehen!“

Fuß antwortete nicht. Jeder Kommentar hätte zu einer längeren Diskussion über unbezahlte Überstunden, zu wenig Freizeit und den Dank des Staates geführt, der einen nie erreicht.

Er nahm sich ein paar Bögen Papier, setzte sich an seinen Schreibtisch, nahm einen ersten Schluck und begann zu malen. Als Erstes entstand eine Art Familienbaum der Hennings, wobei er die Personen mit blauen Pfeilen verband, die sich nach seiner Erkenntnis gut vertrugen und mit roten, wo der Kontakt schwierig war. Beide Farben tauchten dort auf, wo er über die Situation keine schlüssigen Erkenntnisse hatte.

Dann begann er neben den einzelnen Namen Daten und Zeiträume einzutragen, an denen sich irgendetwas ereignet hatte. Darunter fiel beispielsweise bei Eva und Bernd die Hochzeit und die Gewissheit der Schwangerschaft und bei Eva die Arztbesuche und die Geburtstagsfeier bei Julia. So entstand allmählich ein Überblick über Personen und Ereignisse, die ihre bisherigen Ermittlungen ergeben hatten. Als Fuß glaubte, sicher zu sein, alles erfasst zu haben, begann er wie bei einem Schachspiel Züge zu planen, die er wieder verwarf, wenn sie in einer Sackgasse endeten oder mit einem grünen Stift eintrug, wenn sie sich als eine denkbare Möglichkeit erwiesen.

Irgendwann in der Nacht hörte er die Wasserspülung der Toilette. Bevor Erika auftauchte und er sich die nicht ganz unberechtigten Vorwürfe anhören musste, schaltete er schnell das Licht aus und machte sich auf den Weg ins Schlafzimmer. Im Flur zwischen diesem und dem Bad begegneten sie sich. Erika warf ihm nur einen strafenden Blick zu, drehte sich um und verschwand wortlos im Schlafzimmer. Wenige Minuten später folgte Fuß ihr und war in weniger als zwei Minuten eingeschlafen.

11.

Am nächsten Morgen kam Fuß brummig, mit einem schweren Kopf und reichlich spät in sein Büro.

„Morgen", war sein einziges Wort. Er ließ seine Aktentasche neben seinen Schreibtisch fallen, sich in den Sessel plumpsen und begann zunächst sein Kinn und dann sein ganzes Gesicht zu kneten.

Wagner wusste, dass man seinen Kollegen an solchen Tagen möglichst vorsichtig und leise ansprechen musste. Er ahnte, dass Fuß wieder einmal die halbe Nacht über dem Fall gebrütet hatte und zu keinem befriedigenden Ergebnis gekommen war.

„Gibt's was Neues?", brummte Fuß und griff nach der Rhein-Zeitung, die sich Wagner mitgebracht hatte.

„Immer nur Spekulationen", antwortete Wagner und reichte dem Oberkommissar einen Umschlag mit den Friedhoffotos aus Beltheim und Buchenau. Fuß verteilte sie auf seinem Schreibtisch und begann zuerst die Fotos aus Beltheim zu studieren. Er nahm einen Markerstift und strich alle Gesichter durch, die ihnen bekannt waren. Dann nahm er eine Lupe aus seiner Schublade und betrachtete die fremden Personen. Danach nahm er sich die Fotos aus Buchenau vor. Ebenso strich er erst die bekannten Gesichter durch: Hier war die Zahl der Unbekannten wesentlich größer.

„Du sollest mal ein oder zwei Bilder auf ein größeres Format bringen und dann deine Freundin in Buchenau aufsuchen und sie fragen, wer das ist. Wie ich sie einschätze, kennt sie alle", grinste Fuß. Das erste Anzeichen, dass seine schlechte Laune bereits am Abklingen war. Er schob nach einer Weile Wagner drei Fotos rüber. „Lass die mal vergrößern", empfahl er. „Ich glaube, summa summarum sind darauf alle Trauergäste erfasst."

„Soll ich auch Bilder aus Beltheim der Cornelia Henning vorlegen und fragen, wer da zur Beerdigung gekommen ist?", wollte Wagner wissen.

„Wenn du meinst, dass es etwas bringt." Fuß schien etwas unschlüssig, dann aber sagte er: „Wenn du sowieso rausfährst, dann kannst du dich auch gleichzeitig mal in beiden Wohnungen umsehen, ich meine in der von Bernd Henning und seiner Schwägerin. Vielleicht fällt dir ja eine Veränderung auf, die irgendwie merkwürdig ist und Aufschlüsse bringt über das Verhältnis zueinander."

„Kein Problem", antwortete Wagner.

Bernd Henning war nicht zu Hause, als Wagner läutete. Also ging er zunächst zu der Nachbarin Anneliese Pies. Sie hatte natürlich beobachtet wie er vergeblich bei ihrem Nachbarn geläutet hatte.

„Der Henning ist bereits heute Früh wie gewöhnlich um halb neun weggefahren", empfing sie Wagner und zog ihn förmlich am Ärmel ins Haus. „Sind Sie in Ihren Ermittlungen weitergekommen?"

Wagner schüttelte den Kopf. Dir werde ich das als Letzter erzählen, dachte er und hielt ihr die drei Fotos vom Buchenauer Friedhof unter die Nase. Frau Pies ging an den kleinen Tisch, auf dem eine Vase mit Kunstblumen stand, und nahm etwas verlegen eine Brille aus der Schublade.

„Ich brauche sie wirklich nur zum Lesen", versicherte sie und nahm sich das erste Foto vor. Sie zählte Wagner auf, wer auf dem Foto aus der Nachbarschaft war. Wagner nummerierte die Köpfe und notierte sich Nummer und Name in seinem kleinen Büchlein, das bereits stark abgegriffen war. Auch auf dem zweiten und dritten Foto waren die meisten als Nachbarn oder Einheimische auszumachen. Insgesamt blieben sechzehn Personen übrig, die Anneliese Pies nicht kannte.

„Wissen Sie denn, wer das ist?", fragte sie und die Neugierde war ihr dabei ins Gesicht geschrieben.

„Nein", log Wagner, denn zumindest die Schwägerinnen und Schwager von Frau Henning und die vier Freundinnen waren ihm bekannt. Somit blieben für ihn und Fuß nur noch neun Unbekannte. Diese Zahl würde sich nach einem Besuch bei Bernd Henning und seiner Schwägerin sicherlich weiter reduzieren oder sogar vollständig aufklären.

„Ist Ihnen noch etwas eingefallen, was wichtig sein könnte?", erkundigte sich Wagner, während er die Fotos wieder in den Umschlag steckte. „Wer könnte die ältere Frau gewesen sein, die vorzeitig den Friedhof verließ?"

„Glauben Sie mir, das ist keine von hier, sonst würde ich sie kennen", versicherte Frau Pies und bekam dabei eine leichte Röte in die Wangen. „Aber etwas anderes ist mir aufgefallen. Nach der Beerdigung, Sie und Ihr Kollege waren schon weg, hat sich mein Nachbar sehr lange mit einer Frau unterhalten."

Gerade wollte Wagner wieder die Fotos aus dem Umschlag ziehen, als ihm Frau Pies die Hand festhielt.

„Nein, die war vorher nicht auf dem Friedhof, die schien draußen auf Herrn Henning gewartet zu haben."

Wagner ärgerte sich sofort, dass ihnen das nicht aufgefallen war. Damit erhöhte sich wieder die Zahl der Unbekannten auf zehn Personen.

„Wann kommt denn Herr Henning abends in der Regel zurück?" Wagner war sich sicher, eine zuverlässige Antwort zu bekommen.

„Er scheint in letzter Zeit immer außerhalb zu essen. Meist kommt er erst gegen halb neun oder neun", kam auch prompt die Information.

„Haben Sie sonst noch etwas beobachtet?"

Doch diesmal schüttelte Frau Pies den Kopf. „Ich kann Sie aber gerne anrufen, wenn sich hier irgendetwas ändert", bot sie ihm an. Und fast, als habe sie Wagners Gedanken erraten, fuhr sie fort: „Ich habe einen leichten Schlaf und sehe auch nachts noch recht gut."

Hier brauchte man wirklich niemanden zum Observieren hinzuschicken. Frau Pies hörte und sah alles, was in dieser Straße geschah. Er verabschiedete sich und machte sich auf den Weg nach Beltheim.

Dort hatte er mehr Glück. Cornelia Henning war zu Hause, empfing ihn aber nicht gerade freundlich.

„Wollen Sie mich wieder verhaften?", begrüßte sie Wagner.

Jetzt nur keinen Fehler machen, dachte Wagner. Er konnte sich gut vorstellen, dass Frau Henning berechtigterweise nicht gut auf die Polizei zu sprechen war, sofern sie wirklich nichts mit dem Giftmord an ihrer Schwägerin zu tun hatte.

„Ich habe nur zu den Trauergästen auf dem Friedhof ein paar Fragen", erklärte er und hielt ihr das Foto vom Beltheimer Friedhof entgegen.

Auch sie konnte sehr schnell etliche Trauergäste identifizieren. Es blieben auf diesem Foto nur drei Personen übrig, die Frau Henning nicht kannte.

Während sie noch das Bild betrachtete, schaute sich Wagner immer wieder unauffällig in dem Wohnzimmer um, in das sie ihn geführt hatte. Aber nichts wies auf eine Veränderung hin. Lediglich ein Bild von August Henning war über Eck mit einem schwarzen Trauerband versehen.

„Tut mir leid, aber die Personen sind mir auch während der Beerdigung nicht aufgefallen. Mir stand auch nicht der Sinn danach, irgendetwas zu beobachten oder mir Gedanken zu machen, wer zu der Beerdigung gekommen war und wer nicht."

Sie reichte Wagner das Foto zurück und machte durch ihre Körpersprache deutlich, dass damit das Gespräch für sie beendet war, indem sie bereits einen Schritt seitlich zur Tür machte und dies durch eine leichte Handbewegung unterstrich.

Da Wagner auch keine weitere Frage einfiel, die den Besuch verlängert und ihm die Möglichkeit gegeben hätte, sich noch weiter umzuschauen, folgte er der Geste und verabschiedete sich.

Das Garagentor stand offen. Drinnen befand sich nur der gelbe Mini. Als er sah, dass die Haustür bereits geschlossen und das Dielenlicht erloschen war, ging er auf die Garage zu und einmal um den Mini herum. Hoffte er, hier etwas zu entdecken. Er wusste es selbst nicht, suchte das Wageninnere aber genau ab. Da der Wagen nicht verschlossen war, öffnete er den Kofferraum. Außer einem Warndreieck, einem Verbandskasten und einem leeren Einkaufskorb sowie einem Paar ausgetretener Schuhe war nichts zu entdecken. Leise ließ er den Kofferraumdeckel wieder ins Schloss fallen.

Er warf noch einen Blick in die Garage selbst, aber auch hier war nichts, was sein Interesse weckte. Enttäuscht setzte er sich in seinen Wagen und schaute erneut auf die Uhr. Wenn die Angaben von Frau Pies stimmten, war es noch zu früh nach Buchenau zu fahren. Er startete den Motor und fuhr ziellos durch Beltheim.

Die Neubausiedlung machte einen sehr gepflegten Eindruck, die meisten Häuser waren individuell gebaut und keine seelenlose Reihenhaussiedlung, wie man sie oft in Neubaugebieten findet. Auch das alte Beltheim machte den gleichen gepflegten Eindruck und strahlte trotz der relativ stark befahrenen Hauptstraße Ruhe und wenig Hektik aus. Nachdem er zum dritten Mal den Ort durchfahren hatte, bog er in Richtung Kastellaun ab, obwohl der Weg nach Boppard über Schnellbach und Bickenbach kürzer gewesen wäre. Aber Wagner hatte noch Zeit.

In Kastellaun stellte er seinen Wagen auf dem Parkplatz neben der „Museumsschänke" ab und bestellte im „Alten Stadttor" ein Bier. Hier hatte er schon einmal zusammen mit Fuß gegessen, um mit dem Wirt ins Gespräch zu kommen, der damals in Verdacht geraten war, ein Mädchen umgebracht zu haben (siehe: „Mädchenleiche unter der Hunsrückeiche"). Der Wirt war zwar nicht in dem Lokal, aber Frau Fiedler, seine Frau, erkannte ihn sofort.

„Ich hoffe, Sie verdächtigen nicht wieder meinen Mann“, lachte sie, als sie ihm das Bier brachte.

Wagner verneinte. „Eigentlich könnte ich eine Kleinigkeit essen. Er überflog die Speisekarte, die ihm die Wirtin brachte, und entschied sich für Tintenfischringe.

„Kann ich statt Tsatsiki auch Knoblauchmayonnaise bekommen?“

„Kein Problem.“ Und schon verschwand die Wirtin in der Küche.

Obwohl das Restaurant gut besucht war, musste Wagner nicht allzu lange auf das Essen warten. Die Mayonnaise, in die sich Wagner förmlich hineinkniete, war mit frischem Knoblauch angemacht und die kleinen Tintenfischringe nur leicht paniert. Das Ganze schmeckte so gut, dass er sich am liebsten noch einmal bestellt hätte.

Auf dem Weg nach Buchenau konnte er sich immer noch Zeit lassen. Er konnte also noch tanken und hielt trotzdem immer noch zu früh vor dem Haus im Ahornweg.

In einem Zimmer brannte bereits Licht, Henning war also zu Hause. Wagner läutete und bekam auch sogleich geöffnet. Zu seinem Erstaunen stand aber Cornelia Henning vor ihm.

„Sie?“, entfuhr es dem Kommissar.

Die Frau reagierte mit einem „Sie schon wieder!“

„Ist Ihr Schwager zu Hause?“

Sie machte statt einer Antwort einen Schritt zur Seite und ließ Wagner an sich vorbeigehen. Bernd Henning saß im Wohnzimmer. Vor ihm standen auf dem Couchtisch zwei Weingläser und eine Weinflasche im Kühler. Henning schaute den Polizeibeamten erstaunt an und stand auf.

„Ich hatte angenommen, dass nach der Beerdigung Ruhe eintreten würde …“

„Ich will Sie auch gar nicht lange stören.“ Wagner zog wieder die Bilder aus der Tasche und hielt sie Henning hin. „Die nummerierten Köpfe sind bereits bekannt. Mir geht es um die anderen. Wen davon kennen Sie?“

Bernd Henning bot Wagner wortlos einen Sessel an. Obwohl Wagner wesentlich schlanker als sein Kollege Fuß war, fühlte auch er sich in den kleinen Sesseln beengt.

Es dauerte eine Weile, bis Henning um den Couchtisch herumkam und neben Wagner in die Hocke ging. Er deutete mit dem Finger auf eine etwa vierzigjährige, dunkelhaarige Frau. „Das ist Elke Borell, eine

Freundin meiner Frau. Ich glaube, sie haben sich einmal beruflich kennengelernt. Und diese Frau kenne ich auch vom Sehen. Auch sie hatte beruflich mit meiner Frau zu tun. Ich meine, sie hieß Astrid Kaufmann. Die anderen kenne ich leider alle nicht. Es werden wahrscheinlich Neugierige sein oder frühere Bekannte oder Klienten meiner Frau. Eva hat zu vielen noch Kontakt gehabt, per Mail oder per Briefpost. Sie hielt das für wichtig."

Wagner war enttäuscht. „Und sonst erkennen Sie niemanden auf den Fotos?"

Henning schaute sich die drei Fotos noch einmal an, dann schüttelte er den Kopf, reichte dem Kripobeamten die Fotos und ging wieder aus der Hocke. „Tut mir leid, dass ich Ihnen da nicht weiterhelfen kann."

Auch Wagner stand auf und reckte sich unverhohlen. Wer hatte sich diese Sessel ausgedacht? Den Hennings schienen diese nichts auszumachen.

„Sind Sie in Ihren Ermittlungen weitergekommen?"

Wagner drehte sich in der Tür um. „Kümmert sich jetzt Ihre Schwägerin etwas um Sie?"

Die Frage schien Henning unangenehm. Er strich sich nervös durch seine Haare und Wagner glaubte auch ein leichtes Zucken um die Mundwinkel zu sehen.

„Kümmern kann man nicht sagen", antwortete Henning. „Sie ist heute das erste Mal hier und wollte mir das Abendessen bereiten, aber ich hatte schon gegessen. Deshalb habe ich eine Flasche aufgemacht, damit sie nicht ganz umsonst gekommen ist. Sie fühlt sich in ihrem großen Haus ebenso einsam wie ich hier."

„Sie könnten ja zusammenziehen", warf Wagner geschickt einen Köder aus.

Doch Bernd Henning reagierte gelassen. Offenbar hatte er sich schnell gefangen. „Dazu sehe ich keine Veranlassung", meinte er kurz angebunden und ging zur Haustür voraus. „Ich wünsche Ihnen noch eine gute Heimfahrt!"

Schon schloss sich hinter Wagner die Haustür.

Wagner hörte bereits Fuß' kräftige Stimme auf der Terrasse, als er um die Ecke der Malteserstraße bog.

„Warum lacht eine Frau drei Mal, wenn man ihr einen Witz erzählt?"

Das Stimmengewirr und Gejohle wurde plötzlich etwas leiser. Wagner blieb stehen und lauschte.

„Ganz einfach. Das erste Mal lacht sie, wenn man ihr den Witz erzählt. Das zweite Mal lacht sie, wenn Sie den Witz erklärt bekommt ...“ Schon fingen einige an zu lachen und zu klatschen, aber Fuß fuhr fort: „Und das dritte Mal lacht sie, wenn sie den Witz dann verstanden hat.“

Der Lacherfolg war ihm sicher. Wagner betrat die Straußwirtschaft. Sofort sah er, dass wohl kein Platz mehr im unteren Bereich und im Hof frei war. Auch im oberen Teil waren alle Plätze besetzt.

„Du musst auf die Terrasse gehen, da ist gerade etwas frei geworden!“, rief ihm Erika von der Theke aus zu.

Also stieg er die Stufen zur Terrasse empor und sah auch sofort zwei freie Stühle an einem Sechsertisch. Doch bevor er diesen Tisch erreichte, hatte Fuß ihn bereits entdeckt.

„Vorsicht!“, rief er laut den anderen Gästen am Tisch zu. „Das ist ein verdeckter Ermittler. Passen Sie auf, dass er nicht unter Ihre Decke huscht!“ Er legte den Arm um die Schulter seines Kollegen. „Was kann ich dir zu trinken bringen?“ Fuß schnüffelte und schaute Wagner an. „Hast du Knoblauch gegessen?“

Wagner fiel sofort die Knoblauchmayonnaise ein. „Riech ich nach Knoblauch?“

„Riechen? Du stinkst!“, antwortete Fuß und hielt sich die Nase zu.

„Sorry, aber ich habe heute Abend Tintenfischringe mit Knoblauchmayonnaise gegessen. Ich wusste nicht ...“, entschuldigte sich Wagner und traute sich beim Sprechen kaum den Mund aufzumachen.

„Ich bringe dir auf jeden Fall erst einmal einen Trester, sonst hält das ja keiner aus. Und was für einen Wein willst du?“

Wagner, der die Weinkarte von Fuß auswendig kannte, bestellte einen Dornfelder und eine große Flasche Mineralwasser.

„Kommt sofort!“

„Dich interessiert nicht, woher ich komme?“

Fuß, der bereits im Begriff war nach unten zu gehen, drehte sich um. „Du bist doch nicht bis jetzt unterwegs gewesen?“

„Doch, ich komme gerade von Buchenau.“

„Ich bin gleich wieder da, ich sage nur schnell Renate Bescheid, sie soll hier oben bedienen.“

Wagner setzte sich auf einen der freien Stühle und musste nicht lange warten bis Fuß kam und ihm einen Trester, ein Glas Dornfelder und das Mineralwasser hinstellte. Für sich hatte Fuß ein Glas Rosé mitgebracht und nahm neben Wagner Platz. Er deutete auf den Trester und meinte: „Den Mund gut ausspülen!" Er wartete ab bis Wagner den Mund kräftig gespült und so gut es ging auch noch gegurgelt hatte, erst dann erhob sein Glas.

„Auf unser Wohl … Prost!", stieß Fuß mit Wagner an. Der berichtete ihm leise, was er am Nachmittag alles erfahren hatte. Am meisten interessierte sich Fuß, wie Wagner die Beziehung zwischen Bernd und Cornelia Henning beurteilte.

„Zunächst war ich sehr überrascht", gab Wagner zu, „aber es sah alles recht harmlos aus. Cornelia Henning war sehr schnell an der Tür, hielt sich während meines Besuchs zurück und ihr Schwager reagierte ganz gelassen auf meine Fragen. Nein, ich glaube wirklich, die war wirklich nur gekommen, um nach dem Rechten zu sehen und weil sie sich einsam fühlte."

„Aber Frau Stoffel hat mir glaubwürdig erzählt", widersprach Fuß, „Cornelia Henning habe mit Haushalt und solchen Dingen nichts am Hut."

Wagner wusste dazu auch nichts zu sagen. Immer hatte man bei diesem Fall das Gefühl, einer lügt oder ist ein hervorragender Schauspieler.

Am nächsten Morgen war im Polizeipräsidium die Hölle los. Es gab nur ein Thema: Franz Etges, ein Kollege aus Mörsdorf, war spurlos verschwunden. Er war mit dem Fahrrad unterwegs gewesen und abends nicht nach Hause gekommen. Sogar mit einem Hubschrauber hatte man nach ihm entlang des Hunsrückradwegs bis hinunter an den Rhein gesucht. Dort wurde schließlich sein Fahrrad direkt an der Ufermauer gefunden. Die Reifen waren ohne Luft und die Trinkflasche verbeult. Dies konnte auf einen Unfall hinweisen, aber auch Folge einer Auseinandersetzung sein. War Etges in den Rhein gestürzt? Auch die Wasserschutzpolizei war in der Suche mit einbezogen.

Fuß und Wagner zogen sich in ihr Büro zurück.

„Ich kenne ihn auch", bemerkte Fuß hörbar betroffen, „ein sehr netter Kollege, feiner Kerl. Hoffentlich lebt er noch." Er setzte sich an seinen Schreibtisch und nahm ein großes Blatt Papier aus der Schublade.

„Dann wollen wir mal!"

Wagner schaute ihn überrascht an.

„Die Frauen! Wir wollen heute als Erstes mal die Frauen aufschreiben, die uns aus dem Freundeskreis von Eva Henning bekannt sind."

Wagner zog sein kleines Notizbuch aus der Jackentasche, während Fuß in seinem Blöckchen zu blättern begann.

„Julia", begann Fuß aufzuzählen. „Die hat Geburtstag gefeiert, zu dem Eva Henning eingeladen war."

„Weiß man, ob sie auch hingegangen ist?", gab Wagner zu bedenken.

Fuß begann die Namen untereinander auf das Blatt zu schreiben. „Weiter!" Er schrieb die drei Namen ab, die ihm Frau Bruch gegeben hatte: „Sonja Reiter, Dr. Bianka Hollmann und Ute von Bewersdorf."

„Elke Borell und Astrid Kaufmann", setzte Wagner die Aufzählung fort.

„Und Dagmar Bruch!", stöhnte Fuß. „Ich glaube, das waren alle, die uns bisher bekannt sind. Was fangen wir jetzt nur mit diesen Frauen an?"

„Sag lieber, wo fangen wir mit der Befragung an?", lachte Wagner, der ahnte, dass er es wieder war, der die meisten Frauen abklappern durfte.

„Also, ich nehme mir die drei vom Friedhof vor", beschloss Fuß und reichte seinem Kollegen die Liste. „Ich habe von Frau Bruch die Liste mit den Namen und Adressen.

„Vier zu drei!", nickte Wagner, genauso hatte er sich das vorgestellt. Die vier Frauen vom Friedhof hatten alle sehr attraktiv ausgesehen. Wer wusste, wie die Frauen ausschauten, die er zu befragen hatte? Und er ahnte bereits, dass Jana diese Woche abends ohne ihn auskommen musste, denn die Frauen waren sicherlich alle berufstätig und es gab keine Rechtfertigung, diese am Arbeitsplatz aufzusuchen.

„Was heißt vier zu drei?" Fuß stellte sich dumm, als habe er die Bemerkung seines Kollegen nicht begriffen.

„Der Erste FC Kaiserslautern hat vier zu drei gegen TuS Koblenz gewonnen", hatte Wagner zufällig irgendwo in der letzten oder vorletzten Woche gelesen, obwohl er sich kaum für Fußball interessierte.

„Wie kommst du ausgerechnet jetzt da drauf? Ich dachte, du interessierst dich nicht für Fußball", ließ Fuß Wagner in dem Glauben, nicht zu wissen, worauf er tatsächlich angespielt hatte. Aber bei sieben Frauen musste einer den Kürzeren ziehen. Außerdem war es eigentlich drei zu drei, denn Frau Bruch hatte er bereits besucht. Er steckte seinen kleinen Notizblock und den Zettel von Frau Bruch wieder ein und schlug Wagner im Vorbeigehen freundschaftlich auf die Schulter.

„Und wie komme ich an die Adressen von den Damen?“, seufzte der junge Kollege.

„Ruf mal bei der Polizei an, die kann dir sicherlich weiterhelfen“, frozzelte Fuß und eilte mit drei großen Schritten aus dem Büro.

„Blödmann!“, rief Wagner hinter ihm her und setzte sich an den Computer.

Ute von Bewersdorf wohnte auf der anderen Rheinseite in Pfaffendorf, dort, wo die Ravensteynstraße so ziemlich ihre höchste Erhebung und die Anwohner einen wunderbaren, unverbaubaren Blick über ganz Koblenz haben.

Die Wohnung war äußerst luxuriös eingerichtet. Alte Gemälde, schwere echte Teppiche und antike Möbel erdrückten den Besucher förmlich. Zu seiner Freude entdeckte Fuß einen Eltzer Stuhl, wie auch einige in seiner Straußwirtschaft stehen. Sein in dieser Richtung geübtes Auge sagte ihm, dass es sich hierbei um ein antikes Stück handelte, wie man an der Schnitzarbeit sehr deutlich erkennen konnte.

Ute von Bewersdorf führte ihn allerdings durch das Wohnzimmer in einen kleinen Erker, von dem aus man wirklich ein wunderbares Panorama vor sich hatte.

„Ich habe mir gerade einen Kaffee gekocht“, lächelte ihn die bereits leicht grau melierte Dunkelhaarige an, umgeben von dem erlesenen Duft eines sicherlich teuren Parfüms.

„Gerne“, antwortete Fuß und nahm in einem der beiden Ohrensessel Platz.

Ute von Bewersdorf stellte zwei Tassen, eine Zuckerdose und ein Milchkännchen auf den Tisch. Fuß hätte wetten können, dass sich auf der Unterseite des Porzellans zwei gekreuzte Schwerter befanden. Noch während er zögerte, dies zu kontrollieren, kam Ute von Bewersdorf mit der dazugehörenden Kanne und goss beide Tassen voll.

„Bitte bedienen Sie sich, das ist Frischmilch. Ich mag keine Kondensmilch oder Kaffeesahne.“

„Danke, aber ich trinke Kaffee am liebsten schwarz“, antwortete Fuß.

„Sie kommen sicherlich wegen Eva. Dagmar hat mich schon vorgewarnt.“ Sie lachte. „Nehmen Sie das mit dem Warnen bitte nicht ernst. Aber wir telefonieren oft miteinander. Was wollen Sie von mir wissen?“

Fuß stellte vorsichtig seine Tasse ab, nachdem er einen kleinen Schluck getrunken hatte und lehnte sich in dem dick gepolsterten Sessel zurück.

„Von Frau Bruch weiß ich bereits, dass Eva Henning eher schüchtern und verschlossen war. Ich gehe davon aus, dass Sie einen ähnlichen Eindruck hatten ..."

Fuß machte bewusst eine Pause, um seinem Gegenüber die Gelegenheit zu geben, ihm zu widersprechen. Als nichts Derartiges erfolgte, fuhr er fort.

„Ich weiß nicht, wie oft Sie Eva Henning getroffen haben und mir sagen können, ob es in letzter Zeit eine Veränderung in ihrer Verhaltensweise gab ..."

Wieder legte Fuß eine Pause ein, die diesmal von Ute von Bewersdorf auch genutzt wurde.

„Die Frage hat mir Dagmar auch gestellt und ich habe lange nachgedacht. Ich habe Eva ja nicht so oft getroffen wie Dagmar, aber ich bin trotzdem zu dem Ergebnis gekommen, dass Eva offenbar ein Problem hatte, als wir uns das letzte Mal trafen."

„Inwiefern?"

„Wir haben uns im ‚La Gondola' getroffen. Ich war vor ihr dort und hatte einen Tisch in der Mitte des Restaurants ausgesucht. Sie bat, ob wir uns nicht an den Rand setzen könnten, was wir auch taten, und sie bat mich, den Platz mit dem Rücken zur Wand einzunehmen. Während wir sprachen und aßen, beobachtete sie jeden, der hereinkam. Ich hatte den Eindruck, sie erwartete jemanden oder befürchtete, jemanden zu treffen oder von jemanden gesehen zu werden."

„Haben Sie Frau Henning darauf angesprochen?"

„Nicht direkt. Ich weiß nicht mehr genau, was ich sie gefragt habe, aber sie meinte, ihr Mann käme sie abholen, was später auch geschah. Aber dafür schaut man sich doch nicht fast zwei Stunden lang ständig im Lokal um. Und wir saßen außerdem so, dass jeder, der das Restaurant betrat, uns sofort sehen konnte."

„Das war das letzte Mal, dass Sie Eva Henning getroffen haben?"

Ute von Bewersdorf nickte.

„Auch nicht mehr telefoniert?"

„Nein, ich sagte Ihnen bereits, so häufig haben wir uns nicht getroffen. Eigentlich war es mehr Dagmar, die Eva in unserer Clique hielt. Weder Bianka noch Sonja standen Eva sehr nahe. Am ehesten noch Bianka, die sich aus beruflichem Interesse oft mit Eva unterhielt. Sie ist

Ärztin, ich glaube Neurologin. Sie könnte Ihnen vielleicht behilflich sein."

„Kennen Sie zufällig eine Julia in Zusammenhang mit Eva Henning?"

Ute von Bewersdorf strich sich nachdenklich über die Haare. „Ich meine, Eva hätte einmal eine Julia Klein erwähnt, zu der sie eingeladen war, eine ehemalige Patientin oder so, soweit ich mich erinnere."

Fuß zog seine Visitenkarte.

„Wenn Ihnen noch etwas einfällt, rufen Sie mich bitte an." Er trank seine Tasse leer, warf noch einmal einen Blick über Koblenz und wurde dann von Ute von Bewersdorf zur Tür begleitet.

An der Haustür drehte sich Fuß um.

„Darf ich Sie fragen, woher der Name von Bewersdorf kommt?"

Die Frau, deren tatsächliches Alter nur die melierten Haare und die Hände vermuten ließen, holte tief Luft und lächelte ihn wieder an.

„Meine Vorfahren stammen aus Pommern, wo sie einen großen Gutshof besaßen, der Rittersitz Bewersdorf gehörte früher zu den adligen Gütern. Nach Lehnsbriefen von vierzehnfünfundachtzig, fünfzehnneunundzwanzig und später war es ein Zitzewitzsches Lehn. Seit fünfzehndreiundsechzig bis ins neunzehnte Jahrhundert hinein war dann auch eine Familie von Somnitz dort ansässig. Außer dem ‚von' ist den Bewersdorfern heute nichts mehr geblieben!", lachte sie.

„Geld macht bekanntlich nicht glücklich. Aber … Sie scheinen ja glücklich zu sein. Was machen Sie beruflich?"

Ute von Bewersdorf hielt den Kopf schief und schaute den Oberkommissar herausfordernd an. „Was meinen Sie?"

Fuß waren solche Fragen immer peinlich. Auch wenn es darum ging, das Alter von jemanden zu schätzen. Wie schnell trat man dabei in ein Fettnäpfchen. Er betrachtete sein Gegenüber. Trotz verarmtem Adel war sie geschmackvoll und sichtlich teuer gekleidet. Ihr Schmuck, den sie trug, war echt und mit Sicherheit mehrere Tausend Euro wert. Auch verarmter Adel machte sich selten die Hände schmutzig.

„Immobilienmaklerin?", fragte Fuß vorsichtig.

„Heiß", bestätigte Ute von Bewersdorf und amüsiert sich köstlich.

„Sehr heiß?", fragte Fuß, glücklich nicht allzu falsch zu liegen.

„Sehr heiß!"

„Sie vermitteln also etwas?"

„Keine Häuser."

Gott, was konnte man noch vermitteln? Eine Hostessen-Agentur? Nein, das passte nicht zu dieser Frau. Autos? Nein, er hatte noch nie gehört, dass man Autos über einen Makler kaufen konnte. „Ich geb's auf", gestand Fuß und schaute Frau von Bewersdorf erwartungsvoll an.

„Mein verstorbener Mann war Finanzmakler und hat mir ein ansehnliches Paket Aktien hinterlassen. Und ich habe einfach Glück oder ein geschicktes Händchen an der Börse." Ihr mädchenhaftes und herzhaftes Lachen erinnerte Fuß an Lieselotte Pulver, vielleicht nicht ganz so schrill, aber ähnlich.

Fuß stand auf und verabschiedete sich. Hier gab es keinen Grund nach einem Motiv für einen Giftmord zu suchen. Ute von Bewersdorf begleitete ihn bis an sein Auto und winkte ihm hinterher, bis er außer Sichtweite war.

Wagner hatte zunächst nur die Adresse von Elke Borell ausfindig gemacht und dann einen jungen Polizeibeamten beauftragt, die ihm noch fehlende Adressen zu ermitteln.

Elke Borell arbeitete im Kaufhof in der Konfektionsabteilung für Herren, was Wagners Besuch während ihrer Arbeitszeit erleichterte.

Er erkannte sie sofort. Ihre Haare waren auffallend blond gefärbt, kurz geschnitten und lagen fest an, wie pomadisiert. Ihre füllige Figur steckte in einem engen, rostfarbenen Kostüm. Und weil sie kaum 1,50 Meter groß war, trug sie sehr hohe Absätze. Wagner nahm wahllos einen Anzug aus dem Kleiderständer und stellte sich vor.

„Unser Gespräch lässt sich doch als eine Verkaufsberatung tarnen", munterte Wagner sie auf, nachdem er sah, wie sich Frau Borell ängstlich nach Kollegen oder Kunden umschaute.

„Es geht nur um die Beziehung zwischen Ihnen und Eva Henning. Wie gut kannten Sie sich?"

Nochmals vergewisserte sich Elke Borell, dass niemand in der Nähe war. „Beziehung ist das falsche Wort. Wir haben uns vielleicht vier oder fünf Mal gesehen. Ihr Mann, ich meine Bernd, er wollte sich einen Anzug kaufen. Eva war dabei und ich erkannte sie. Vor einigen Jahren war ich mal bei ihr gewesen …", erneut schaute sich Elke Borell um, „… sie war ja Psychologin. Ich hatte damals Probleme mit einem Freund und bin zu ihr gegangen. Nur einmal, Ihre Beratung war mir ehrlich gesagt zu teuer. Aber wir kamen wieder ins Gespräch."

„Worum ging es damals mit ihrem Freund?"

Elke Borell wich der Frage aus. Sie nahm Wagner den Anzug ab und tauschte ihn gegen einen anderen.

„Ich glaube, der würde Ihnen besser stehen", sagte sie laut.

Wagner sah, dass sich ihnen eine Kollegin näherte.

„Nein, ich suche etwas nicht zu Elegantes", setzte Wagner das fiktive Kundengespräch laut fort. „Ich glaube, ich werde mich mal dort drüben bei den Sonderangeboten umsehen."

Elke Borell hängte den Anzug wieder an seinen Platz und folgte Wagner zu einem Drehgestell, über dem ein Schild *Sonderangebote* hing.

„Das ist aber auch schon einige Zeit her", fuhr Elke Borell leise fort. „Bernd war bei dem Kauf sehr albern. Er wollte eigentlich keinen Anzug, aber es gab wohl ein Familienfest, und Eva meinte, er müsse besser gekleidet sein. Bernd hat unermüdlich über eine Stunde Anzüge anprobiert, aber immer so, dass er lächerlich darin wirkte. Mal waren sie zu klein, mal zu groß, mal zu weit oder zu eng. Ich bin mir nicht einmal sicher, ob er letztendlich einen Anzug gekauft hat. Wir haben uns auf jeden Fall köstlich amüsiert und rumgealbert. Bernd hat mich wegen der Arbeit, die ich mit ihm hatte, dann zu sich nach Hause eingeladen, als er hörte, dass auch ich in Boppard wohne."

„War er dann alleine mit Ihnen?", Wagner hatte sein Notizbüchlein herausgezogen und schrieb eifrig mit.

„Um Gottes willen, nein! Eva war bei allen Treffen dabei. Nein, nicht was Sie denken. Es hat sich zwischen mir und Familie Henning eine lockere Freundschaft entwickelt."

Jetzt war es Wagner, der sich umschaute. Er wollte Elke Borell nicht in Verlegenheit bringen. „Haben Sie sich immer bei Hennings getroffen?"

Elke Borell nickte. „Nur einmal sind wir uns am Münzplatz begegnet. Ich hatte meinen freien Tag. Wir sind dann in das Café an der Ecke gegangen."

„Café Werrmann?!"

„Ja, der Name ist mir gerade nicht eingefallen."

„Hatten Sie das Gefühl, dass Eva Henning eifersüchtig war?"

„Eva? Nein. Erstens war Bernd immer sehr auf Distanz und zweitens kannte Eva von meinem Besuchen in ihrer Praxis meine Probleme mit Männern." Sie schaute sich wieder rasch um, dann flüsterte sie: „Durch Eva habe ich erkannt, dass ich lesbisch veranlagt bin."

„Wann haben Sie das letzte Mal zusammengesessen?" Wagner verzweifelte fast. Alle Antworten verliefen im Sand. Elke Borell verwickelte sich nicht in Widersprüche.

„Das muss vor etwa vierzehn Tagen gewesen sein."

„Also kurz vor Evas Tod?"

„Genau, es war der Sonntag bevor …" Frau Borell schluckte und sie bekam leicht feuchte Augen.

„Sie waren an diesem Sonntag bei Hennings in Buchenau?"

Elke Borell hatte ein Taschentuch aus dem Jackett gezogen und putze sich leise die Nase, bevor sie antwortete.

„Gewiss. Ich habe noch Kuchen mitgebracht …"

„Aus Kastellaun?"

Elke Borell schaute erstaunt auf. „Kastellaun?! Nein, wieso Kastellaun, das wäre doch ein Riesenumweg gewesen. Ich habe den Kuchen in Boppard im Café Hähn gekauft."

Wagner notierte sich die Angaben. Er würde sie überprüfen. Die Gerichtsmedizin hatte gesagt, das Gift sei im Tee oder im Kuchen gewesen. Vielleicht war Eva Henning schon viel früher vergiftet worden, ohne dass bereits entsprechende Symptome auftraten. Wenn er Glück hatte …

„Was für einen Kuchen hat Frau Henning denn an dem Sonntag gegessen?", fragte er hastig, als sei er kurz vor der Aufklärung des Falls.

Die Verkäuferin musste einen Moment überlegen. Dann schien sie sich sicher. „Es war ein Stück Käsekuchen, ohne Sahne. Ich erinnere mich noch, dass Eva sagte, der Käsekuchen hätte wahrscheinlich die wenigsten Kalorien und sie wollte doch während der Schwangerschaft auf ihre Figur achten."

Wagner fieberte ins Büro zu kommen. In dem Gutachten war angegeben, welchen Kuchen man im Magen gefunden hatte.

„Das war's schon", Wagner zwinkerte Elke Borell zu. „Sie sehen, es hat nicht wehgetan."

Sonja Reiter arbeitete als Assistentin der Geschäftsleitung des ECE Löhr-Centers. Sie trug einen dunkelblauen Hosenanzug und darunter einen hellgrauen Rollkragenpullover mit einem dünnen Kettchen um den Hals.

Sie hatte nach dem Anruf von Fuß ihre Mittagspause so gelegt, dass sie sich mit ihm im Löhr-Center ins Eiscafé ‚Latino' setzen konnte. Sie bestellte sich ein Kännchen Kaffee und Fuß eine Flasche Mineralwasser. Nachdem der Kellner gegangen war, zog Fuß seinen kleinen Notizblock hervor.

„Sie wissen ja, worum es geht", begann Fuß und schaute Frau Reiter fast flehend an, ihm endlich einen Anhaltspunkt zu liefern, der sie im Mordfall Henning weiterbrachte.

„Ich habe hier im Löhr-Center schon vor über zehn Jahren angefangen. Gleich am Anfang lief mir Eva Kruse, so hieß sie damals noch, über den Weg. Wir haben dann wie Sie und ich jetzt hier einen Kaffee getrunken. Danach haben wir uns dann immer wieder mal hier getroffen, mal zehn Minuten, maximal eine halbe Stunde. Übrigens mit den anderen auch, also der Dagmar, der Ute und der Bianka. Aber nie zusammen. Eines Tages kam Eva und berichtete freudestrahlend, sie sei verheiratet und hieße jetzt Henning. Ich habe diesen Mann jetzt zum ersten Mal auf dem Friedhof gesehen."

„Worüber haben Sie dann gesprochen, wenn Sie sich mit Frau Henning trafen?"

„Ach, was uns gerade einfiel. Mal habe ich mir Luft gemacht, wenn ich Ärger im Büro hatte oder sie erzählte mir überglücklich schwanger zu sein."

„Hat sie mal von einem jungen Mann erzählt, der sie belästigt?"

Sonja Reiter zündete sich eine Zigarette an und blies den Qualm in die Luft.

„Also Berufliches hat Eva nie erzählt. Mich hat das zwar interessiert und ich habe sie oft gelöchert. Aber sie ist mir immer ausgewichen. Einmal hat sie mich allerdings hier sitzen lassen." Plötzlich war Frau Reiter ganz aufgeregt. „Eva sprang auf, sagte etwas von ‚beobachtet werden' und ist raus. Ich habe ihr dann hinterhergeschaut und glaube einen Mann gesehen zu haben, der es ebenso eilig hatte wie Eva. Aber ob die beiden etwas miteinander zu tun hatten, weiß ich nicht."

„Wie sah der Mann aus?"

Frau Reiter musste nicht lange überlegen. „Er war sehr groß und auffallend schlank, hatte braunes, langes Haar bis über die Schultern und trug einen dunklen Wollmantel. Ich habe ihn aber nur von hinten gesehen."

„Wie groß", wollte Fuß wissen.

Sonja Reiter schaute sich unter den Besuchern des Löhr-Centers um, entdeckte aber niemanden, der dieser Größe entsprach. Schließlich schaute sie Fuß an. „Er wird etwa Ihre Größe gehabt haben, eher größer sogar. Allerdings muss man berücksichtigen, dass er lief. Da täuscht man sich."

„Haben Sie beim nächsten Treffen Frau Henning nicht darauf angesprochen?"

„Aber sicher! Sie meinte, das sei alles Unsinn, Sie habe eine Bekannte gesehen, die sie jahrelang aus den Augen verloren hätte."

Fuß war sich sicher, dass Frau Reiter die Situation richtig eingeschätzt hatte und dieser Mann wohl Tobias Esch war. Und damit stellte er die wichtigste Frage: „Wann war das?"

Sonja Reiter blähte die Wangen auf und ließ die Luft langsam heraus. „Das war …", sie schloss die Augen und plusterte ihre Wangen ein zweites Mal. „… das war …" Sie stand auf. „Ich komme gleich wieder. Ich muss nur meinen Kalender im Büro holen."

„Ist jeder Kalender recht?", wollte Fuß wissen und zog einen kleinen Taschenkalender aus seiner Jackentasche. Frau Reiter nahm ihn und begann zu rechnen. Dann hielt sie dem Oberkommissar den kleinen Kalender wieder vor die Nase. Ihr spitzer Fingernagel bohrte sich in den Kalender. Genau an dem Tag haben wir uns getroffen."

Fuß schrieb sich sofort das Datum auf, obwohl es ein für alle Mal in dem Kalender durch den spitzen, wahrscheinlich künstlichen Fingernagel von Frau Reiter verewigt war.

Fuß zahlte, bedankte sich und konnte es ebenso wie Wagner kaum erwarten, ins Büro zu kommen.

12.

Auf Wagner wartete erst einmal ein Taschendiebstahl. Wütend nahm er den jungen Mann von der Wache im Polizeipräsidium mit, wo ihn die Streifenkollegen einfach abgeliefert hatten. Da alle anderen Kollegen unterwegs oder in Urlaub waren, musste er ran. Dementsprechend verlief die Erfassung der Personalien und das anschließende Verhör.

Missmutig hörte er plötzlich die Stimme von Fuß durch den Gang hallen, der nach ihm rief.

„Hier!", brüllte er und haute weiter in die Tasten des Computers.

„Was machst du denn hier?", fragte Fuß und schaute den jungen Mann von der Seite an.

„Meinst du mich oder ihn?", brummte Wagner.

„Dich auch", lachte Fuß und fasste den Verhafteten an der Schulter. „Aber den Rolly hier kennen wir doch auch, oder? Wieder alten Frauen die Tasche entrissen? Mensch, bist du blöd! Du könnest doch viele andere, vernünftige Dinge machen und dabei viel mehr Geld verdienen! Das hier ist doch Scheiße, Rolly."

Wagner steuerte den Drucker an und wartete, bis der das Protokoll ausgespuckt hatte.

„Durchlesen und unterschreiben!", befahl er, und schaute Fuß an. „Und jetzt?"

Fuß machte eine abwehrende Handbewegung. „Jetzt schicken wir den Rolly wieder nach Hause und hoffen, dass er sich jetzt endlich bessert." Fuß drehte sich um und überließ es Wagner „Rolly" Oberstein wieder an die frische Luft zu setzen.

„Wo ist der zweite Brief?", wurde er von Fuß empfangen, als er das Büro betrat. Wagner musste erst einmal umschalten, ehe er begriff, wovon Fuß sprach. Jana hatte die Sache mit den beiden Briefen gemacht. Sie hatte zwar Fuß das Gutachten des Labors in Mainz gegeben ... aber die Briefe mussten noch in Mainz sein.

Fuß war außer sich, musste aber einsehen, dass es ihm auch nicht aufgefallen war, dass die Originale nicht mitgekommen waren.

„Ruf sofort im LKA-Labor oder bei Jana an. Ich will die Briefe morgen Früh hier auf meinem Schreibtisch haben."

„Was Neues?"

„Vielleicht. Und Du?"

„Ich brauche den Laborbericht vom Mageninhalt der Toten."

Fuß schlug wütend mit der flachen Hand auf den Tisch. „Erst besorgst du mir die Briefe, vorher weiß ich nicht, wo der Bericht liegt."

Wagner zog eine Grimasse und verließ den Raum. Fuß musste in der jetzigen Stimmung sein Telefonat mit Jana nicht mitbekommen. Da alle Kollegen unterwegs waren, waren auch die Büros leer. Also telefonierte er vom Apparat eines Kollegen aus.

Auf dem Rückweg begegnete ihm Fuß. Er hatte bereits seine Aktentasche dabei. „Für mich ist heute Feierabend", knurrte er und ging an Wagner vorbei, als existiere dieser gar nicht.

„Tschüss, bis morgen", rief Wagner ihm hinterher.

Auf seinem Schreibtisch lag das Gutachten der Rechtsmedizin. Hastig blätterte Wagner die Seiten durch und fand schließlich auch den Teil, der sich mit dem Mageninhalt beschäftigte. Zunächst wurden erst die Substanzen aufgezählt, die im Magen gefunden wurden. Dann erst folgten die Schlussfolgerungen. *Demnach kann man davon ausgehen, dass die Tote Süßigkeiten gegessen hat. Hierbei kann es sich um einen Kuchen ohne Früchte handeln, der mit einer Creme-, Sahne- oder Käsemischung gefüllt war. Da hiervon nur wenig im Mageninhalt zu finden war, muss davon ausgegangen werden, dass diese Mahlzeit längere Zeit zurücklag. Deutlicher zu erkennen waren gebratene Kartoffeln, gebratener Speck, gebratene Zwiebeln und etwas gebratenes Ei, mit Sicherheit die letzte Mahlzeit der Toten, die aber auch etliche Stunden vor dem Exitus eingenommen wurde. In dem süßen Anteil des Mageninhaltes wurden hinreichend Spuren von Rizin gefunden, die sich allerdings auch über Getränke während des Verzehrs mit dem festen Bestandteil vermischt haben konnten. Bei dem Getränk handelt es sich mit hoher Wahrscheinlichkeit um Tee, da auch Teinreste im Magen gefunden wurden.*

Mehr wollte Wagner gar nicht wissen.

Tatsächlich lagen am nächsten Morgen die Originalbriefe auf dem Schreibtisch von Fuß. Er hielt den Brief an Esch lange nachdenklich in den Händen. Man musste annehmen, dass er nach dem Vorfall im Löhr-Center geschrieben worden war. Vielleicht war dieser Vorfall sogar Anlass für den Brief. Nur, wer war dieser Tobias Esch und wo war der Berührungspunkt mit Eva Henning? Es würde nichts anderes übrig bleiben, als nach Frankfurt zu fahren, um das herauszubekommen.

Wagner kam etwas später ins Büro. Sofort versuchte er Fuß klarzumachen, dass man eine neue Spur hatte. „Elke Borell hatte Kuchen mitgebracht, darunter Käsekuchen, von dem man Reste bei Eva Henning im Magen gefunden hat und in dem Kuchen muss das Rizin gewesen sein. So die Rechtsmediziner. Wir brauchen jetzt nur noch das Motiv. Ansätze hierzu kann ich auch bieten. Eva Henning wusste, dass Elke Borell lesbisch ist. Vielleicht hat sie sie erpresst. Ich werde auf jeden Fall nochmals alle Konten prüfen und mögliche Bankverbindungen recherchieren."

„Mach das mal", brummte Fuß, immer noch missgelaunt und jetzt auch noch mit einer neuen Theorie konfrontiert. „Meine Spur ist auch nicht schlecht", versicherte er und konstruierte den Mord an Eva Henning aus seiner Sicht. Dabei musste er zugeben, dass Wagners neue Entdeckung griffiger war.

„Also, was machen wir?" Fuß schaute Wagner an. Es waren heute die ersten Worte, die Fuß nicht knurrte, nicht brummte, sondern ganz deutlich aussprach. Das gab Wagner Hoffnung, dass der Tag ein guter werden würde.

„Also?", wiederholte Fuß seine Frage.

„Hast du in den Akten etwas über Elke Borell gefunden?", war Wagners erste Frage. „Vielleicht ergibt sich daraus die Angst, dass man die Akten stehlen würde."

„Ich kann mich nicht erinnern, in den beiden Ordnern etwas von der Frau gesehen zu haben. Aber wir sollten sie vielleicht noch einmal gezielt durchsuchen", schlug Fuß vor.

„Dann übernimmst du aber meinen Ordner und ich deine. Ich glaube, das ist sinnvoller."

Fuß stimmte dem Vorschlag zu und nahm sich sofort den Ordner H-N und begann Seite für Seite zu lesen.

Wagner machte sich noch ein paar Notizen, dann nahm er auch einen der beiden Ordner. Zuversichtlich begann er das erste Gutachten zu lesen, das schon über acht Jahre zurücklag.

„Warum hat die blöde Kuh das alphabetisch abgeheftet und nicht nach Datum!", fluchte Wagner.

Fuß blickte von seinem Ordner auf und meinte: „Die konnte ja nicht wissen, dass wir die Unterlagen einmal lesen würden. Für sie waren die Namen wichtiger als die Daten." Dann las er weiter.

Bei „K“ angekommen, stieß er einen leisen Pfiff aus. „Julia Klein, hier ist sie! Die von Bewersdorf hatte recht, diese Julia Klein ist eine Klientin von der Henning gewesen. Jetzt haben wir auch ihre Adresse.“

Er notierte sie sich und las dann weiter in den Akten, kam aber nur bis zum Fall Leuchtenberg, als das Telefon läutete und er erschrocken zu Wagner hinüberblickte, da er näher am Apparat saß.

Wagner hob ab und meldete sich. Fuß beobachtete seinen Kollegen, der zusehends nervöser wurde.

„Alles klar. Wir kommen.“ Wagner legte den Hörer auf und schaute Fuß fast verzweifelt an. „Auf nach Mülheim-Kärlich …“

„Worum geht's?“, fragte Fuß ungeduldig.

„Unfall, Mord oder Selbstmord. Man hat Bernd Henning auf einer der Baustellen tot aufgefunden.“

Fuß sprang auf, sein Gesicht lief rot an. „Scheiße! Scheiße! Scheiße!“, brüllte er und ballte beide Fäuste.

Die Zufahrt zur Baustelle war bereits total abgesperrt, was einen riesigen Stau zwischen der B 9 und Mülheim-Kärlich verursachte. Betonmischer, Tieflader mit Nachschub an Baumaterialien und dann die Pkw-Fahrer, die einfach nicht einsehen wollten, dass Ruhe und Geduld mehr brachten, als der Versuch, sich durch das Gedränge zu mogeln und Auswege über Felder und Wiesen zu finden. Irgendwann blieben sie stecken und verursachten dadurch ein noch größeres Chaos.

Während Wagner versuchte, sich mit Blaulicht und Martinshorn einen Weg durch dieses Chaos zu bahnen, fluchte Fuß lautstark vor sich hin. Endlich war vorne zwischen den Wagen ein rot-weiß Absperrband in Sicht und zwei Polizisten in Uniform versuchten nun von dort aus dem Wagen der Kripo einen Weg freizumachen.

Einer der Polizisten beschrieb Wagner, wie er zu der Stelle kommen konnte, wo man den Toten gefunden hatte. Dies war auch bei dieser Großbaustelle bitter nötig. Erst nachdem sie mehrere Rohbauten umfahren hatten, erblickten sie grüne und weiße Kollegen. Wagner gab Gas und wirbelte dabei so viel Staub auf, dass ihn die weißen Herren von der Spurensicherung verärgert anschauten.

Als Erstes erhielten Fuß und Wagner gelbe Schutzhelme von einem der Bauarbeiter. Während Fuß den Riemen im Helm um ein Loch weiter machte, erspähte er Schäfer und eilte auf ihn zu. Von Schäfer war er es gewohnt, immer präzise Antworten zu bekommen. Sie gingen zusammen zu der silbernen Folie, die man über die Leiche gelegt hatte. Schäfer hob die Folie vorsichtig an und Fuß erkannte sofort Bernd Henning, dessen Schädel aufgeplatzt war, ähnlich wie bei seinem Bruder August. Schäfer deutete nach oben.

„Er ist von ganz oben runtergekommen, da sind wir sicher. Aber es gibt oben mehrere Fußspuren und wir wissen noch nicht, ob eine zweite Person im Spiel war. Einen Unfall würde ich allerdings ausschließen."

„Wieso hatte Henning keinen Helm auf?"

„Frag ihn", antwortete Schäfer trocken. „Oben liegt auch keiner, was auf Selbstmord hindeuten würde. Aber es könnte auch ein Kampf stattgefunden haben. Fährst du mit hoch?"

Fuß folgte Schäfer zu einem Materialaufzug und machte Wagner ein Zeichen, mit nach oben zu kommen.

Ratternd zuckelte der Aufzug nach oben. Fuß hielt sich vorsichtshalber an dem Eisengeländer des Aufzugs fest. „Man kann ja nie wissen", meinte er.

Tatsächlich waren oben etliche Fußspuren im Sand und Staub der Baustelle zu sehen. Schäfer ging in die Hocke und deutete auf eine der Spuren hin. „Das ist das Schuhprofil des Toten", erklärte er.

Gemeinsam verfolgten sie die Spur bis etwa zwei Meter vor dem Abgrund. Dort vermischte sich die Spur mit anderen Profilen, die dann bis zum Rand führten.

„Was ist mit dem Geländer?", wollte Fuß wissen.

„Soweit sind wir noch nicht, das fehlende Brett liegt unten und ist entweder durch den Aufprall geborsten oder ist bereits hier oben zersplittert. Wenn es hier oben zersplittert ist, deutet das auf Mord hin, ansonsten hat es der Tote entfernt und nach unten geworfen, bevor er gesprungen ist."

„Gibt es Zeugen?"

„Da sieht es schlecht aus. Der Tote wurde um kurz nach sieben von einem Bauarbeiter gefunden. Die meisten Bauarbeiter kommen kurz vor sieben. Ich gehe davon aus, dass der Sturz etwa eine Stunde früher, also gegen sechs Uhr stattgefunden hat. Da war nur der Nachtwächter da. Der ist natürlich pünktlich um sieben nach Hause gegangen. Ich habe allerdings veranlasst, ihn zu holen."

„Sehr gut, mein Freund", Fuß klopfte Schäfer anerkennend auf die Schulter. „Hast du uns noch sonst irgendeine Arbeit abgenommen?"

„Nicht das ich wüsste. Ich habe die Baustelle weiträumig absperren lassen, denn man geht kaum zu Fuß über die Großbaustelle. Es müsste somit auch Reifenspuren geben, die uns eventuell weiterhelfen."

„Lass vor allem die Pressefuzzis nicht rein", bat Fuß und begann sein Gesicht zu kneten. Was bedeutete ein Mord oder ein Selbstmord von Bernd Henning für den Fall Eva Henning? War er es doch, der seine Frau umgebracht hatte? Oder hatte ihn der Mörder oder die Mörderin hierhergelockt, um ihn ein für alle Mal zum Schweigen zu bringen?

Er musste sich also gedulden, wenn es ihm auch schwerfiel. Die Presse würde natürlich wieder neu spekulieren, immerhin war es der dritte Tote in einer Familie innerhalb weniger Tage. Er musste Schomisch vorwarnen, denn Staatsanwalt Dr. Hund wollte wahrscheinlich wieder sobald wie möglich eine Pressekonferenz einberufen.

Wagner, der sich auf der Baustelle etwas umgeschaut hatte, kehrte zu Fuß zurück.

„Und?", fragte er Fuß. „Was denkst du?"

Am liebsten wäre Fuß nach Hause gefahren und hätte sich ins Bett gelegt. Er hatte sich auf einem der Friedhöfe eine Erkältung eingefangen, die sich jetzt bemerkbar machte.

Er ließ sich auf einem Stapel Holzbalken nieder und betrachtete nochmals das Haus, von dem Henning gestürzt war. Er zählte die Etagen. Bis oben waren es elf, mal drei Meter. Henning war also rund 33 Meter gestürzt. Unten lagerte Baumaterial, das hatte Henning um knapp einen Meter verfehlt, sonst hätten ihn die Säcke und die Ballen Isolierwolle vielleicht etwas abfedern können.

„Was ist mit den Nachtwächter?", rief Fuß einigen herumstehenden Polizeibeamten in Uniform zu. Wenn jetzt nicht endlich der Nachtwächter gefunden wurde, würde er Wagner hierlassen und ins Büro fahren.

„Die Kollegen sind unterwegs nach Bassenheim", kam die Antwort zurück.

Fuß schaute auf die Uhr. Eine Viertelstunde gab er ihm noch. Er stand auf und schlenderte langsam auf die Stelle zu, wo er von oben das Brett entdeckt hatte, dass eigentlich zur Sicherheit der Bauarbeiter diente. Er blickte nach oben. Das Brett hatte einen ganz anderen Fallwinkel genommen als Henning. Aber das würde Schäfer ihm haargenau berechnen. Die beiden Brettteile lagen nicht weit voneinander entfernt. Fuß blickte sich um und sah, wie sich ihm ein ziviles Fahrzeug näherte und glaubte Cornelia Henning darin zu entdecken. Wagner war nirgends zu sehen, deshalb beeilte sich Fuß dem Wagen zu folgen, der ganz offensichtlich in Richtung der Stelle fuhr, wo die Leiche von Henning lag. Fuß brüllte so laut er konnte. „Halt!“, und tatsächlich schien ihn der Fahrer des Wagens gehört zu haben. Er bremste, kurbelte das Fenster herunter und hielt Ausschau nach dem, der gerufen hatte. Fuß machte sich durch Winken bemerkbar und eilte auf den Wagen zu.

„Welcher Idiot hat Sie denn durchgelassen?“, rief er wütend aus. Der junge Mann am Lenkrad schaute Fuß völlig verwirrt an.

„Sie versauen uns ja alle Spuren!“ Der Oberkommissar hatte inzwischen das Fahrzeug erreicht und konnte ungehindert hineinschauen. Tatsächlich saß Cornelia Henning im Fond und verbarg das halbe Gesicht hinter einem Taschentuch.

„Stellen Sie den Motor ab und lassen Sie den Wagen hier stehen!“, befahl Fuß und öffnete die hintere Wagentür. „Wer hat Sie benachrichtigt?“

Cornelia Henning putzte sich die Nase, dann antwortete sie mit belegter Stimme: „Ein Anruf. Er sagte, er sei von der Polizei. Ich dachte, Sie seien es gewesen.“

„Ich war's nicht!“, stellte Fuß klar. „Wir werden der Sache aber nachgehen“ Er packte Frau Henning am Arm und half ihr aus dem Wagen. Dann beugte er sich zu dem Fahrer. „Sie rühren sich nicht von der Stelle.“

Mit Cornelia Henning machte sich Fuß auf den Weg zur Absturzstelle. „Wer ist der junge Mann?“, fragte er beiläufig.

„Ein Nachbar, der sich sofort bereiterklärt hat, mich hierherzufahren.“

Fuß überschlug hastig im Kopf: Den Anruf und die Suche nach einem Fahrer setzte er mit einer guten Viertelstunde an, die Fahrzeit von Beltheim bis Mülheim-Kärlich mit knapp anderthalb Stunden, dann noch gut eine Viertelstunde hier durch den Stau, machte insgesamt zwei Stunden. Frau Henning war also etwa zur gleichen Zeit informiert worden wie er und Wagner. Das kam ihm mehr als merkwürdig vor.

In angemessener Entfernung blieben sie stehen. Deutlich konnte man von hier aus die silberne Folie sehen, unter der Bernd Henning lag. Fuß deutete auf die oberste Etage des elfgeschossigen Hauses.

„Dort oben ist es passiert“, erklärte er.

„Kann ich ihn sehen?“

„Nicht bevor ihn die Gerichtsmediziner untersucht haben“, antwortete Fuß und beobachtete die Frau von der Seite. „Wollen Sie jetzt nicht ein Geständnis ablegen?"

Cornelia Henning blickte den Oberkommissar erschrocken an. „Was für ein Geständnis meinen Sie?", keuchte sie.

„Wer hat Eva und ihren Mann umgebracht?"

Frau Henning schwankte und griff sich ans Herz. „Sie glauben immer noch, dass ich mit dem Giftmord etwas zu tun habe und jetzt auch meinen Schwager umgebracht habe?" Empört drehte sie sich um und machte sich auf den Weg zu dem Auto. Kurz bevor sie das Fahrzeug erreichte, hatte Fuß sie eingeholt. „Ich bin sicher, dass uns mindestens einer aus Ihrer Familie belügt. Der Kreis wird immer kleiner. Viel Zeit bleibt nicht mehr."

Doch Frau Henning ließ sich nicht einschüchtern. Sie schien nicht einmal über das Gesagte von Fuß nachzudenken. Stattdessen warf sie ihm einen feindseligen Blick zu und stieg in den Wagen.

Fuß trat an das Fahrerfenster und klopfte dagegen. Der junge Mann kurbelte das Fenster wieder herunter.

„Sie drehen jetzt mit einem möglichst kleinen Wendekreis und fahren den gleichen Weg zurück, den Sie gekommen sind. Haben wir uns verstanden? Ich rate Ihnen, sich genau an meine Anweisung zu halten." Er trat einen Schritt zurück und wartete, bis der Wagen gewendet hatte. Dann machte er sich auf die Suche nach seinem Kollegen.

Wagner war ebenso erstaunt über das Auftauchen von Frau Henning und versprach zu erkunden, auf welchem Weg sie die Nachricht vom Sturz ihres Schwagers erhalten hatte.

„Und noch etwas ...", Fuß hielt Wagner am Ärmel fest. „Ruf die Bopparder Kollegen an, die sollen sofort nochmals das Haus der Hennings versiegeln. Mir scheint Verdunklungsgefahr gegeben. Nicht, dass die Cornelia Henning einen Hausschlüssel hat und jetzt auf dem Weg dorthin ist und Dinge verschwinden lässt."

Wagner stieß einen Piff aus: „Schlauer Junge, ein Glück, dass du an alles denkst. Ich wäre nicht auf die Idee gekommen."

Etwa zehn Minuten später tauchte endlich der Nachtwächter auf. Er war schlecht gelaunt, weil man ihn aus dem ersten Schlaf gerissen und er absolut nichts gehört oder gesehen hatte. Natürlich war Herr Henning gegen halb sieben aufgetaucht, aber das war für den Nachtwächter nichts Ungewöhnliches. Er behauptete, Henning sei früher oft noch vor Tagesanbruch auf die Baustelle gekommen. Diese Aussage wurde von dem Polier bestätigt. „Vor allem dann, wenn der Bauherr am Nachmittag erwartet wurde“, ergänzte der Polier.

Fuß nahm den Polier beiseite. „Gab es denn heute irgendeinen Grund früher zu kommen. Sollte da etwas vertuscht werden?“

Der kahlköpfige, braungebrannte Mann hatte keinen Nerv für solche Anspielungen. Unwirsch meinte er: „Bei uns läuft alles ordentlich ab. Hier wird nichts manipuliert oder geschlampt. Dazu war der Henning viel zu korrekt. Und mit mir können Sie so etwas auch nicht machen. Verstehn Sie?“

Am frühen Nachmittag fuhren Fuß und Wagner wieder nach Buchenau. Fuß war sich sicher, dass sie bereits beobachtet wurden, bevor sie den Motor abgestellt hatten.

Fuß entfernte das Siegel an der Haustür. In der Jackentasche des toten Bernd Henning hatten sie einen Schlüsselbund gefunden. Er erinnerte sich sofort, welches der richtige Schlüssel war und öffnete die Haustür. Die Türen zu den Zimmern im Parterre waren alle geschlossen. Sie öffneten sie der Reihe nach und warfen einen ersten kurzen Blick in die Räume, konnten aber nichts Auffälliges entdecken. Dann stiegen sie in den ersten Stock. Auch hier waren alle Türen zu. Die linke Bettseite im Schlafzimmer war benutzt worden, eine Kleiderschranktür stand einen Spalt offen. Im Badezimmer roch es nach stark parfümiertem Rasierwasser, irgendetwas Exotisches. Das Arbeitszimmer von Eva Henning schien seit Fuß dort Unterlagen sichergestellt hatte nicht mehr betreten worden zu sein. Trotzdem zogen Fuß und Wagner Latexhandschuhe an. Man würde Schäfer noch einmal bitten müssen, Fingerabdrücke zu nehmen, um festzustellen, ob inzwischen jemand die Schubladen und Schränke geöffnet oder den Computer eingeschaltet hatte.

„Es müssten als Letztes meine Fingerabdrücke zu finden sein“, meinte Fuß. „Sonst wird es spannend, wer wo was geöffnet hat. Am besten ist, Schäfer kommt sobald wie möglich vorbei, damit wir diesbezüglich Klarheit haben.“

Wagner öffnete die Tür zu dem als Kinderzimmer vorgesehenen Raum. Zu seinem Erstaunen war dieser absolut leergeräumt.

„Was hältst du davon?“, wollte er von Fuß wissen.

Statt eine Antwort zu geben ging Fuß in das Schlafzimmer zurück und öffnete den Kleiderschrank. Evas Wäsche und Kleider waren noch vorhanden.

„Lass uns mal in den Keller gehen."

Auch dort waren alle Sachen für das ungeborene Kind verschwunden, die bei dem letzten Besuch noch da gewesen waren.

„Merkwürdig." Fuß wusste den Umstand nicht einzuordnen, dass alle Kindersachen verschwunden, aber die Dinge, die an Eva erinnerten noch überall vorhanden waren. Hatte das etwas in Bezug auf ihre Arbeit zu bedeuten oder gab es dafür eine harmlose Erklärung?

„Wir werden das Haus so lange versiegeln, bis der Fall geklärt ist!", beschloss Fuß, und Wagner nickte zustimmend.

Draußen lauerte bereits ‚Else Kling'.

„Ist das nicht grauenhaft?", empfing sie die beiden Polizeibeamten und stellte sich ihnen förmlich in den Weg. „Jetzt auch noch der arme Herr Henning. Wie konnte das nur passieren?"

Fuß und Wagner schauten sie fassungslos an. Wieso konnte Frau Pies etwas von Hennings Tod wissen? Doch die Erklärung ließ nicht lange auf sich warten.

„Der nette junge Polizist, der heute Morgen die Haustür versiegeln musste, hat mir alles erzählt. Ist das nicht schrecklich, vom Baugerüst gestürzt … Fast möchte man meinen, ein Fluch hinge über der Familie. Drei Tote in nicht einmal vierzehn Tagen."

„Vier!", korrigierte Fuß und öffnete die Fahrzeugtür.

„Vier?", Anneliese Pies wurde bleich im Gesicht.

Fuß machte Wagner ein Zeichen, sich beim Einsteigen zu beeilen. „Sonst wirft die Alte sich noch vors Auto, bis wir das Rätsel gelöst haben", amüsierte sich Fuß und trat auf das Gaspedal, noch bevor Wagner die Beifahrertür richtig geschlossen hatte.

„Wieso vier?", erkundigte sich Wagner, ebenso überrascht wie Frau Pies.

Fuß fing schallend an zu lachen. „Toll, dass auch du das fragst. Die Eva Henning war doch schwanger – oder?"

„Wenn sich die Cornelia Henning jetzt auch noch umbringt oder umgebracht wird …"

„Verschrei es nicht!", fiel ihm Fuß ins Wort.

Wagner saß an seinem Schreibtisch, hatte den Kopf in die Hände gestützt und starrte ratlos seinen Kollegen an.

„Mord oder Selbstmord?", wollte Fuß wissen.

Wagner zuckte mit den Schultern. „Ich weiß nicht. Ich weiß gar nichts mehr. Vielleicht war es auch wirklich ein Unfall. Manchmal gibt es ja solche Zufälle. Allerdings das mit der Cornelia Henning kommt mir äußerst merkwürdig vor. Wie konnte sie so früh in Mülheim-Kärlich sein und vor allem, was wollte sie da? Doch nicht ihren Schwager identifizieren!"

„Das glaube ich auch nicht", gestand Fuß, „aber vielleicht ist das genau der Fehler, der uns auf die Spur zur Aufklärung führen kann."

„Also spielen wir doch die drei Möglichkeiten einmal durch." Wagner stand auf und trat ans Fenster. „Angenommen es war ein Unfall."

„Wer hat dann wann die Schwägerin angerufen und warum?"

„Der Tote sicherlich nicht, ebenso wenig einer unserer Kollegen", stellte Wagner fest. „Eigentlich kann es nur einer von der Baustelle gewesen sein, aber wer hat von denen die Telefonnummer von Cornelia Henning?"

Fuß stand auf und hielt die Fakten am Flipchart fest. Dann ergänzte er. „Angenommen es war Selbstmord? Dann könnte Henning seine Schwägerin vorher angerufen und ihr gegenüber ein Geständnis abgelegt haben. Das würde erklären, warum sie so früh auf der Baustelle war und vielleicht sogar vorhatte, uns zu erzählen, was er ihr gestanden hatte. Auf der Baustelle hat sie es sich dann wieder anders überlegt."

„Dritte Möglichkeit: Es war Mord. Wenn dann Cornelia die Mörderin ist, konnte sie locker frühzeitig am Tatort sein", überlegte Wagner.

„Falsch!", wandte Fuß ein. „Dann konnte sie erst recht nicht so früh am Tatort sein, denn sie kam ja mit einem Nachbarn. Also müsste sie zwischenzeitlich wieder nach Beltheim zurückgefahren sein. Und das konnte sie zeitlich nicht schaffen."

„Also fällt sie als Mörderin flach …"

„Als Mörderin ja, aber vielleicht kannte sie den Mörder, vielleicht hat sie den Mord sogar in Auftrag gegeben? Vielleicht ist der Mord an Eva ja auch ein Auftragsmord gewesen?"

Fuß gesellte sich zu Wagner ans Fenster und schaute dem Verkehr unter ihnen zu. „Welche Hinweise haben wir dafür, dass Cornelia die Mörderin von Eva sein könnte. Der Brief, der tatsächlich aber alt ist, und ihr gelber Mini, der auch ein Ford KA oder Fiat Punto gewesen sein kann. Wer weiß, wie gut deine alte Dame die Fahrzeugtypen unterscheiden kann? Mehr haben wir doch nicht."

„Was haben wir an Motiven?"

Fuß begann wieder sein Kinn zu kneten. „Alle, die in einer Familie vorkommen können", seufzte er, denn er wusste aus seinen langen Berufsjahren, welche Vielfalt sie da erwartete. Er blickte auf seine Uhr. „Wir sollten trotzdem noch versuchen, ein Gespräch mit den anderen Frauen zu führen, die auf unserer Liste der Bekannten von Eva Henning stehen. Im Fall Bernd Henning müssen wir sowieso erst mal die Ergebnisse der Spurensicherung und der Gerichtsmedizin abwarten."

Julia Klein leitete „ein kleines Familienunternehmen", wie sie immer gerne aus der Fernsehwerbung zitierte und meinte damit, sie sei nur Hausfrau und Mutter. Als Wagner die Wohnung in dem Mehrfamilienhaus in dem Koblenzer Ortsteil Dieblich betrat, begegneten ihm auf dem schmalen Flur drei Kinder, die höflich grüßten und dann irgendwo in einem Zimmer verschwanden.

„Sie kommen wegen Eva?", fragte Frau Klein, nachdem sie tief Luft genommen hatte und sich etwas genervt zu Wagner an den Tisch der Wohnküche setzte. „Ich weiß aber nicht, ob ich Ihnen da weiterhelfen kann."

„Wir verfolgen jede Möglichkeit, ein Motiv für den Mord oder eine Spur zum Mörder zu finden", begründete Wagner seinen Besuch. „Ich werde Sie auch nicht allzu lange aufhalten."

„Dann schießen Sie mal los", forderte Julia Klein den Kommissar auf und schielte dabei zu dem schmutzigen Geschirr, das sich neben dem Spülbecken türmte.

Wagner verstand und zog rasch sein Notizbuch hervor. „Wir sind auf Sie gestoßen, weil in Eva Hennings Terminkalender die Einladung zu Ihrer Geburtstagsfeier vermerkt war, eine der wenigen Eintragungen überhaupt in dem Kalender. Es muss also für Frau Henning etwas Besonderes gewesen sein. Woher kannten Sie eigentlich Eva Henning?"

„Wir haben zusammen die Volksschule besucht", erzählte die hagere Frau mit den langen schwarzen Haaren und dem schmalen, blassen Gesicht. „Damals hieß Eva noch Kruse. Die meisten sind inzwischen verheiratet, manche sogar schon zum zweiten und dritten Mal. Da komme ich nicht mehr ganz mit. Sie hat dann zwar nach der vierten oder fünften Klasse aufs Gymnasium gewechselt."

„Aber, Sie hatten weiterhin Kontakt?"

„Nein, überhaupt nicht. Letztes Jahr hatte ich Schwierigkeiten mit meiner ältesten Tochter. Sie kam plötzlich in der Schule nicht mehr zurecht, erbrach sich häufig und war wie ausgewechselt. Unser Hausarzt riet mir eine Psychologin aufzusuchen, da er keine Anzeichen einer Erkrankung feststellen konnte. Er nannte mir die Adresse von Eva

Henning. Und ich bin dann zu ihr nach Buchenau gefahren. Wir hatten insgesamt fünf Sitzungen und ich muss sagen, Eva war sehr erfolgreich. Plötzlich klappte es mit meiner Tochter wieder in der Schule, auch das Erbrechen ließ nach und verschwand völlig. Eva meinte, Tina sei mit ihrer Pubertät nicht klargekommen. Mein Mann und ich waren so froh, dass es dem Kind wieder gutging."

„Von da an haben Sie aber weiterhin mit Eva Henning Kontakt gehabt."

„Eigentlich nicht. Ich habe mit drei Kindern und dem Haushalt rund um die Uhr zu tun. Und Buchenau ist sehr weit für mich. Ich habe kein eigenes Auto. Deshalb habe ich sie auch zu meinem Geburtstag eingeladen, sozusagen als kleines zusätzliches Dankeschön für ihre Bemühungen um Tina. Es war auch keine großartige Geburtstagsfeier, dafür ist unsere Wohnung zu klein. Mehr als ein gemütlicher Kaffeeklatsch war es nicht. Ich hatte noch zwei Freundinnen dazu eingeladen, Doris Kovács und Ingrid Berghoff. Ingrid lebt gerade in Scheidung und Doris hat auch immer Ärger mit ihren Männern gehabt. Ich glaube, Sie ist jetzt zum dritten oder sogar schon zum vierten Mal verheiratet und war deshalb auch bereits einmal in der Klapse. Schrecklich, nicht wahr? Da dachte ich, dass passt gut zusammen. Vielleicht brauchen die beiden auch mal Rat oder Hilfe von einer Psychologin, so wie ich wegen Tina. Aber den diskreten Hinweis habe ich Inge und Doris erst gegeben, als Eva schon gegangen war. Sie hatte noch einen Termin. Ich weiß nicht, ob ihr solch eine Werbung für sie recht gewesen wäre. Sie war immer so zurückhaltend, fast schüchtern. Wir haben dann zu dritt bis fast Mitternacht weitergefeiert."

Wagner war klar, dass Julia Klein ihm also kaum etwas zu Evas eventuellen Ängsten oder Veränderungen sagen konnte und verabschiedete sich bald.

Fuß konnte Frau Dr. Hollmann erst nach Feierabend treffen. Sie hatte nach dem Abitur Medizin studiert und arbeitete als Stationsärztin im Gesundheitszentrum Evangelisches Stift in Koblenz, kurz Stift genannt. Als er sich an der Anmeldung nach der Ärztin erkundigte, teilte man ihm mit, er müsse sich noch einige Zeit gedulden. Frau Dr. Hollmann lasse ihm ausrichten, sie sei noch für etwa eine halbe Stunde auf der Station beschäftigt.

Fuß nahm sich eine der alten zerfledderten Illustrierten und begann, lustlos darin zu blättern. Die Zeit wollte und wollte nicht vergehen. Erst beim dritten Heft tauchte Dr. Hollmann auf, entschuldigte sich vielmals.

„Ich kann leider das Haus nicht verlassen, weil ich noch bis zweiundzwanzig Uhr kurzfristig Bereitschaftsdienst übernehmen musste, ein Kollege ist ausgefallen", stöhnte sie. „Aber ich wollte den Termin auch nicht verschieben."

Sie führte Fuß in eine Art Ruheraum, der offensichtlich den Ärzten diente, die Nachtdienst hatten und hörte sich an, was Fuß von ihr wissen wollte.

„Den meisten und wohl auch engsten Kontakt hatte Dagmar, das wird sie Ihnen sicherlich gesagt haben. Eva und ich haben uns nur selten getroffen, meist auf ihren Wunsch hin, wenn es um fachliche Dinge ging, wo sie meinen Rat haben oder meine Betrachtungsweise als Medizinerin wissen wollte. Sie war meiner Meinung nach sehr pflichtbewusst in ihrem Beruf. Manchmal sicherlich sogar etwas kleinlich in bestimmten Dingen. Kleinlich ist vielleicht das falsche Wort, eher pedantisch."

„Haben Sie bei ihr in letzter Zeit Veränderungen in ihrem Wesen oder ihren Ansichten festgestellt, wenn Sie mit ihr sprachen oder diskutierten?"

„Ganz eindeutig: ja!"

Fuß war schlagartig hellwach. Endlich einmal jemand, der in diese Richtung eine Beobachtung gemacht hatte.

„Können Sie mir das erläutern?", fragte er interessiert.

„Die letzten beiden Male, an denen wir uns trafen, war Eva nervös und fast noch pedantischer als sonst. Ich habe sie auch darauf angesprochen, denn ich vermutete, Stress und Überarbeitung könnten dahinterstehen. Doch sie wich mir aus. Zuerst vermutete ich, dass es etwas mit ihrer Ehe zu tun haben könnte, aber dann berichtete sie mir freudestrahlend, dass sie schwanger sei und ihr Mann und sie sich so sehr auf das Kind freuten. Nein, es musste etwas mit ihrem Beruf zu tun haben."

„Worum ging es denn bei den beiden letzten Gesprächen?", wollte Fuß wissen.

„Nun, sie hat mir natürlich nie etwas Konkretes gesagt, sondern mich nur zu allgemeinen Dingen befragt. Das erste Mal, als mir ihr geändertes Verhalten auffiel, ging es darum, ob eine bestimmte Verhaltensweise eines Menschen auch auf ein bestimmtes Medikament zurückzuführen sei."

„Wissen Sie noch, um welches Medikament es dabei ging?"

„Soweit ich mich erinnern kann, um Lyrica. Wir geben das bei bestimmten epileptischen Anfällen oder neuropathischen Schmerzen. Sie wollte das bis ins kleinste Detail wissen, praktisch jedes Wenn und

Aber ausschließen. Sie hatte Angst, ja richtige Angst, es könnte ein Aspekt übersehen werden."

„Und das zweite Mal?"

„Da ging es vermutlich um ein Kind. Sie hat mir einen Sachverhalt beschrieben und wollte wissen, ob der in Verbindung zu einer Erkrankung stehen könnte. Auch hier sollte ich mich in ungewohnter Weise festlegen, was ich natürlich nicht konnte. Sie machte mir deshalb sogar richtige Vorwürfe."

„Vorwürfe?", fragte Fuß erstaunt.

„Ja, Vorwürfe", Dr. Bianka Hollmann schüttelte den Kopf. „Ich habe das auch nicht verstanden."

„Können Sie sich noch erinnern, wann diese beiden Gespräche waren?"

„Das ist noch gar nicht allzu lange her und sie waren beide kurz hintereinander. Das erste Gespräch liegt etwa zwei Monate zurück, also Anfang Juli, das zweite war zehn oder vierzehn Tage später." Fuß notierte sich die Angaben.

Immerhin war Dr. Hollmann die erste Person, die konkret etwas zu einem veränderten Verhalten von Eva Henning sagen konnte. Was hatte sich also Anfang Juli im Leben von Frau Henning ereignet, das möglicherweise zu ihrem veränderten Verhalten geführt hatte. Hatte es etwas mit den drei Ordnern im Keller ihres Schwagers zu tun? Soweit Fuß sich erinnern konnte, hatte Bernd Henning ausgesagt, dass sein Bruder ihm gesagt habe, es sei noch gar nicht so lange her, dass Eva ihm die Ordner zur Aufbewahrung gegeben habe. Es konnte also durchaus sein, dass dies Anfang Juli gewesen war. War der Zahnarzttermin nicht auch Anfang Juli gewesen. Er würde, beschloss er, am nächsten Morgen sofort in dem Terminkalender nachschauen.

„Ich glaube, Sie haben mir sehr geholfen", meinte Fuß und schlug seinen kleinen Notizblock zu. „Ich darf aber nochmals auf Sie zurückkommen, wenn ich weitere Fragen habe?"

„Jederzeit", versicherte Frau Dr. Hollmann. „Ich glaube, wir sind alle daran interessiert zu erfahren, weshalb Eva sterben musste."

13.

„Am besten ist es, du verlegst dein Büro gleich nach Alken, dann hast du alles beisammen: Deine Saufkumpanen, deine Kollegen und vor allem die Kolleginnen nicht vergessen und deinen Hausarzt. Die Leiche besorge ich dir dann schon!"

Reichlich wütend verließ Erika die Terrasse. Die Stammtischgäste Ekki und Emmy Priebe sowie Franz-Josef und Thea Martini schauten schmunzelnd hinter ihr her. Fuß schüttelte nur grinsend den Kopf und schenkte Dr. von Essen und Wagner die leer getrunkenen Gläser wieder voll. Schäfer, der auch noch mit an dem großen runden Tisch in der Mitte der Terrasse saß, lächelte amüsiert vor sich hin.

„Jetzt hat sie es uns aber gegeben", raunte Ekki, erhob sein Weinglas und schaute Franz-Josef, genannt Jupp, an. „Dann lass uns mal darauf anstoßen. Mit den Saufkumpanen können ja nur wir beide gemeint sein."

„Die meint das doch nicht so", versuchte Thea zu beschwichtigen. „Wir alle kennen sie doch!"

„Lasst euch die Laune nicht verderben. Ihr wisst doch, irren ist männlich, Irre sind weiblich!", freute sich Fuß und erhob ebenfalls sein Glas. Dann stand er auf, machte wieder die Runde auf der Terrasse, nahm Bestellungen für die Küche entgegen und schenkte Wein nach, wo die Gläser leer waren.

Unter der Überdachung hatte ein älteres Ehepaar Platz genommen. Sie bestellten jeder einen lieblichen Schoppen. Als Fuß ihnen diesen brachte, meinte der Mann: „Haben Sie bitte auch eine Karte zum Essen?"

„Ja, aber nicht zum Essen, sondern nur zum Aussuchen", antwortete Fuß, nahm zwei Speisekarten und reichte sie den beiden, die sich über den Spruch des Wirtes köstlich amüsierten.

„Ist der immer so?", erkundigte sich die Frau bei Thea, die ihr am nächsten saß, nachdem Fuß die Terrasse verlassen hatte, um die Bestellungen in die Küche zu geben.

„Das ist noch gar nichts", versicherte Thea. „Aber wenn Sie öfter kommen, werden Sie noch Besseres erleben."

Dr. von Essen war auf den frei gewordenen Stuhl von Fuß gerückt und erkundigte sich bei Wagner, wie er über den Tod von Bernd Henning dachte.

„Da sitzt der Kompetentere von uns beiden“, antwortete Wagner und deutete auf Schäfer, neben dem von Essen bisher gesessen hatte. Der Arzt rutschte wieder auf seinen ursprünglichen Stuhl zurück und Wagner rutschte nach.

Schäfer hielt die Hand so, dass niemand von den Nachbartischen etwas mitbekommen konnte und meinte leise: „Für uns von der Spurensicherung war relativ schnell klar, dass der sich selbst runtergestürzt hat. An den Innenflächen seiner Hände waren eindeutig kleine Holzsplitter von dem Brett zu finden, das er aus der Halterung genommen und heruntergeworfen hat, bevor er gesprungen ist. Wäre er gestoßen worden und hätte dabei das Brett durchbrochen, hätten die Splitter an seiner Kleidung sein müssen und das Brett wäre an einer ganz anderen Stelle gelandet. Ich bin sicher, dass die Gerichtsmediziner zu keinem anderen Ergebnis kommen.“

„Aber warum?“, wollte Dr. von Essen wissen. „Ich kannte den Bernd doch recht gut, der war absolut kein Selbstmordkandidat.“

„Weiß man das immer?“ Hauptkommissar Schäfer schaute den Arzt nachdenklich an. „Ich denke, das kann man bei keinem Menschen ausschließen. Sicher wird es einen besonderen Grund gegeben haben. Ich nehme an, in diesem Fall war es einfach, dass der Mann mit alldem nicht fertig wurde, was in letzter Zeit passiert ist. Erst seine Frau, dann sein Bruder und schließlich all die Gerüchte in der Nachbarschaft und innerhalb der Familie ...“

„Schon.“ Soweit konnte von Essen dem Kriminalbeamten folgen, aber gerade Bernd ... Er erinnerte sich an Gespräche, wenn sie in der Dämmerung auf dem Hochsitz ansaßen.

„Immerhin hat auch sein Bruder Selbstmord begangen“, gab Wagner zu bedenken. „Vielleicht gab es doch eine versteckte Veranlagung dazu.“

Priebes und Martinis, die sehr schnell mitbekommen hatten, dass die drei offenbar ein vertrauliches Gespräch führten, unterhielten sich angeregt über einen Film im Fernsehen, über den sie sich alle geärgert hatten.

„Und für diese Scheiße sollst du demnächst auch noch mehr Gebühren zahlen“, regte sich Jupp auf.

Ekki zwinkerte ihm zu: „Dann kaufe ich mir doch lieber für das Geld ein paar schöne Pornos ...“

Weiter kam er nicht, weil ihm seine Frau einen kräftigen Stoß in die Rippen versetzte. „Du wirst dich unterstehen, die schmeiß ich zum Fenster raus und dich gleich hinterher."

„Das würde meinem Mann genauso gehen!", versicherte Thea. „Ich glaube, ihr habt genug getrunken und wir sollten zahlen."

„Ihr wollt doch nicht schon gehen", mischte sich Fuß ein, der gerade wieder mit drei Tellern die Terrasse betreten hatte. Die beiden Bratenschnittchen waren für Wagner und Schäfer, das Schinkenbrot brachte er an einen der Nachbartische.

„Und, haben Sie sich etwas ausgesucht?", fragte er das ältere Ehepaar.

„Diese Winzerplatte … ist das viel?"

„Schauen Sie mich nicht so hungrig an. Nicht, dass Sie glauben, sie bekommen mich auf einer Platte serviert. Das Vergnügen mache ich Ihnen nicht. Trotzdem kann man davon satt werden und den Rest lassen Sie sich einpacken", meinte Fuß.

Wieder amüsierte sich das Paar über die Sprüche des Wirts und bestellte die Winzerplatte.

Am nächsten Morgen standen Fuß und Wagner erneut vor dem Flipchart. Sie hatten Stichworte aus den einzelnen Aussagen zu Papier gebracht und versuchten nun Zusammenhänge zu schaffen, um sich möglichst ein genaues Bild von Eva Henning und den Tagen und Wochen vor ihrer Ermordung machen zu können. Zwar gab es einiges Widersprüchliches, aber weitaus mehr Dinge, die sich wie ein Puzzle zusammenfügten. Die Veränderungen im Verhalten von Eva, das Einlagern der Ordner mit Korrespondenz und Gutachten bei Bernds Bruder und die beiden letzten Treffen mit Dr. Bianka Hollmann spielten sich alle innerhalb der letzten drei Monate vor ihrer Ermordung ab.

„Also mir scheint, dass die Auslagerung der Ordner nach Beltheim einfach eine Finte war und etwas ganz anderes verdecken oder bewirken sollte", sagte Wagner, wandte sich von dem Flipchart ab und setzte sich an seinen Schreibtisch.

„Zum Beispiel?" Fuß setzte sich ebenfalls an seinen Schreibtisch und schaute seinen Kollegen erwartungsvoll an. „Was könnte dahinterstecken?"

Wagner lachte vor sich hin. „Ja, wenn ich das wüsste. Warum gerade diese Ordner? Das ist es, was mir nebensächlich erscheint. Wollte diese Eva vielleicht damit einen häufigeren Besuch bei ihrem Schwager begründen und die beiden hatten doch etwas miteinander … oder haben wir beim Durchsehen der Ordner etwas übersehen, was da gar nicht hineingehört und was der eigentliche Grund war, die Ordner August zu geben." Er hob hilflos die Arme nach oben. „Ich kann für mich nicht ausschließen etwas übersehen zu haben, weil das eine stupide Arbeit ist, bei der man leicht schläfrig wird. Ich weiß nicht, wie es dir dabei geht?"

Der Oberkommissar musste zugeben, dass natürlich während der Durchsicht der Akten die Konzentration nachließ. Auch die Möglichkeit, dass die Ordner eine ganz andere Bedeutung hatten, wollte er nicht von der Hand weisen. Immerhin war die Begründung, Angst vor Einbrechern und davor zu haben, dass vertrauliche Details aus ihrer Klientel öffentlich bekannt wurden, fadenscheinig und albern. Die Gefahr eines Einbruchs war in Beltheim nicht kleiner. Es sei denn, der Einbrecher suchte ganz gezielt nach bestimmten Akten … aber dann hätte er auch den Computer mitnehmen können. Darin befanden sich zumindest fast alle aktuellen Gutachten, Sitzungsprotokolle und Korrespondenzen.

„Wer erbt eigentlich jetzt all das, was Eva und Bernd Henning hinterlassen?", fragte Wagner in die Stille.

Fuß tauchte aus seinen Gedanken auf. An diese Frage hatte er bisher nicht gedacht. Man würde nach einem Testament suchen müssen. Rasch machte er sich eine Notiz auf die Schreibunterlage.

„Zum Schluss wird uns nichts anderes übrigbleiben, als das ganze Haus in Buchenau auf den Kopf zu stellen. Ein Mord, dem zwei Selbstmorde folgen, muss doch aufzuklären sein", schimpfte Fuß.

„Und dann gibt es ja immer noch den Brief von dem Studenten", gab Wagner zu bedenken. „Hat er die Henning versucht zu erpressen, wenn ja, womit? Kannte er sie privat oder beruflich und warum wurde der Brief geschrieben?"

„Hat der Brief überhaupt etwas mit dem Mord zu tun?", ereiferte sich Fuß.

„Aber du selbst hast ihn doch immer wieder ins Gespräch gebracht. Vielleicht sollten wir den Studenten einfach einmal aufsuchen, um dieses Kapitel abschließen zu können."

Fuß klatschte in die Hände: „Okay, dann lass uns gleich morgen nach Frankfurt fahren und sehen, was sich der junge Mann dazu einfallen lässt."

Kurz nach acht rief Fuß Tobias Esch vom Büro aus an und meldete sich mit „Deutsche Post“ und der Frage, ob er am Vormittag zu Hause sei, da man eine Postsendung mit einer besonderen Zustellurkunde vorliegen habe. Fuß rechnete mit dem Überrumplungseffekt und erfuhr, dass Tobias Esch bis zwölf Uhr zu Hause sei, bevor er schnell einhängte und der Student ihn fragen konnte, um was für eine merkwürdige Postsendung es sich handele, die telefonisch angekündigt wurde.

„Die plumpsten Mittel sind immer noch die besten“, grinste Fuß zufrieden. „Dann lass uns mal diesen Herrn besuchen.“

Wagner schien nicht sehr begeistert zu sein. Das Einzige, was ihn insgeheim etwas motivierte, war die Überlegung, dass man auf dem Rückweg über Mainz …

Nach mehreren Irrfahrten durch das Einbahnstraßenwirrwarr und die Baustellen Frankfurts fanden Fuß und Wagner die Markgrafenstraße, aber keinen Parkplatz. Fuß verfluchte, mit dem Auto nach Frankfurt gefahren zu sein und kurvte weitere zehn Minuten zwischen Einbahnstraßen und Baustellen umher, bis er schließlich die Geduld verlor. Er fuhr in die Markgrafenstraße zurück, wozu er wiederum fast fünf Minuten brauchte, und stellte sein Fahrzeug im absoluten Halteverbot ab, nachdem er sich überzeugt hatte, niemanden zu behindern.

Tobias Esch wohnte im vierten Stock in einem Haus ohne Aufzug. Wagner kam im Gegensatz zu Fuß, der in den steilen Weinbergen von Alken zu Hause war, ganz schön außer Puste. Der Student schaute den beiden Besuchern überrascht entgegen. Er war fast so groß wie Fuß, allerdings wäre es untertrieben gewesen, ihn als schlank zu bezeichnen. Er war ausgesprochen dürr, hatte schulterlange, leicht fettige Spaghettihaare und eine auffallend spitze Nase, auf der eine viel zu groß wirkende Hornbrille ruhte.

Das Lächeln aus seinem Gesicht verschwand, als sich Fuß und Wagner vorstellten.

„Habe ich Ihnen nicht schon am Telefon gesagt, dass ich diese Frau nicht kenne und mit so jemandem niemals korrespondiert habe“, reagierte er sehr ungehalten und machte den Eindruck, als wolle er Fuß und Wagner die Tür vor der Nase zuschlagen.

Fuß trat dicht an den jungen Mann heran. „Machen Sie es sich und uns doch nicht so schwer.“

Der Student setzte ein breites Grinsen auf, was sein schmales Gesicht aber nicht voller wirken ließ. Es wurde nur zu einer merkwürdigen Grimasse verzerrt, die Fuß an maskenhafte Gesichterdarstellungen auf manchen Kirmeskarussells erinnerte.

„Dafür werden also Steuergelder ausgegeben, dass zwei Kripobeamte nach Frankfurt kommen, wegen nichts und wieder nichts. Aber wenn es Ihnen ein Bedürfnis ist, zeigen Sie mir den Brief und dann dürfen Sie protokollieren, dass ich die Dame nicht kenne, einen solchen Brief nie erhalten habe und ansonsten in gut einer Stunde zur Vorlesung muss."

Er machte einen Schritt zur Seite und eine leichte Verbeugung, während Fuß und Wagner die Wohnung betraten.

Diese war recht klein und bestand aus einem schmalen Wohnzimmer, dem sich eine Kochecke anschloss und einem weiteren Zimmer, vermutlich das Schlafzimmer und einer Dusche mit WC.

Das spärliche Inventar war eine Mischung aus Sperrmüll und Ikea-Design. Auf einem kleinen Tisch am Fenster stand ein Computer älteren Baujahrs, an dem Tobias Esch offensichtlich gerade gearbeitet hatte und unter dem Tisch ein Kasten Bier.

„Darf ich?", fragte Fuß und griff, ohne eine Antwort abzuwarten, nach der Maus, klickte den Windows-Explorer an und tippte unter „Suchen" den Namen „Henning" ein. Spätestens jetzt hatte Fuß damit gerechnet, dass Esch auf irgendeine Art und Weise versuchen würde, die Abfrage zu unterbinden. Aber zu seinem großen Erstaunen geschah nichts Derartiges. Es dauerte eine Weile, dann meldete der Computer, dass er nichts zu diesem Begriff gefunden hatte.

„Wollen Sie mich verarschen?", brauste der Student auf. „Ich weiß nicht, ob Sie das überhaupt dürfen."

„Wenn Gefahr im Verzug ist, darf ich alles", bluffte Fuß brummig und ärgerte sich über den Fehlversuch, auf die Schnelle Esch aufs Kreuz zu legen. Er war sich sicher, dass diese traurige Gestalt derjenige war, an den Eva Henning geschrieben hatte. Nur wusste er noch nicht, wie er es beweisen konnte.

„Seit wann wohnen Sie in Frankfurt?", setzte er seine Befragung fort.

Es war deutlich zu spüren, dass Esch zögerte und schnell überlegte, wo die Falle stecken könne, in die er laufen sollte.

„Müssen Sie das genau wissen?", antwortete er um Zeit zu gewinnen.

„Es reicht, wenn Sie mir sagen, wie viele Wochen es her ist."

„Wochen?", fragte Tobias Esch erstaunt und grinste.

Fuß trat erneut dicht an ihn heran. „Überschätzen Sie meine Geduld nicht", sagte er laut und setzte ein so grimmiges Gesicht auf, dass Wagner beinahe laut gelacht hätte.

„Vier Monate werden es sein", antwortete Esch.

„Seit wann wechselt man zwischen den Semestern die Uni? Das ist doch wohl recht unüblich, oder? Nennen Sie mir einen Grund."

„Ich habe hier meine Freundin."

„Freundin? Und wie ist das mit Ihren Scheinen. Konnten Sie die mitnehmen?"

Tobias Esch konnte seine Nervosität nicht unterdrücken. Ein deutliches Zucken um die Mundwinkel war zu erkennen. Seit wann wusste ein kleiner Kripobeamter aus Koblenz etwas von Scheinen während des Studiums? Esch zog es vor, zu schweigen und die Antwort schuldig zu bleiben.

„Name und Adresse der Freundin", Wagner hatte bereits sein Notizbüchlein gezückt.

„Muss das sein?", erkundigte sich Esch.

„Wir können Sie auch vorladen, wenn Ihnen das lieber ist", reagierte Wagner sofort.

„Also gut, lassen wir die Freundin aus dem Spiel", begann Esch. „Ich bin seit Semesterbeginn in Frankfurt."

„Und vorher waren Sie in Bonn … Keine Ausrede, dass haben wir schneller ermittelt als Sie denken können."

„Ja, in Bonn", gestand Esch.

„So, und nun frage ich Sie nochmals, was hat es mit dem Schreiben von Eva Henning an Sie auf sich?"

„Ich kenne diese Frau nicht …"

Fuß nahm eine bedrohliche Haltung ein. „Jetzt hören Sie endlich auf mit diesen Lügen. Ich lasse Ihnen meinen Kollegen hier, besorge mir einen Durchsuchungsbeschluss und stelle hier alles auf den Kopf. Und wehe, ich finde auch nur den kleinsten Hinweis auf Frau Henning und Ihren Kontakt, dann gnade Ihnen Gott!" Fuß' Stimme hatte sich fast überschlagen und die Wirkung seines Auftretens zeigte auch recht schnell Erfolg. Esch raffte seine Spaghettihaare zusammen und band sie mit einem roten Gummi, den er aus der Hosentasche zog, zu einem Pferdeschwanz zusammen. Er deutete auf das alte durchgesessene Sofa und nahm selbst auf dem Stuhl an dem kleinen Tisch Platz.

Während Wagner sich setzte, blieb Fuß zwischen Sofa und Esch stehen. Er wollte erst abwarten, was ihnen der Student jetzt wieder auftischte.

„Die Geschichte ist ganz harmlos. Vor etwa einem halben Jahr war ich mit Freunden in Koblenz. Wir haben einen Zug durch ein paar

Kneipen gemacht. In einer Kneipe saß am Nebentisch eine Frau, eben diese Eva Henning, mit einem jungen Mann, der vielleicht drei oder vier Jahre älter war als ich. Irgendwie habe ich mitbekommen, dass die beiden Zoff miteinander bekamen. Ich weiß aber nicht worum es ging. Auf jeden Fall wurde es so laut, dass der Kellner kam und den jungen Mann bat, sich entweder zu mäßigen oder das Lokal zu verlassen. Er ging dann auch kurze Zeit später und die Frau blieb sitzen und machte sich Notizen. Ich war schon leicht angetrunken und bin zu ihr hingegangen. Ich weiß nicht warum, sie gefiel mir einfach und ich habe mir gesagt, vielleicht braucht sie Trost oder jemanden, bei dem sie sich ausheulen kann. Ich wusste ja gar nicht, worum es ging. Sie war sehr freundlich und höflich, fand es offenbar auch nett, dass ich mich um sie kümmerte. Sie hat mir sogar noch ein Bier spendiert und ist dann gegangen. Ich bin dann zurück an den Tisch meiner Freunde, die sich lustig machten. Wie es dann zu der Wette kam, dass es mir nicht gelingen würde, diese Frau nochmals zu treffen, weiß ich nicht."

Er machte eine Pause, die Fuß nutzte, um sich nun doch auf das Sofa zu setzen, das bedenkliche Geräusche von sich gab, als er sich darauf niederließ.

„Beim Bezahlen hatte ich das Gefühl gehabt, dass der Kellner die Frau kannte. Ich ging also zu ihm hin und behauptete, die Frau habe mich gebeten am nächsten Tag bei ihr vorbeizukommen, habe dann aber irrtümlich den Zettel mit ihrer Adresse selbst wieder eingesteckt. Er kannte auch nur ihren Familiennamen und wusste, dass sie in Boppard wohnte. Der Rest war am nächsten Tag schnell herausgefunden. Ich rief sie also an. Sie war auch sehr nett, wollte sich aber nicht mit mir treffen. Nun wollte ich so schnell nicht aufgeben und habe ihr einen Brief geschrieben, der aber unbeantwortet blieb. Meine Freunde drängten mich einen zweiten und dritten zu schreiben. Keine Reaktion. Dann rief ich an, aber sobald ich mich meldete, wurde eingehängt. Schließlich kam der Brief, von dem Sie wahrscheinlich sprechen. Ich rief daraufhin nochmals an, eigentlich um mich zu entschuldigen und mit offenen Karten zu spielen, weil ich dachte, sie habe Humor. Aber sie drohte mir mit einer Anzeige, da sie meinen Namen und meine Adresse durch die Briefe kannte. Das war's dann."

Für einen Moment herrschte Schweigen, während Esch die beiden Kripobeamten erwartungsvoll anblickte und diese sich noch einmal die Glaubwürdigkeit der Geschichte durch den Kopf gehen ließen.

„Haben Sie noch Kopien von Ihren Briefen oder ..."

„Sie haben doch selbst gesehen, ich habe auf dem Computer alles gelöscht. Die Sache ist für mich erledigt. Ich weiß nicht, warum die blöde Ziege jetzt trotzdem eine Anzeige gegen mich erstattet hat."

Wagner und Fuß schauten sich überrascht an.

„Wieso Anzeige?", fragte Fuß. „Können wir die mal sehen?"

Nun war es Esch, der die beiden erstaunt anblickte. „Ich dachte, deswegen sind Sie hier?!"

„Wir sind von der Mordkommission!", stellte Fuß richtig. „Von einer Anzeige wissen wir nichts."

„Mord … kommission?", stieß Esch aus und sprang auf. „Was habe ich mit einem Mord zu tun und wer wurde ermordet?"

Auch Fuß stand wieder auf. Er wollte nicht zu dem Studenten aufschauen müssen. „Besagte Eva Henning." Fuß beobachtete genau die Reaktion von Esch. Wieder war dieses Zucken um die Mundwinkel unübersehbar. Es schien, als habe er bisher tatsächlich nichts von Eva Hennings Tod gewusst, aber getroffen hatte ihn die Nachricht sehr. Waren seine gemachten Angaben bezüglich seiner Beziehung zu Eva Henning nicht vollständig? Steckte doch mehr dahinter?

„Wer … ich meine wieso … ermordet … wo?", stotterte Esch und löste leicht zitternd das Gummi aus seinen Spaghettihaaren.

„Ihr Interesse scheint mir unerwartet groß, wo Sie uns doch eben glaubhaft machen wollten, dass die Sache mit Frau Henning längst beendet ist", fiel ihm Wagner ins Wort. Auch er stand auf und stellte sich neben Fuß, um Esch besser beobachten zu können.

„Das stimmt auch", antwortete Esch schnell. „Aber trotzdem … das war doch so eine reizende Frau, die bringt man doch nicht um." Er hob ruckartig seinen Kopf und richtete seinen Blick auf Fuß: „Kann das was mit dem jungen Mann zu tun haben, mit dem sie sich damals in Koblenz gestritten hat?"

Fuß begann sein Kinn zu kneten und schaute den Studenten durchdringend an. „Wir werden diese Spur verfolgen. Dazu brauchen wir aber genauere Angaben. Wann das war, wie heißt das Lokal und eine genauere Personenbeschreibung."

Tobias Esch setzte sich wieder auf seinen Stuhl und dachte nach. „Das Datum und das Lokal kann ich noch rausbekommen. Da muss ich nur ein paar Leute anrufen. Wie der junge Mann aussah? … Nun er war lange nicht so groß wie ich, vielleicht einsfünfundsiebzig, eher bullig, muskulös, und er hatte blonde gelockte Haare, daran erinnere ich mich noch genau. Er war, würde ich sagen, elegant gekleidet, aber fragen Sie mich nicht, was er anhatte."

Wagner schrieb eifrig mit.

„Bis wann können wir mit dem Datum und dem Namen des Lokals rechnen?", wollte Fuß wissen.

Der Student zuckte mit den dürren Schultern. „Ich weiß nicht, wann ich einen meiner Freunde in Bonn erreichen kann …"

„Jetzt?"

„Wohl kaum. Die meisten werden jetzt in der Uni sein, einige machen in diesem Semester ein Praktikum. Ich kann es ja mal versuchen."

Esch stand auf und verließ den Raum. Fuß trat an den offen gebliebenen Türspalt, und sah, wie er eine Nummer wählte. Es dauerte eine Weile, dann legte Esch wieder auf. Fuß machte hastig einen Schritt zurück, bevor Esch wieder den Raum betrat.

„Tut mir leid, aber es meldet sich keiner", meinte er und blickte auf seine Armbanduhr. „Ich müsste jetzt außerdem gehen."

Fuß zog seine Visitenkarte hervor und reichte sie dem Studenten. „Wenn Sie die Daten haben, rufen Sie mich an oder schicken eine Mail."

„Klar, mach ich!" Esch schien erleichtert, dass die Verabschiedung so schnell und problemlos über die Bühne zu gehen schien. An der Wohnungstür blieb Fuß stehen und suchte etwas in seiner Jackentasche. „Ich glaube, ich habe meinen Notizblock irgendwo bei Ihnen liegen lassen."

Tobias Esch begleitete Fuß zurück ins Wohnzimmer. Er sah nicht, wie Fuß Wagner ein Zeichen machte, der daraufhin zum Telefon eilte und die Wahlwiederholtaste drückte. Zu seinem Erstaunen erschien keine Bonner Rufnummer auf dem Display, sondern eine Nummer ohne Vorwahl, also eine Frankfurter. Er versuchte sich die achtstellige Rufnummer zu merken, bevor Fuß und Esch wieder im Flur erschienen.

„Ich muss meinen Notizblock doch im Auto liegen gelassen haben", zwinkerte Fuß ihm zu.

Kaum hatte Esch hinter ihnen die Wohnungstür geschlossen, notierte sich Wagner die Telefonnummer, während sie weiter die Treppe herunterstiegen.

„Keine Vorwahl", flüsterte Wagner.

Fuß pfiff leise vor sich hin und schüttelte den Kopf. Hatte dieser Lümmel sie doch geleimt.

Vor der Haustür blieb Fuß stehen.

„Geh du zum Auto, dort drüben ist jetzt ein Parkplatz frei. Warten wir mal ab, wann und wohin unser Herr Student fährt."

Wagner machte sich auf den Weg zum Wagen. Das erwartete „Knöllchen" am Fenster lachte ihm bereits entgegen. Er schmunzelte vor sich hin, das hatte Fuß zu verantworten.

Der hatte sich inzwischen in der Nähe des freien Parkplatzes in einen Hauseingang gestellt und beobachtete die Haustür, aus der Esch kommen musste.

Wagner setzte rückwärts in die Parklücke und Fuß nahm auf dem Beifahrersitz Platz. Leicht in die Sitze geduckt beobachteten sie nun zu zweit, wie sich nach einiger Zeit die Haustür des gegenüberliegenden Hauses öffnete und Esch herauskam. Zunächst verschwand er hinter dem Haus, worauf Wagner schon aus dem Auto steigen wollte, falls Esch den Hof über einen rückwärtigen Ausgang verlassen würde. Doch im gleichen Moment kam er bereits angeradelt und wählte den Weg in Richtung Frankfurter Innenstadt. Drei oder vier Straßen weiter bog er verkehrswidrig in eine Einbahnstraße ab, sodass Wagner ihm nicht mehr folgen konnte. Esch hinterherzulaufen schien wenig erfolgversprechend. Wagner fuhr so rasch es ging um den Häuserblock, doch als er am anderen Ende der Einbahnstraße ankam, war der Student verschwunden. Entweder hatte hier in der Straße seine Fahrt geendet oder er war in eine Querstraße abgebogen. Zwar fuhr Wagner langsam die Straße ab und beide hielten rechts und links Ausschau nach einem Fahrrad oder Esch, doch ohne Ergebnis.

Fuß stöhnte verärgert. „Dann lass uns nach Hause fahren."

Während Wagner den Weg zur Autobahn suchte, wählte Fuß über sein Handy die Telefonnummer an, die Wagner aufgeschrieben hatte. Niemand meldete sich.

„Warum hat er uns das Telefonat vorgespielt?" Fuß hatte schon wieder begonnen sein Kinn zu kneten.

„Vielleicht war alles reine Erfindung", meinte Wagner und hielt dabei verzweifelt Ausschau nach einem Autobahn-Hinweisschild. „Obwohl, so schnell kann man doch keine Geschichte erfinden, die so lückenlos glaubhaft ist."

„Vielleicht hat er damit gerechnet, sich irgendwann einmal dazu äußern zu müssen und diese Geschichte bereits seit Langem parat gehabt."

Endlich hatte Wagner ein gelbes Schild mit dem kleinen blauen

Hinweis zur Autobahn gefunden. Er blickte auf die Uhr und dann Fuß heimlich von der Seite an. „Wir könnten kurz eine Pause in Mainz einlegen. Ich hätte Hunger …“

Fuß hörte zu kneten auf und blickte seinerseits Wagner an. „… und Sehnsucht. Welche Nummer soll ich denn anwählen und wohin soll ich Jana zitieren?“

„Es gibt unten an der Rheinuferstraße auf einer Ecke ein griechisches Lokal. Da gibt es meist auch einen freien Parkplatz. Jana und ich waren schon mal dort. Geh über die Zentrale: null einundsechzig einunddreißig und dann sechshundertfünfzig, die Durchwahl kann ich mir nie merken.“

Jana Dufkova meldete sich sofort und war freudig überrascht, Fuß’ Stimme und seinen Vorschlag zu hören. Sie versprach alles stehen und liegen zu lassen und sofort loszufahren.

„Lass dir Zeit, wir gurken noch durch Frankfurt, Walter fährt mal wieder wie ein Blinder!“

Wagner boxte Fuß von der Seite in die Rippe und trat aufs Gas, dass der Wagen einen Satz nach vorne mache.

„Stimmt nicht!“, rief er laut in der Hoffnung, dass Jana ihn hören konnte. „Ich bin schon auf dem halben Weg nach Mainz.“

Jana hörte interessiert zu, was Fuß und Wagner ihr Neues berichten konnten. Auch ihr missfiel das Verhalten des Studenten, aber auch sie hatte dafür keine Erklärung.

„Von dem Mord schien er allerdings keine Ahnung gehabt zu haben“, beendete Fuß seine Eindrücke. „Trotzdem werden wir ihm auf den Zahn fühlen, warum er uns das fingierte Telefon vorgegaukelt hat.“

„Was macht inzwischen diese Cornelia Henning?“

„Wir haben nach dem Tod von Bernd nichts mehr von ihr gehört oder gesehen. Morgen wird wohl die Beerdigung von Bernd sein, da werden wir sie wahrscheinlich sehen. Vor allem müssen wir uns mal mit dem Erbe beschäftigen. Schäfer stellt noch einmal das Haus in Buchenau auf den Kopf. Zum einen wegen eines Testamentes und dann ist da noch etwas Merkwürdiges. Alle Sachen von Eva Henning liegen noch an ihrem angestammten Platz, im Arbeitszimmer, im Schlafzimmer … aber alles, was wir bei der ersten Durchsuchung des Hauses an Kindersachen gefunden haben, ist verschwunden. Das vorgesehene Kinderzimmer leer, die Sachen aus dem Keller weg.“

„Das könnte natürlich bedeuten, dass dieser Bernd das Kind überhaupt nicht wollte", vermutete Jana. „Warum sollte er ausgerechnet diese Sachen entfernen und die seiner Frau unberührt lassen?"

„Das glaube ich nicht", entgegnete Fuß. „Ich bin mir ganz sicher, dass Bernd Henning sich über die Schwangerschaft ehrlich gefreut hat."

„Wenn du dich da mal nicht täuschst!", widersprach Jana. „Ich habe vor zwei oder drei Jahren einen ähnlichen Fall gehabt und recht behalten."

Doch Fuß ließ sich nicht überzeugen. Er blieb felsenfest bei seiner Meinung.

„Wir sehen uns am Wochenende?", erkundigte sich Jana, als sie Wagner zum Abschied flüchtig umarmte.

„Wenn es nicht wieder eine Leiche gibt …", seufzte Wagner und folgte winkend Fuß zu dem Wagen.

Vor der Fahrt nach Buchenau zum Friedhof erreichte Fuß und Wagner am nächsten Tag die traurige Nachricht, dass man den vermissten Kollegen Franz Etges an der Kennedy-Brücke in Bonn aus dem Rhein gezogen hatte. Zwar war die Identifizierung noch nicht offiziell bestätigt worden, aber keiner im Präsidium zweifelte daran, dass es sich um den Vermissten handelte.

Ein Kollege, der auch maßgeblich an der Suche nach Etges beteiligt gewesen war, machte sich gleich nach Bekanntwerden auf den Weg nach Bonn, um Genaueres über die Todesursache zu erfahren. Denn auch bei diesem Fall waren diesbezüglich noch alle Fragen offen.

Schäfer hatte tatsächlich mit zwei weiteren Kollegen am Vortag das ganze Haus am Ahornweg in Buchenau nochmals auf den Kopf gestellt, Schublade für Schublade untersucht, Regal für Regal aus- und wieder eingeräumt, vor allem auch das Arbeits-zimmer von Eva Henning Millimeter für Millimeter durchkämmt – nichts. Kein Testament, kein bisher unbekannter Hinweis auf das Leben und Zusammenleben von Eva und Bernd Henning oder sonst etwas Brauchbares, was den Kollegen Fuß und Wagner hätte weiterhelfen können.

Sicher war nur, dass niemand in der Zwischenzeit im Arbeitszimmer von Eva Henning etwas gesucht hatte. „Es sei denn, der oder die Suchende hatte Handschuhe an und ist zusätzlich äußerst besonnen und fachmännisch vorgegangen. Das kann man nie ausschließen", meinte Schäfer abschließend.

Er zwinkerte Fuß und Wagner mit dem linken Auge zu. „Langsam seid ihr öfter auf einem Friedhof, als an euren Schreibtischen.“

„Meinst du, dass macht uns Spaß?“ brummte Fuß. „Heute regnet es wenigstens nicht.“

14.

Die Anfahrt zum Buchenauer Friedhof erwies sich als schwierig. Fast hätte man den Eindruck gewinnen können, in dem Bopparder Ortsteil würde ein Staatsbegräbnis stattfinden. Der Anteil an Familienmitgliedern war verschwindend gering, dafür aber der der Neugierigen und Sensationslüsternen besonders groß. Immerhin war inzwischen selbst für die überregionale Presse der dritte Todesfall in einer Familie innerhalb weniger als vierzehn Tagen aufgegriffen worden. BILD hatte offenbar mit Anneliese Pies gesprochen und ihre Vermutung mit der Schlagzeile *Hängt ein Fluch über Buchenauer Familie?* wiedergegeben. Darüber hinaus waren viele Geschäftsleute aus der Baubranche gekommen, mit denen Bernd Henning beruflich zu tun gehabt hatte und eben etliche Reporter mit Foto- und Filmkameras.

Auch Wagner hatte wieder seine Digitalkamera mitgenommen, sah sich aber bei der Vielzahl der Teilnehmer außerstande entsprechende Fotos zu machen. Die, die unmittelbar hinter dem Sarg hergingen, waren der Kripo bekannt, der Rest unüberschaubar. Man hätte mit einer Videokamera aus einer erhöhten Position einen großen Schwenk machen müssen, um eine einigermaßen brauchbare Auswertung vornehmen zu können. So verzichtete Wagner zunächst darauf, Fotos zu schießen. Stattdessen bemühte er sich im Alleingang so nah wie möglich an das Grab zu kommen, um eventuell später dort Fotos zu machen, wenn sich eine Person in irgendeiner Weise merkwürdig verhielt.

Fuß schob sich von der anderen Grabseite durch die Menge und beobachtete vor allem die Familienmitglieder. Diesmal war die Hamburger Schwester alleine angereist, dafür hatte der Leipziger Bruder seine Frau mitgebracht. Ihnen folgte das Ehepaar Stoffel und schließlich Cornelia Henning. Von Trauer war in ihren Gesichtern nicht viel zu erkennen, die Beerdigungen von Familienmitgliedern schienen langsam Routine zu werden.

Statt Pfarrerin Andrea Gorres nahm ein männlicher Kollege nur in einem schwarzen Anzug und mit einer schlichten Stola die Beisetzung vor. Er sprach so leise, dass Fuß, wie viele andere, nur Wortfetzen hören konnte. Vielleicht lag es aber auch am Wind, der über den Friedhof fegte, die Blätter der Bäume rauschen ließ und außerdem aus der falschen Richtung kam. So kam erst als das „Vater unser“ angestimmt wurde und sich langsam bis in die hinteren Reihen ausbreitete, das Gefühl der Teilnahme aller an dieser Beerdigung auf.

Außer den Journalisten der regionalen Presse entdeckte Fuß nur wenige bekannte Gesichter. Natürlich stand Anneliese Pies wieder unmittelbar hinter den Verwandten und auch Eberhard Schröder, den alten Mann aus Hennings Nachbarschaft, erblickte er dieses Mal, ebenso den Koblenzer Baudezernenten Martin Prümm und den Polier von der Baustelle in Mülheim-Kärlich. Aber all diese Gesichter brachten Fuß bei seinen Ermittlungen keinen Schritt weiter. Er nahm sich vor zu versuchen, Annette Stoffel und ihren Mann nach der Beerdigung abzufangen und ihnen nochmals ein paar Fragen zu stellen. Deshalb drehte er sich rechtzeitig um und zwängte sich, begleitet vom Murren einiger Trauergäste, zum Ausgang.

Wagner hatte Fuß beobachtet und sein Gehen missverstanden. Auch er verließ seinen Posten hinter dem Grab in der Annahme, Fuß wolle zurück ins Präsidium fahren. Erst als sie sich am Ausgangstor trafen, klärte sich das Missverständnis auf.

„Macht nichts“, versuchte Fuß Wagner zu trösten, der sich über seine Fehlinterpretation ärgerte, „da oben gibt es nichts zu fotografieren. Und wenn jetzt gleich jemand dem Bernd Henning schreiend ins Grab nachspringt oder einen anderen einen Mörder schimpft, dann bekommen wir das auch hier unten mit.“ Nur mit Mühe konnte er sich bei dieser Vorstellung ein Lachen verkneifen.

Wagner schlug den Kragen seiner Jacke hoch, denn der Wind legte plötzlich nochmals kräftig zu und hier unten im Ausgangstor zog es ungemein. „Hast du den Schlüssel von Hennings Haus dabei?“

Fuß griff in seine Parkatasche und nickte. „Warum?“

„Ich habe die Fotos dabei, die Schäfer einen Tag nach Eva Hennings Tod gemacht hat und bin vorhin auf die Idee gekommen, man müsste mit diesen nochmals vergleichen, ob Bernd Henning nicht doch etwas verändert hat, was einem allein aus der Erinnerung einfach nicht auffällt.“ Er sah Fuß’ zweifelnden Blick. „Ich weiß, es ist nur ein Strohhalm, aber man sollte nichts unversucht lassen.“

Fuß reichte seinem Kollegen den Schlüsselbund. „Ich warte hier noch auf Familie Stoffel. Wir treffen uns später im Haus.“

Während sich Wagner in Richtung Ahornweg in Bewegung setzte, löste sich auf dem Friedhof langsam die Menschengruppe auf. Fuß hatte Glück. Familie Stoffel gehörte zu den ersten, die durch das Friedhofstor kamen.

„Haben Sie kurz Zeit, dass ich Ihnen ein paar Fragen stellen kann?“, begrüßte Fuß die beiden, die allerdings nicht sehr erfreut schienen. „Nur ganz kurz“, versicherte Fuß und forderte Familie Stoffel durch eine Handbewegung auf, ein paar Schritte beiseite zu treten, um ungestört miteinander reden zu können.

„Haben Sie eine Vermutung, warum Ihr Bruder Bernd sich umgebracht hat?“, fragte er ganz direkt.

Annette Stoffel schüttelte des Kopf. „Wir sind völlig überrascht gewesen und konnten es kaum glauben. Schon bei August hätte ich meine Hand dafür ins Feuer gelegt, dass er niemals Selbstmord begehen würde, aber erst recht bei Bernd. Der hat doch mit beiden Beinen fest im Leben gestanden. Es ist ein Rätsel für uns alle.“ Sie winkte ihren Bruder aus Leipzig mit seiner Frau und ihre Hamburger Schwester herbei, die gerade den Friedhof verließen. „Meine Schwester Hannelore Meißner und mein Bruder Erwin und seine Frau Christa“, stellte Annette Stoffel sie vor. „Das ist Kommissar Fuß, der alle drei …“ Sie suchte nach passenden Worten und fuhr dann fort, ohne den Satz zu beenden. „Er hat mich gerade gefragt, ob wir ein Motiv sehen, warum Bernd das getan hat.“

Hannelore Meißner holte tief Luft, schloss kurz die Augen, wobei ihr einige Tränen über die Wangen liefen, die sie schnell mit einem Taschentuch auffing. „Ich kann es einfach nicht fassen. Ich habe nach der Beerdigung von August noch mit Bernd gesprochen. Er war wie immer, keine Anzeichen, die hätten vermuten lassen, dass er psychisch so belastet war und daher mit Suizidgedanken spielte. Im Gegenteil, er hat sogar gesagt, er könne August nicht verstehen.“

„Mir gegenüber hat er sich ähnlich geäußert“, bestätigte Erwin Henning. „Hat man denn wirklich keinen Abschiedsbrief gefunden?“

Fuß verneinte. „Wir haben das Haus mehrfach auf den Kopf gestellt. Es gibt auch kein Testament, nichts.“ Dann wandte er sich wieder an Frau Stoffel. „Eine Merkwürdigkeit ist noch ungeklärt. Sie wissen sicher, dass Ihre Schwägerin Cornelia sehr schnell auf der Baustelle in Mülheim-Kärlich aufgetaucht ist. Unserer Auffassung nach zu schnell. Rein rechnerisch muss sie bereits in Beltheim zu dem Zeitpunkt abgefahren sein, als die Führungszentrale des Polizeipräsidiums gerade erst informiert wurde. Sie behauptet, von der Polizei angerufen worden zu sein. Wir haben das überprüft, aber keiner von uns hat Cornelia angerufen. Hat sie sich Ihnen gegenüber dazu geäußert?"

Keiner der Anwesenden konnte dazu etwas sagen.

„Wie ist denn jetzt der Kontakt zwischen Ihnen und Ihrer Schwägerin?"

Fuß konnte sehen, dass diese Frage allen etwas peinlich zu sein schien. Erst als Fuß seinen Blick deutlich auf Frau Stoffel richtete, erhielt er eine Antwort.

„Cornelia war immer schon so etwas wie eine Außenseiterin. Das hat sich bereits nach dem Tod von August und erst recht jetzt nach dem Tod von Bernd verstärkt. Ich glaube nicht, dass sie in Zukunft innerhalb unserer Familie engere Kontakte haben wird ... oder seht ihr das anders?", fragte sie in die Runde. Das allgemeine Schweigen war Antwort genug.

„Aber sie ist doch voll erbberechtigt?", wollte Fuß wissen.

„Ein Testament gibt es nicht, wie Sie selbst eben gesagt haben, auch nicht von August. Wie das juristisch aussieht, werden die nächsten Tage und Wochen zeigen." Diesmal hatte Erwin Henning das Wort ergriffen. „Was Cornelia zusteht, wird sie bekommen." Auch das war deutlich genug. Es war für Fuß völlig klar, dass Cornelia seitens der Hennings nichts mehr zu erwarten hatte.

Fuß gab auch Hannelore Meißner und Erwin Henning seine Visitenkarte und bedankte sich. „Wenn sich geklärt hat, wie das mit dem Erbe ist, wäre ich Ihnen dankbar, wenn Sie mich informieren würden."

Hannelore Meißner schaute Fuß enttäuscht an. „Bedeutet das, Sie sind in allen drei Fällen noch keinen Schritt weitergekommen?"

Fuß setzte ein verbindliches Lächeln auf. „Dazu kann ich Ihnen aus ermittlungstechnischen Gründen derzeit noch keine Auskunft geben. Aber seien Sie sicher, wir sind dabei alles aufzuklären." Damit ließ er die fünf stehen und machte sich auf den Weg zu seinem Wagen, der inzwischen recht einsam am Straßenrand stand. Fast alle Teilnehmer an der Beerdigung waren bereits weggefahren, soweit sie mit einem Auto gekommen waren.

„Deine ‚Else Kling' hat mich wieder überfallen!", begrüßte ihn Wagner im Haus der Hennings. „Der gute Herr Henning tut ihr ja so leid. Erst seine Frau verlieren, dann seinen Bruder, der Ärmste. Und dass er jetzt nicht einmal offiziell kirchlich beerdigt werden konnte ... Erinnerst du dich noch, wie sie sich beim ersten Mal noch sehr distanziert zu Bernd Henning geäußert hat?"

„Was ist das mit der Kirche?"

„Selbstmörder werden doch bei den Katholiken nicht kirchlich beerdigt", klärte Wagner Fuß auf.

„Und wer war das heute?"

Wagner grinste. „Das wusste die Pies natürlich auch. Ein früherer Schulkamerad von Bernd, ein Pfarrer aus irgendeiner Gemeinde in der Nähe von Koblenz. Aber nur so halb offiziell auf Drängen von Frau Stoffel, verstehst du?"

„Und was war bei August Henning? Der ist doch offiziell kirchlich beerdigt worden?!"

Wieder grinste Wagner. „Offiziell wurde sein Tod ja anfänglich noch als Autounfall gehandelt. Bei Bernd stand der Selbstmord aber gleich schon am nächsten Tag in der Presse. Da konnte man nicht taktieren, verstehst du?" Er knipste Fuß ein Auge, deutete auf einen Spiegel und hielt ihm ein Foto entgegen. „Fällt dir etwas auf?"

Fuß verglich den Spiegel auf dem Foto mit dem in Natura. Konnte aber keinen Unterschied feststellen.

„Moment." Wagner schaltete das Dielenlicht an. „Und nun?"

Nun konnte Fuß die gegenüberliegende Dielenwand mit der Garderobe im Spiegel sehen. Auf dem Foto hing an der Garderobe ein Schal, jetzt war der Garderobenhaken leer.

„Jetzt müsste man zwei Dinge wissen", Fuß' graue Zellen fingen sofort zu arbeiten an. „Zum einen, wem gehört der Schal und zum anderen, wer hat ihn weggenommen?"

„Und im Zweifelsfall: Zum dritten, warum wurde er weggenommen. Es handelt sich eindeutig um einen Frauenschal. Aber seit Eva Hennings Tod war außer ihrer Schwägerin Cornelia keine Frau mehr hier im Haus", ergänzte Wagner die Überlegungen von Fuß.

„Na, dann wollen wir uns mal über den Verbleib des Schals erkundigen. Ich gehe davon aus, dass du hier im Haus schon einmal nachgeschaut hast …"

„Und wie!", bestätigte Wagner. „Der Schal ist verschwunden."

Bereits am Nachmittag lag ihnen eine Vergrößerung des Fotos auf dem Schreibtisch. Jetzt konnte man deutlich das Muster erkennen und ohne Zweifel feststellen, dass es sich um einen Damenseidenschal handelte.

„Auf dem Weg nach Alken fahre ich heute Abend die paar Kilometer weiter nach Burgen und werde den Stoffels das Foto zeigen. Ich bin sicher, die wissen, ob der Schal Eva gehört hat oder wem sonst."

„Und was ist mit unserem Studenten in Frankfurt?"

Fuß deutete auf die Unterlage auf seinem Schreibtisch. „Da irgendwo muss die Telefonnummer von dem Esch draufstehen. Ruf ihn an und frage ihn, warum er uns mit dem angeblichen Bonner Freund hinters Licht geführt hat."

Wagners Augen suchten die vollgekritzelte Schreibunterlage nach einer Frankfurter Telefonnummer ab. Als er sie entdeckte, schnippte er mit den Fingern und lachte lauthals. „Weißt du, wen er angerufen hat? … Sich selbst! Das ist die Nummer auf der Wahlwiederholung."

„Dann stell dich jetzt mal ganz dumm, fällt dir sicherlich nicht schwer, ruf ihn an und frage, was nun mit dem Bonner Freund, dem Lokal und dem Datum ist." Fuß setzte sich an den Computer und machte sich von dem am Friedhof geführten Gespräch einen kurzen Aktenvermerk.

Tobias Esch meldete sich gleich nach dem ersten Rufzeichen. „Sie schon wieder! Ich habe jetzt keine Zeit", jammerte er.

„Sie wollten uns doch anrufen und sagen, wann Sie mit Ihren Bonner Freunden durch die Kneipen gezogen und in welcher Kneipe Sie dann Eva Henning begegnet sind", begann Wagner deutlich vorwurfsvoll. „Eigentlich hätte ich erwartet, dass Sie Ihre Zusage halten."

„Hab ich auch, aber heute Morgen ist niemand bei Ihnen an den Apparat gegangen."

Das konnte Wagner nicht widerlegen, denn sie waren in Buchenau gewesen. Und wenn Esch nicht lange genug hatte läuten lassen, schaltete sich die Zentrale nicht automatisch ein.

„Also, was ist nun mit dem Datum und der Kneipe?"

„Das mit dem Datum wird schwierig", antwortete Esch. „Die Kneipe heißt auf jeden Fall ‚Irish Pub' oder so ähnlich. Über den Tag streiten sich meine Freunde noch."

„Ist das genauso ein Märchen, wie Ihr Anruf in Bonn in unserer Gegenwart?"

Wagner konnte richtig fühlen, wie es Esch durchzuckte. „Wieso, werde ich jetzt schon abgehört?", kam es motzig aus der Leitung.

„Nee, aber das Display und die Wahlwiederholung lügen nicht so wie Sie!", konterte Wagner.

„Scheiße!", kam es aus dem Hörer, dann machte es Klick.

Fuß hatte Glück. Familie Stoffel war gerade im Begriff ihr Haus zu verlassen, als er läuten wollte. Das Gespräch fand deshalb an der Haustür statt und war sehr kurz. Sowohl Annette als auch Paul Stoffel erkannten auf dem Fotos sofort einen Schal, den Cornelia Henning häufig getragen hatte. Wie er an die Garderobe in Bernd Hennings Haus kam und wer ihn dort wieder entfernt hatte, dazu konnten beide keine Auskunft geben.

Fuß bedankte sich und fuhr nach Alken. Von unterwegs rief er Wagner auf dem Handy an und teilte ihm mit, dass er am nächsten Morgen zunächst zu Cornelia Henning nach Beltheim fahren werde. Von Wagner erfuhr er, dass sich dieser noch in einem Restaurant in der Koblenzer Altstadt aufhielt. Fuß bat ihn daraufhin, er solle nochmals ins Präsidium fahren, sich ein Foto von Eva Henning holen und noch heute ins ‚Irish Pub' gehen, um sich zu erkundigen, ob der Kellner dort Eva Henning wirklich kannte, wie Esch es ihnen erzählt hatte.

Wagner knurrte etwas vor sich hin, sagte dann aber zu, ins ‚Irish Pub' zu gehen. Er ärgerte sich, dass Fuß ihn nicht schon am Nachmittag darum gebeten hatte, denn von dem Restaurant am Florinsmarkt, in dem er gerade saß zum Irish Pub war es nur ein Katzensprung, der Umweg übers Präsidium war allerdings nicht unerheblich.

Trotzdem traf Wagner noch rechtzeitig vor dem allabendlichen Ansturm im ‚Irish Pub' ein. Sein Besuch war nicht allzu lang. Keiner der Mitarbeiter des Pubs konnte sich an Eva Henning erinnern und jemanden, der sie so gut kannte, dass er sogar wusste, wo sie wohnte, wie Esch es ihnen hatte weißmachen wollen, gab es erst recht nicht. Wagner vergewisserte sich, dass es auch keine Aushilfe gab oder jemanden, der an diesem Abend nicht im Pub Dienst hatte, der infrage gekommen wäre. Er trank rasch ein Guinness und verabschiedete sich. Dabei hätte er größte Lust gehabt, gleich nach Frankfurt zu fahren und diesem Tobias Esch in die Schnauze zu hauen, diesem Mistkerl!

Erst nach dem dritten Läuten waren Geräusche hinter der Haustür zu hören.

„Wer ist da?", fragte eine deutlich verschlafene Frauenstimme, an der Fuß sofort Cornelia Henning erkannte.

„Oberkommissar Fuß. Bitte machen Sie auf, ich möchte Sie nur ganz kurz etwas fragen."

„Moment!"

Frau Henning schien sich wieder von der Tür zu entfernen. Wahrscheinlich hatte sie noch im Bett gelegen und musste sich erst etwas überziehen.

Wieder dauerte es eine Weile bis endlich die Tür geöffnet wurde. Cornelia Henning hatte sich nur einen Morgenmantel übergeworfen und machte keinen Hehl daraus, gerade noch im Bett gelegen zu haben.

„Was wollen Sie denn noch?", fragte sie leicht gereizt. „Hat sich schon wieder jemand aus dieser Familie umgebracht?"

Fuß wurde unwillkürlich an die Bemerkung erinnert, dass Cornelia Henning immer als Außenseiterin galt. Sie stellte sich offensichtlich nach dem Tod ihres Mannes selbst außerhalb der Henningschen Familie.

„Wer wäre Ihnen denn genehm?", fragte Fuß reichlich zynisch, denn irgendwie hatte die Frau bei ihm sämtliche Sympathien verspielt. Seine Menschenkenntnis sagte ihm, dass sie eiskalt und berechnend sein konnte und es fiel ihm schwer, die notwendige Neutralität und Objektivität ihr gegenüber zu wahren.

„Also kommen Sie schon rein." Fast klang es wie ein Befehl, dem Fuß aber gerne folgte, denn es interessierte ihn schon, auch hier zu sehen, was sich im Haus möglicherweise verändert hatte. Er folgte ihr ins Wohnzimmer, wo sich Cornelia Henning sofort in einen Sessel fallen ließ und ihn erwartungsvoll ansah.

Obwohl sie ihm keinen Platz anbot, setzte sich Fuß ihr gegenüber und reichte ihr die Ausschnittvergrößerungen des Fotos, das Schäfer am Tag von Eva Hennings Ermordung gemacht hatte.

„Was soll das?"

Auf diese Frage hin reichte er seinem Gegenüber auch das Foto, das Wagner angefertigt hatte.

„Vielleicht fällt Ihnen etwas auf", antwortete der Oberkommissar.

„Was soll mir denn da auffallen?" Die Frage klang patzig und gelangweilt. Trotzdem hatte Fuß das Gefühl, dass die Frau bereits sehr genau wusste, worauf er hinauswollte, denn er glaubte eine plötzlich auftauchende leichte Nervosität feststellen zu können.

„Also, was soll mir da auffallen?", wiederholte Frau Henning ihre Frage.

Es reizte Fuß, gleich zum Frontalangriff überzugehen. „Worum es geht, wissen Sie ja längst. Sagen Sie mir der Einfachheit halber nur, wann haben Sie Ihren Schal dort vergessen und wann und wer hat ihn Ihnen zurückgegeben?"

„Der Schal? Ach so!“, kam die erstaunte Reaktion. Allerdings war diese so schlecht gespielt, dass Fuß fast die Geduld verloren hätte. Für wie naiv und blöd hielt diese Frau die Polizei? Von diesem Moment an hatte es Cornelia Henning bei Fuß völlig verspielt.

„Ziehen Sie hier keine Schau ab, sondern beantworten Sie mir meine Fragen!“, ging Fuß die Frau scharf an.

Cornelia Henning versuchte noch einmal die Bedrängte und Ahnungslose zu spielen, doch es gelang ihr nicht. Während sie etwas von „immer wieder mal besucht“ faselte und meinte „Eva hat mir den Schal gebracht“ fing Fuß an zu kochen.

„Dieses Foto“, brüllte er, „wurde nach Evas Ermordung gemacht und dieses hier nach dem Selbstmord Ihres Schwagers. Und jetzt rücken Sie endlich mit der Wahrheit heraus!“

Frau Henning war über den plötzlichen Wutausbruch derart überrascht, dass sie zunächst in großes Schweigen verfiel. Sie kreuzte die Arme vor der Brust und tat, als friere sie. Dann blickte sie an Fuß vorbei und starrte durch das Glas der Terrassentür hinaus in den Garten.

„Also!“ Fuß Stimme war zwar leiser, klang aber nicht weniger bedrohlich. „Ich höre oder Sie können gleich wieder mit aufs Präsidium kommen!“

Diese Vorstellung zeigte bei Frau Henning sofort Wirkung. Langsam wandte sie den Kopf zu Fuß hin, aber es dauerte immer noch eine gewisse Zeit, bis sie sich entschloss zu reden.

„Ich war einen Tag vor Evas Tod bei ihr gewesen“, begann sie mit leicht flackernder Stimme.

„Also doch!“, entschlüpfte es Fuß und er musste sofort an ‚Else Kling‘ denken, die Stein und Bein geschworen hatte, den gelben Mini an dem Tag im Ahornweg gesehen zu haben.

„Aber ich habe nichts mit dem Tod von Eva zu tun. Bernd ist der Schal aufgefallen, als ich bereits in Untersuchungshaft saß und er wollte nicht, dass sich der Verdacht gegen mich erhärtete. Er hat ihn deshalb verschwinden lassen. Ich weiß nicht wohin. Er wusste von Anfang an, dass ich bei Eva gewesen war, aber er wusste auch, dass ich sie nicht umgebracht habe. Ich dachte zunächst, wahrscheinlich war sie es selbst und hat nur den Verdacht auf mich lenken wollen, um sich an mir zu rächen.“

Fuß glaubte seinen Ohren nicht zu trauen. Was hatte sich in der Familie alles abgespielt, von dem sie bisher keinerlei Ahnung hatten.

Er zog rasch seinen Notizblock aus der Tasche und richtete dann seinen Blick auf Cornelia Henning.

„Jetzt aber einmal der Reihe nach!", forderte er sie auf und bemühte sich, seine Stimme soweit in der Gewalt zu behalten, dass er die Stimmung, die zu einem Geständnis führen konnte, nicht wieder zerstörte. „Wieso sollte Eva sich an Ihnen rächen?"

Cornelia Henning wandte ihren Blick von Fuß ab und blickte vor sich auf den Teppich. Es sah aus, als wolle sie sich alles in Erinnerung rufen, was ihr jetzt wichtig erschien. „Bernd und ich hatten seit längerer Zeit eine intime Beziehung."

Fuß hielt förmlich den Atem an. Hatten er und Wagner das nicht alles einmal durchgespielt und waren zu keinem realistischen und nachweisbaren Ergebnis gekommen? Alle Aussagen Dritter widersprachen dem, was Cornelia Henning jetzt preisgab.

„Wusste Eva etwas davon?"

Fast unmerklich schüttelte Frau Henning den Kopf. „Eigentlich nein. Aber, wenn sie sich aus Rache selbst umgebracht hat, muss man es in Erwägung ziehen. Aber durch die Schwangerschaft war Bernd und mir klar geworden, dass unser Verhältnis zu Ende sein musste und Bernd vermutete sogar, dass Eva vielleicht in letzter Zeit doch etwas von unserer Beziehung bemerkt hatte. Es gab da Anspielungen, aber sicher war er sich nicht. Wir hatten uns auf jeden Fall vorgenommen, reinen Tisch zu machen. Ich hatte mich mit Eva verabredet und vor, ihr alles zu gestehen. Als ich dann aber bei ihr war, habe ich den Mut verloren. Vor allem war ich mir plötzlich sicher, dass Eva nichts von dem Verhältnis zwischen mir und Bernd ahnte. Aber jetzt sieht wieder alles anders aus ..."

„Wieso waren Sie sich plötzlich sicher?", unterbrach sie Fuß.

Cornelia Henning wiegte den Kopf hin und her. „Genau kann ich Ihnen das nicht sagen. Sie erzählte so begeistert von Bernd und wie sie sich gemeinsam über die Schwangerschaft freuten und er der beste Ehemann der Welt sei. Und das klang ehrlich. Sie war einfach fest davon überzeugt ... und ich wollte ... ich konnte in diese Stimmung hinein nicht die Bombe platzen lassen. So bin ich unverrichteter Dinge nach Hause gefahren. Vor Aufregung habe ich dabei meinen Schal an der Garderobe hängen gelassen."

„Wer hat dann Eva ergiftet?" Die Frage klang so nebensächlich, so unwichtig, als hätte Fuß nach dem Wetter an diesem Tag gefragt.

Cornelia Henning traten Tränen in die Augen. Sie suchte in ihrem

Morgenmantel hastig nach einem Taschentuch und verbarg rasch ihr Gesicht dahinter, doch ihr Schluchzen war deutlich zu hören.

„Ich … ich muss annehmen …“, weiter kam sie nicht. Die Stimme versagte ihr. Fuß wusste, dass er sich jetzt viel Zeit nehmen musste. Er konnte nur vermuten, wie der Satz geendet hätte. Aber er brauchte auch Beweise und dazu brauchte er die Aussage von Cornelia Henning.

Er lehnte sich im Sessel zurück und notierte in Stichworten, was er gerade erfahren hatte. Denn während des Geständnisses hatte er unentwegt sein Gegenüber beobachtet. Auch die Körpersprache war in solchen Situationen wichtig und konnte oftmals Aufschluss über den Wahrheitsgehalt des Gesagten geben.

„Ich kann es zwar nicht glauben …“, begann Frau Henning nach einer Weile und nahm der Gesprächsfaden wieder auf. „An dem Morgen rief mich Bernd in aller Früh an. Ich war noch im Halbschlaf. Aber er sagte etwas wie ‚Ich kann nicht mehr‘ und von ‚Sturz wie ein Unfall aussehen‘ und plötzlich hörte ich ihn sagen ‚lebe wohl‘. Ich war daraufhin sofort hellwach und begriff, was das bedeutete. Ich kannte die Baustelle in Mülheim-Kärlich. Bernd hatte mich des Öfteren dorthin mitgenommen. Eva interessierte sich ja wenig für seine Arbeit. Ich wollte noch verhindern, dass er sprang, war aber zu aufgeregt, um selbst zu fahren. Ich habe den jungen Mann aus der Nachbarschaft gefragt … den Rest kennen Sie.“

Langsam setzten sich die Puzzleteile zusammen. Nun war Fuß klar, warum die Frau so früh auf der Baustelle aufgetaucht war. „Sie gehen also davon aus, dass Ihr Schwager seine Frau umgebracht hat?“

Statt einer Antwort verfiel Frau Henning wieder in leises Schluchzen.

„Wie soll er aber an das Gift gekommen sein? Haben Sie es ihm beschafft? Immerhin kennen Sie als Apothekerin Mittel und Wege …“

Cornelia Henning richtete sich erschrocken auf und schüttelte energisch den Kopf. „Nein!“, rief sie aus. „So etwas hätte ich nie getan. Natürlich liegt der Verdacht nahe. Aber ich schwöre Ihnen, ich habe damit nichts zu tun.“

„Aber wer …?“, drängte der Oberkommissar zu einer Antwort.

Die Frau gegenüber Fuß schien unschlüssig. „Bernd war in letzter Zeit zwei oder drei Mal in Amerika. Dort kommt man leicht an Rizin. Außerdem hat er sich mit seinem Ex-Schwager in Hamburg sehr gut verstanden. Der ist Arzt in der Pharmaforschung. Möglichkeiten gibt es da reichlich. Und dann ist er auch dicke mit seinem Hausarzt, dessen Frau auch Apothekerin ist …“

„Das vergessen Sie mal ganz schnell!“, fiel ihr Fuß entrüstet ins Wort. „Für die beiden lege ich meine Hand ins Feuer. Doktor von Essen ist auch mein Freund und Hausarzt und absolut frei jeglichen Verdachts. Das Gleiche gilt für seine Frau!“

Aber Fuß musste einsehen, dass Bernd Henning tatsächlich einige Möglichkeiten gehabt hätte, sich Rizin zu besorgen. Natürlich konnte er nicht ausschließen, dass Cornelia Henning ihn in diesem Punkt belog. Man würde sowieso ihre Aussage zu Protokoll nehmen und überprüfen müssen, obwohl etliches logisch und glaubwürdig klang.

„Ich muss Sie bitten, entweder sich jetzt anzuziehen und gleich mit mir ins Präsidium zu kommen oder spätestens heute Nachmittag nach Koblenz zu kommen, damit wir Ihre Aussage protokollieren können. Was ist Ihnen lieber?“

Cornelia Henning hatte sich entschieden, erst am Nachmittag ins Präsidium zu kommen. Wagner fiel aus allen Wolken, als Fuß ihm die Neuigkeiten mitteilte. Endlich ein roter Faden, den man nur noch verifizieren musste, um den Fall der Staatsanwaltschaft zu übergeben. Wenn sich die Aussage von Cornelia Henning als richtig erwies, war der Fall Eva Henning abgeschlossen. Der Mörder hatte sich der irdischen Gerechtigkeit durch Selbstmord entzogen, warum sich sein Bruder umgebracht hatte, würde wahrscheinlich für immer ein Rätsel bleiben. Man würde sein Handeln mit unerträglich seelischer Belastung begründen und auch hier die Akte schließen.

„Man müsste nur noch herausbekommen, wie Bernd Henning an das Rizin gekommen ist und ob sich dabei eventuell ein Dritter strafbar gemacht hat“, überlegte Wagner, nachdem Cornelia Henning das Präsidium verlassen hatte. Er warf einen Blick zu Fuß hinüber, der mit geschlossenen Augen an seinem Schreibtisch saß und mit den Gedanken ganz woanders zu sein schien.

„Fuß!“

Der Oberkommissar zuckte zusammen und blickte erschrocken auf.

„Was ist? Stört dich an ihrer Aussage etwas?“

Fuß erhob sich langsam aus seinem Sessel und begann nachdenklich um die beiden Schreibtische zu wandern. Vor dem Flipchart blieb er stehen und starrte auf die Aufzeichnungen, die sie beide dort vorgenommen hatten.

„Du hast recht, eines stört mich an der ganzen Sache. Zwar ist mit der Aussage von Cornelia Henning alles rund um den Giftmord an ihrer Schwägerin Eva glaubwürdig geklärt. Offen bleiben aber immer noch zwei Fragen. Erstens, was hat es mit den Akten auf sich, die Eva Henning bei ihrem Schwager versteckt hat? Und zweitens, warum belügt uns dieser Tobias Esch? Beide Fragen lassen sich mit den jetzt vorhandenen Ermittlungen nicht in Zusammenhang bringen und doch müssen sie eine Rolle spielen. Frage ist nur, welche?" Er drehte sich zu seinem Kollegen um. „Das mag mit dem Giftmord überhaupt nichts zu tun haben, ist aber irgendwie doch von Bedeutung … und ich wüsste zu gerne, von welcher?"

Wagner gähnte und räkelte sich in seinem Sessel. „Du bist ja nur ebenso wie ich sauer, dass uns dieser Dürrhans verarscht hat."

Fuß winkte sofort ab. „Nicht verarscht, sondern bewusst belogen, um etwas zu verschweigen. Und da frage ich mich, warum? Gibt es hier noch eine andere strafbare Handlung, die vielleicht nicht wir, aber die Kollegen vom … was weiß ich … interessieren dürfte." Er drehte sich wieder zum Flipchart hin. „Eva Henning muss einen Grund gehabt haben, warum sie die Akten nicht bei sich im Haus haben wollte. Das muss nichts mit diesem Tobias Esch zu tun haben, da gebe ich dir recht. Aber sie hatte Angst, dass man die Akten bei ihr findet. Aber welche Akten aus den drei Ordnern?" Fuß starrte auf ihre Aufzeichnungen. „Der Schlüssel dazu muss in den drei Ordnern zu finden sein."

„Aber wir haben doch bisher nichts gefunden, weder du noch ich", entgegnete Wagner.

„Dann haben wir etwas übersehen!" Fuß ging auf das Regal hinter seinem Schreibtisch und riss die drei Ordner ungehalten heraus und ließ sie auf seinen Schreibtisch fallen. „Aber was?"

„Okay, lass uns nochmals gemeinsam die Ordner durchgehen. Das mit den Einbrechern ist natürlich Quatsch. Sie erwartete etwas … vielleicht eine Hausdurchsuchung. Einen anderen Grund sehe ich nicht und dann müsste ein Verbrechen dahinter stecken, das sie gedeckt hat oder mit dem sie nicht in Zusammenhang gebracht werden wollte. Was weiß ich?"

Fuß trommelte plötzlich nervös auf seiner Schreibtischplatte herum und blickte seinen Kollegen nachdenklich an. Dabei kniff er seine Augen halb zusammen, als könne er sich so besser konzentrieren. Dann stand er auf und ging nochmals zu dem Flipchart.

„Und wenn sie tatsächlich doch Angst vor einem Einbruch hatte?"

Er deutete auf die Namensliste. „Wer hat ihr womit gedroht und vielleicht gesagt: Ich werde mir die Unterlagen mit Gewalt beschaffen und wenn ich bei dir einbrechen muss!? Und das muss Eva Henning dermaßen in Angst versetzt haben, dass sie diese Ordner ihrem Schwager gegeben hat. Und zwar muss dies unter erheblichem Zeitdruck geschehen sein, sonst hätte sie nicht die ganzen Ordner verschwinden lassen müssen, sondern betreffenden Vorgang herausgenommen. Welcher dieser Namen steht in Verbindung mit ihrem Handeln?"

Wagner griff nach dem Erstbesten. „Also gut, wenn du meinst, lass uns anfangen. Je schneller, desto besser."

Fuß riss das beschriebene oberste Blatt vom Flipchart. „Lass uns Folgendes machen." Er zog zwei senkrechte Striche auf das nächste Blatt. „Du sagst mir Monat und Jahr der Akte oder Korrespondenz, dann den Namen und gibst mir ein Stichwort. So sind wir schneller durch und können anschließend gezielt bestimmte Unterlagen durchforsten, die uns irgendwie verdächtig scheinen."

Wagner schlug den Ordner auf und begann sofort. „September neunzehnhundertachtundneunzig … Ohlenfeld, Reyler … Entmündigung der Mutter". Während Fuß noch schrieb, blätterte Wagner bereits weiter. „Februar siebenundneunzig … Pauly gegen Pauly … Sorgerecht Susanne."

Der erste Ordner war nach einer knappen Stunde durchgesehen. Fuß hatte dabei sieben Flipchartblätter vollgeschrieben. Ab und zu musste er seinen Arm ausschütteln, weil ihm die Hand taub geworden war.

„Lass uns mal eine kurze Pause machen", schlug der Oberkommissar vor und rieb sich das Handgelenk.

„Wir können uns auch gerne abwechseln", bot Wagner an, doch Fuß winkte ab und griff zum Telefon, das zu läuten begonnen hatte.

„Fuß! … Das ging aber schnell, Herr Doktor Wehlen." Der Oberkommissar tippte sich an die Stirn als zeige er dem Anrufer den Vogel. „Nein, es reicht, wenn Sie mir die Unterlagen auf dem normalen Dienstweg zukommen lassen." Fuß legte den Hörer auf. „Unser Lieblingsgerichtsmediziner. Er wollte mir nur mitteilen, dass Bernd Henning eindeutig Selbstmord begangen hat."

Wagner schaute Fuß ungläubig an. „Jetzt schon, wo Henning bereits unter der Erde liegt?"

Fuß schüttelte nur den Kopf. „Das hat unser Schäfer ja schon gleich gesagt, dazu brauchen wir diesen Wehlen nicht. Und erst recht nicht, wenn alles vorbei ist."

„Wie kommt der überhaupt dazu, erst jetzt anzurufen?"

„Vergiss es", Fuß trat wieder an das Flipchart, „lass uns mal lieber weitermachen."

„Zweitausendzwei ... Albrecht ... Dyskalkulie Sohn Henrik – was das auch immer ist. Zweiundneunzig ... Arnhold gegen Arnhold ... Sorgerecht Hermann und Bettina. Vierundneunzig ... Dahlheimer gegen Dahlheimer ... Sorgerecht Tobias. Zweitausend ..."

„Tobias?" Fuß legte hastig den Filzstift auf die Ablage. So hastig, dass der Stift herausrollte und auf den Boden fiel. Schon stand der Oberkommissar neben seinem Kollegen und riss ihm förmlich den Ordner aus der Hand.

„Was ist los"?, rief Wagner erschrocken „Glaubst du, dass das unser Tobias Esch ist?"

Doch Fuß hatte keine Zeit eine Antwort zu geben. Hastig nahm er die Akte aus dem Ordner und begann zu lesen.

Aus dem obersten Blatt ging hervor, dass das Amtsgericht Koblenz im Scheidungsprozess Dahlheimer gegen Dahlheimer Frau Eva Kruse zur Gutachterin in Sachen Sorgerecht des gemeinsamen neunjährigen Sohnes Tobias bestimmt hatte. Es folgen die üblichen Personalien der Beteiligten sowie eine Stellungnahme des Jugendamtes, das an das Gericht die Empfehlung aussprach, wegen des Sorgerechts eine Gutachterin hinzuzuziehen.

Das nächste Blatt war überschrieben mit:

Protokoll der ersten Sitzung.

19. April 1994. Auf Antrag der Mutter findet ein vorgezogener Termin statt, da der Vater nach einem gemeinsamen Urlaub mit seinem Sohn diesen nicht zu ihr zurückgebracht hat, obwohl ihr das vorläufige Aufenthaltsbestimmungsrecht zugesprochen ist.

Oskar Dahlheimer erscheint pünktlich mit seinem Sohn Tobias zu dem auf 14.00 Uhr festgesetzten Termin. Der Vater begründet sein Fehlverhalten damit, dass sein Sohn Tobias nicht mehr zu seiner Mutter zurückwill. Dies wird mir auf mein Befragen hin von dem Kind bestätigt. Da ein weiterer Aufenthalt beim Vater gegen das vorläufige Aufenthaltsbestimmungsrecht der Mutter verstößt, rufe ich diese während der Sitzung an und bitte sie hinzuzukommen, um eine gemeinsame Lösung zu finden.

Kurz nach 14.30 Uhr trifft die Mutter ein. Noch bevor sie mit mir den Besprechungsraum betritt, beginnt das Kind laut zu weinen und hysterisch zu schreien. Wörtlich durch das mitlaufende Kassettengerät dokumentiert: „Nein, ich will nicht, nie wieder zu meiner Mutter. Nein!"

Als Frau Dahlheimer und ich den Raum betreten, ist das Gesicht des Kindes verquollen und fiebrig rot mit weißen Flecken. Seine verschwitzten Haare hängen ihm wirr ins Gesicht. Er hat zwischenzeitlich sein Hemd ausgezogen und ist nur noch mit einem Unterhemd bekleidet. Das Hemd liegt neben dem Sitzkissen auf dem Boden. Frau Dahlheimer geht auf ihren Sohn zu und will ihn in die Arme nehmen. Das Kind schreit wörtlich: „Weg, weg. Ich will dich nicht mehr sehen. Ich will bei meinem Papa bleiben und dich nie, nie, nie …" Die Stimme des Kindes klingt heiser und überschlägt sich. Frau Dahlheimer will wissen, was passiert ist. Der Junge klammert sich an seinen Vater und tritt rückwärts mit einem Fuß nach seiner Mutter. „Ich will dich nicht mehr sehen", schreit er mehrmals hysterisch, wörtlich: „Du bist nicht mehr meine Mutter, weg. Du lügst. Ich habe Angst vor dir. Weg!" Frau Dahlheimer stürzt sich in meiner Gegenwart auf ihren Mann, der instinktiv seinen Sohn loslässt, der daraufhin in meine Arme flüchtet. Frau Dahlheimer wörtlich: „Was hast du mit dem Kind gemacht, du Schwein? Was hast du ihm gegeben?"

Ich ermahne Frau Dahlheimer zur Ruhe und Rücksicht auf das Kind. Herr Dahlheimer wörtlich: „Da sehen Sie selbst." Frau Dahlheimer packt ihren Mann wütend am Revers seiner Jacke und schreit wörtlich: „Der hat dem Kind doch etwas gegeben! Das hat er schon einmal getan!" Darauf das Kind wörtlich zu seiner Mutter: „Lass meinen Papa in Ruhe. Weg! Ich will nie wieder zu dir!" Herr Dahlheimer steht auf, gibt seiner Frau einen Stoß, dass sie rückwärts stolpert und beinahe hinschlägt, stellt sich neben mich und legt schützend seine Hand auf Tobias' Kopf.

Frau Dahlheimer wörtlich: „Was wird hier gespielt?" Ich bitte daraufhin Herrn Dahlheimer mit seinem Sohn vorübergehend im Nebenraum Platz zu nehmen, damit ich mit seiner Frau alleine sprechen kann, bevor die Situation weiter eskaliert. Tobias wörtlich: „Die soll gehen!" Gleichzeitig fängt er wieder an hysterisch zu weinen. Auch draußen ist Tobias noch deutlich auf der Cassette zu hören, wörtlich: „Ich will bei meinem Papa bleiben. Bitte, lasst mich bei meinem Papa."

Frau Dahlheimer wörtlich: „Das ist doch ein böser Traum, das ist doch alles nicht wahr."

Ich spreche den soeben gemeinsam vernommenen Kindeswillen an, daraufhin Frau Dahlheimer wörtlich: „Aber das ist doch nicht der Kindeswille, da hat doch mein Mann manipuliert."

Ich erkläre Frau Dahlheimer, dass ich die Verhaltensweise ihres Mannes für absolut kindgerecht halte. Daraufhin Frau Dahlheimer wörtlich: „Soll das heißen, Sie nehmen dieses Theater hier ernst? Ich habe mein Kind vier

Wochen nicht erreichen können und jetzt bringt er es nicht einmal ordnungsgemäß zurück."

Ich weise Frau Dahlheimer auf die Tatsache hin, dass das Kind offensichtlich außerhalb ihres Einflussbereiches in dem Urlaub nachgedacht und einen Entschluss gefasst hat, den sie als Mutter respektieren sollte. Ich empfehle ihr, nicht auf der gerichtlichen Anordnung auf Rückführung des Kindes zur Mutter zu bestehen.

Frau Dahlheimer wörtlich: „Aber … aber, das ist doch nicht Ihr Ernst?"

Ich erkläre Frau Dahlheimer, dass ihr Kind im Moment in keiner guten Verfassung ist und sich erst wieder beruhigen muss. Ich bitte sie nochmals abzuwarten und schlage vor, dass ihr Mann zunächst einmal wieder mit dem Kind zu sich nach Hause fahren soll. Sie könne am nächsten Tag zu ihrem Mann und Kind fahren und alles noch einmal in Ruhe besprechen.

Frau Dahlheimer zeigt hierfür kein Verständnis. Ich beende die Sitzung, indem ich Herrn Dahlheimer mit dem Sohn verabschiede. Ein weiteres Gespräch mit Frau Dahlheimer ist nicht möglich. Nach einigen Minuten verlässt sie wortlos meine Praxis.

„Wagner, dieser Tobias Dahlheimer ist der Schlüssel zu allem!" Fuß schaute von der Akte auf. „Ich wette mit dir, Tobias Dahlheimer ist dieser Tobias Esch. Morgen fahren wir erneut nach Frankfurt!"

Er reichte Wagner die Akte.

„Mach von der ganzen Akte zwei Kopien. Eine für dich und eine für mich. Wir sollten sie bis morgen intensiv gelesen haben."

Nachdem Fuß in der Straußwirtschaft aufgeräumt hatte, setzte er sich in sein kleines privates Büro und nahm sich die kopierte Akte Dahlheimer gegen Dahlheimer vor. Als Erika das sah, schüttelte sie nur den Kopf und zog sich in die Wohnung zurück. Ihr Mann würde sich nie ändern.

Eine zweite und dritte Sitzung fand nur mit Tobias' Vater statt, da das Gericht keine Veranlassung sah, das vorläufige Aufenthaltsbestimmungsrecht, das der Mutter zugesprochen wor-den war, bis zur endgültigen Entscheidung zu ändern. Die Aussagen und Antworten von Oskar Dahlheimer waren dabei immer die gleichen und schienen Fuß an manchen Stellen sehr rührselig. Leider ging aus den Protokollen nicht hervor, welchen Eindruck diese bei Eva Kruse hinterlassen hatten. Die Psychologin hatte auch hier die Zitate wörtlich von der Bandaufzeichnung übernommen, aber nicht kommentiert.

Als Nächstes folgte in der Akte das Protokoll des Scheidungsprozesses vor dem Amtsgericht Koblenz, in dem das Gutachten von Eva Kruse ausschlaggebend für das Urteil in Bezug auf das Sorgerecht war. Die Psychologin beschrieb den Vater als treusorgend und zuverlässig, betonte seine pädagogischen Fähigkeiten und sein Einfühlungsvermögen dem Kind gegenüber und auch die harmonische Integration in die Familie väterlicherseits und die gewohnte häusliche Umgebung. Frau Dahlheimer hingegen wurde von der Psychologin als labil und widersprüchlich dargestellt. Ihr Verhalten sei geprägt vom Hass gegen ihren Mann und es sei nicht auszuschließen, dass sie diesen Hass auch auf Tobias übertragen werde. Die Schlussempfehlung des Gutachtens war, das alleinige Sorgerecht dem Vater zu übertragen. Das übliche Besuchsrecht der Mutter solle darüber hinaus erst nach einer Kontaktpause von etwa drei Monaten eingeräumt werden, um erst einmal Ruhe unter den Parteien eintreten zu lassen.

Fuß machte sich immer wieder ein paar Notizen, dann blätterte er weiter. Das Gericht folgte in seinem Scheidungsurteil in vollem Umfang der Empfehlung von Eva Kruse, worauf Frau Dahlheimers Anwalt in die Berufung ging, was weitere Sitzungen bei der Psychologin zur Folge hatte.

Fuß blickte auf die Uhr und gähnte herzhaft. Er würde es nicht schaffen, die ganze Akte bis zum Morgen zu lesen. Fast etwas gelangweilt blätterte er die nächsten Sitzungsprotokolle durch und begann erst wieder intensiv zu lesen, als er auf das zweite Gutachten von Eva Kruse stieß, dass sie dem Landgericht im Berufungsverfahren vorgelegt hatte. Fuß stutzte bereits beim Überfliegen der ersten Zeilen und begann dann erneut den Text konzentriert zu lesen, da offensichtlich wurde, dass Eva Kruse ihre Meinung gegenüber dem ersten Gutachten erheblich geändert hatte.

Hastig blätterte er zu den Sitzungsprotokollen zurück, um herauszufinden, woher diese Einhundertachtzig-Grad-Wende kam. Dies wurde im neunten Sitzungsprotokoll, dass auf einem Gespräch zwischen ihr, Tobias, seiner Mutter und seinem Großvater mütterlicherseits geführt wurde, deutlich.

Protokoll der neunten Sitzung
26. August 1994. Gemäß dem Scheidungsurteil des AG Koblenz vom 12. Juli 1994 liegt das Sorgerecht beim Vater. Einer Teilnahme von Tobias an einer Sitzung mit seiner Mutter hat der Vater nur unter der Voraussetzung

zugestimmt, dass auch der Großvater mütterlicherseits als neutrale Person anwesend sein wird. Zu dieser Sitzung ist somit neben Frau Dahlheimer und Tobias Dahlheimer auch sein Großvater, Knut Esch, erschienen.

Fuß stieß einen leisen Freudenschrei aus und rieb sich vor Vergnügen seine Hände. Hatte er es nicht geahnt? Tobias Esch war Tobias Dahlheimer. Am liebsten hätte er gleich Wagner angerufen, aber der saß sicherlich auch irgendwo und war gerade beim Studieren der Akte. Aufgeregt las er also weiter.

Ich habe Tobias die Figuren eines psychologischen Zoospiels nach Coockson gegeben und aufgefordert, einen Zoo aufzubauen, während ich mich im Nebenzimmer mit seiner Mutter und seinem Großvater unterhalte. Das Kassettengerät läuft mit.

Ich weise Frau Dahlheimer darauf hin, dass ich zwischenzeitlich weitere Gespräche mit ihrem geschiedenen Mann geführt und dabei zunehmend den Eindruck gewonnen habe, dass ihre Vermutungen bezüglich von Manipulationen ihres Mannes zutreffen. Mehrere Widersprüche und Verdachtsmomente sind in den jeweiligen Sitzungsprotokollen dokumentiert. Ich teile ihr mit, dass ich beabsichtige, mein erstes Gutachten zugunsten ihres Mannes abzuändern. Da das Gericht aber grundsätzlich der Meinung ist, der Vater von Tobias sei immerhin Pädagoge und es sei wichtig, dass Tobias weiter in der Umgebung lebe, in der er bisher aufgewachsen ist, bitte ich Frau Dahlheimer mir zur Findung von Argumenten mit eigenen Worten zu sagen, warum sie nicht will, dass das Kind bei ihrem Mann aufwächst. Frau Dahlheimer wörtlich: „Ich meine – grundsätzlich hat das Gericht ja recht ... Aber gerade in jüngster Vergangenheit habe ich in zunehmendem Maße an meinem Mann Eigenschaften und Verhaltensweisen entdeckt, die mich erschreckt haben. Und ich möchte nicht, dass Tobias sich diese zu eigen macht, wenn er bei seinem Vater bleibt. Außerdem kenne ich die Familie meines Mannes. Es gibt dauernd Intrigen, Manipulationen ... Unkorrektheiten, ja, ich möchte sogar behaupten strafbare Handlungen. Ich weiß nicht, wie ich mich ausdrücken soll ... Eben Dinge, die ich nicht gut finde und die unser Sohn nicht unbedingt sehen und lernen muss.“

Ich bitte Frau Dahlheimer konkrete Beispiele zu nennen. Frau Dahlheimer wörtlich: „Ich spreche da nur sehr ungern drüber, da er ..., er ist immerhin Tobias Vater. Und das sind auch alles Dinge, die Dritte nichts angehen." Ich weise Frau Dahlheimer darauf hin, dass solche Dinge für eine anderslautende richterliche Entscheidung aber wichtig sind und in der Berufung des Scheidungsprozesses zwangsläufig bei der erneuten Sorgerechtsfrage zur Sprache kommen werden. Frau Dahlheimer wörtlich: „Hätte ich mich denn scheiden lassen, hätte ich nicht wichtige Gründe gehabt? Zum einen habe ich Angst und ich möchte fast sagen, Gewissheit, dass mein Mann sich bisher nur für Tobias engagiert, um mir eins auszuwischen, aber jetzt, wo er sein Ziel erreicht hat, sehr schnell die Lust an dem Kind verlieren wird, wie an allem, was er in unserer Ehe angefangen hat. Er wird Tobias zu seinen Eltern abschieben, damit er sein Leben leben kann, mit seinen häufigen Liebschaften. Ich kann beweisen, dass es häufig sogar Schülerinnen von ihm waren. In einem Fall zumindest." Ich weise Frau Dahlheimer auf die Tragweite ihrer Aussage hin und wende mich dann an den Vater von Frau Dahlheimer mit der Bitte mir zu beschreiben, wie das Verhältnis von Tobias zu seinen Großeltern mütterlicherseits und umgekehrt ist. Herr Esch wörtlich: „Grundsätzlich würde ich einmal sagen: gut. Wobei ich Tobias immer erklärt habe, egal was auch sein wird, dass sein Papa immer sein Papa bleiben wird und seine Mutter und wir Großeltern immer für ihn da sein werden. Wir sind ja niemals davon ausgegangen, dass Tobias tatsächlich seinem Vater zugesprochen wird." Ich frage nach dem umgekehrten Verhältnis. Herr Esch wörtlich: „Wie ich schon sagte: gut. Er vertraute sich uns an und wir nahmen uns die Zeit ihm zuzuhören. Von seiner Seite aus ist die Beziehung, wenn ich das richtig beurteile, sehr intensiv. Ja, das ist vielleicht das richtige Wort: intensiv. Manchmal haben meine Frau und ich sogar ein schlechtes Gewissen gehabt, weil wir uns sehr um Tobias bemüht und versucht haben, ihm in der Scheidungssituation zu helfen, wir aber niemals dabei den Vater verdrängen wollten, obwohl uns das oft dadurch schwergefallen ist, wie sich Oskar meiner Tochter und uns gegenüber verhalten hat." Ich bitte um nähere Erläuterung dieser Aussage. Herr Esch wörtlich: „Nun, dass wir Tobias während all den Wochen und Monaten vor der Scheidung mehr Zeit und Interesse gewidmet haben als seine eigenen Eltern es je getan haben, soweit meine Frau und ich das beurteilen können. Und wir möchten, dass auch für den Fall, dass jetzt das Landgericht ein anderslautendes Urteil fällt, der Kontakt zum Vater in vollem Umfang aufrechterhalten bleibt. Meine Frau und ich sehen uns in gewisser Weise sozusagen als neutralen Ort."

Wir gehen gemeinsam in den Besprechungsraum, in dem Tobias inzwischen die Figuren in der Zookulisse aufgebaut hat. Eine männliche Puppe steht oben auf einem Turm. Auf der darunter liegenden Terrasse sitzen eine weibliche Puppe und ein Puppenkind, umgeben von vielen Tieren und Bäumen. Ich beginne mit meiner Befragung, wer der Mann oben auf dem Turm ist und was er macht. Tobias wörtlich: „Das ist ein Mann, der schaut den anderen zu, aber er macht nichts, nur zuschauen." Die Erklärung von Tobias zur weiblichen Puppe und dem Puppenkind wörtlich: „Das ist eine Mutter und ihr Kind, die gehören zusammen. Und der Mann auf dem Turm, könnte der Papa von den beiden sein." Tobias lacht und verbessert sich wörtlich. „Ich meine natürlich, der Papa von dem Kind." Meine Frage nach der Tätigkeit von Mutter und Kind beantwortet Tobias wörtlich: „Die spielen. Nicht nur mit den Tieren, auch mit dem Ball, und sie pflücken Blumen." Auf meine Frage nach den Tieren antwortet Tobias wörtlich: „Vor denen muss ich keine Angst haben. Die Mama ist doch bei mir." Er identifiziert sich plötzlich unbewusst mit dem Puppenkind und auf meine Frage, wer ihm am ehesten helfen werde, wenn der Elefant böse würde, antwortet er wörtlich ohne zu zögern: „Die Mama oder der Papa."

Die Aussage des Tests ist kaum interpretationsbedürftig. Der Vater steht bedrohlich über dem Kind und der Mutter. Die Bindung des Kindes zur Mutter ist äußerst stark. Ich halte die Bindung für absolut belastbar. Allerdings darf nicht übersehen werden, dass auch die Bindung zum Vater noch völlig natürlich vorhanden ist.

15.

„Aufstehen! Bürowechsel!"

Erika rüttelte ihren Mann, der über den Akten am Schreibtisch eingeschlafen war, kräftig an den Schultern. Nur mühsam hob der Oberkommissar den Kopf und schaute sich verwundert um.

„Dein Achtundvierzig-Stunden-Dienst ist noch nicht zu Ende!"

Erika zog die Akten an sich, die Fuß als Kopfkissen dienten, und warf einen Blick darauf. „Na, wenigstens keine Pornos! Aber auch nichts Vernünftiges. Ich sag's dir, irgendwann ist Schluss. Ich will auch noch etwas vom Leben haben und nicht immer nur das Schafferchen spielen."

Fuß versuchte sich zu sammeln. Er begriff nicht so recht, wovon seine Frau sprach. Wortlos erhob er sich, raffte die Akten zusammen und stopfte sie in seine Aktentasche, die neben dem Schreibtisch stand. Dann schlurfte er in Richtung Badezimmer und verschwand darin.

Erika ging kopfschüttelnd in die Küche, um ihrem Mann einen starken Kaffee zu kochen. Sicherlich würde er kaum Zeit haben ihn zu trinken.

„Du schon auf?"

Erika drehte sich erschrocken um. Marylla stand noch reichlich verschlafen in der Küchentür und gähnte herzhaft.

„Mein Alter hat es mal wieder vorgezogen seine Gesundheit zu ruinieren und die Nacht durchzuarbeiten, da muss ich ihm doch wenigstens noch einen Kaffee kochen. Zum Frühstücken ist es schon zu spät, wenn er noch rechtzeitig zum Dienst kommen will."

Marylla winkte Erika wortlos zu und verschwand wieder nach oben, wo sie ihr Zimmer hatte.

Wie erwartet trank Fuß nur hastig in kleinen Schlucken eine halbe Tasse Kaffee, dann brummte er etwas von „bis heute Abend", drückte seiner Frau einen Kuss auf die Wange und verließ die Wohnung.

Auch Wagner machte keinen ausgeschlafenen Eindruck. Im Gegensatz zu Fuß hatte er allerdings noch bis zu dem Verhandlungsprotokoll des

Landgerichts gelesen, dafür aber die Sitzungsprotokolle nur diagonal überflogen.

Fuß wollte zunächst gar nicht glauben, was Wagner ihm berichtete. Schließlich nahm er selbst noch einmal die Akte zur Hand und schlug das Sitzungsprotokoll vom 25. November 1994 auf. Dort fand er schwarz auf weiß das bestätigt, womit ihn Wagner überrascht hatte. Zwar hatte Eva Kruse dem Landgericht in der Berufungssache Dahlheimer gegen Dahlheimer ein neues, vom ersten völlig abweichendes Gutachten vorgelegt, so wie es Fuß in der Nacht auch bereits angelesen hatte. Dann hatte sie sich aber nach der nochmaligen Anhörung der Parteien und des Kindes zu Wort gemeldet und jetzt las er im Protokoll das, was er einfach nicht glauben wollte: Ich ziehe mich auf mein erstes Gutachten zurück.

„Was ist denn damals in die gefahren?", entrüstete sich Fuß, der noch sehr genau das neunte Sitzungsprotokoll im Kopf hatte.

„Tja, wenn wir das wüssten. Aber vielleicht wird uns ja unser Herr Student diesbezüglich aufklären können. Irgendwie riecht das nach einer Erpressung."

„Eine riesige Schweinerei!", polterte Fuß los. „Die Eva Henning scheint nicht ganz so sauber gewesen zu sein, wie es bisher schien. Wohl auch ein paar Flecken in der weißen Weste." Er schaute auf die Uhr. „Der Trick mit der Postzustellung funktioniert nicht noch einmal. Was machen wir, damit uns Tobias Esch nicht durch die Lappen geht?"

„Das Glück ist mit dem Tüchtigen!", meinte Wagner zuversichtlich. „Fahren wir doch einfach hin und wenn er nicht da ist, warten wir halt. Irgendwann treibt ihn der Hunger oder die Müdigkeit schon nach Hause."

Diese Methode hasste Fuß wie die Pest, aber manchmal gab es wirklich keine andere Lösung. Er war sich sicher, dass Esch alles tun würde, nicht erreichbar zu sein, wenn sie sich anmelden würden. Also, Daumen drücken und durch!

Alle Befürchtungen waren umsonst. Esch öffnete auf ihr Läuten hin die Haustür und konnte seine Anwesenheit nicht leugnen als die beiden Kripobeamten plötzlich oben vor seiner Wohnungstür standen.

Zwar war die Begrüßung auf beiden Seiten äußerst frostig, doch diesmal wussten Fuß und Wagner, dass sie als Sieger die Wohnung verlassen würden. Leugnen oder lügen half bei diesen Beweisen nichts.

Fuß reichte der Einfachheit halber Tobias Esch wortlos die Kopie der Akte. Er sollte gleich wissen, was Sache war. Fast sah es so aus, als kenne der Student diese, denn nach einem kurzen Blick darauf gab er sie widerwillig dem Oberkommissar zurück und meinte nur: „Na und?"

„Nachdem der Hintergrund inzwischen glasklar dokumentiert ist, würden wir schon gerne wissen, was sich zwischen Ihnen und Eva Henning, damals noch Eva Kruse, abgespielt hat?."

Ohne Einladung setzte sich Fuß auf das Sofa. Er hatte es heute nicht nötig zu stehen, der Druck „von oben" kam allein durch die Akte, er musste sich also nicht auf gleicher Augenhöhe mit dem Studenten befinden.

Der nahm auch wieder auf dem Stuhl beim Computertisch Platz. Fuß staunte heimlich, dass Esch weder einen nervösen noch einen ängstlichen Eindruck machte, sondern ihnen eher gelassen und gleichgültig gegenübersaß. Er war gespannt zu erfahren, woran diese Gemütsänderung lag.

„Seit wann hatten Sie Kontakt zu Frau Henning und weshalb?", begann Fuß ohne Umschweife seine Befragung, nachdem er und Wagner ihre Notizunterlagen parat hatten.

„Durch Zufall", meinte Esch und schien ebenfalls ohne Umschweife antworten zu wollen. „Ich hatte mir in Bonn über ein Studentenabo die *Rundschau* geleistet. Eines Tages las ich darin einen Bericht über eine Tagung von Gerichtsgutachtern in Bonn und sah ein Foto von einer Psychologin Eva Henning, die dort einen Vortrag gehalten hatte. Ich habe sie sofort erkannt. Zwar lagen rund zwölf Jahre zwischen unserer letzten Begegnung und diesem Tag, aber damals habe ich mir das Gesicht eingeprägt wie kein anderes. Weil ich diese Frau gehasst habe."

„Gehasst, warum? Wenn man die Akten liest, dann wollten Sie doch damals unbedingt bei Ihrem Vater bleiben?"

Esch gab einen spöttischen Ton von sich. „Meine Mutter hatte damals recht, es war alles manipuliert. Zuerst war ich so naiv und habe das alles nicht begriffen, erst als ich meinen Vater mit dieser Kruse im Bett erwischte, fiel es mir auch als Neunjährigem wie Schuppen von den Augen. Soweit war ich schon von meiner Mutter aufgeklärt worden. Außerdem hatte ich meinen Vater auch vor der Scheidung schon einige Male in ähnlichen Situationen mit anderen Frauen erlebt. Und ich ahnte, was diese Situationen bedeuteten, denn meine Mutter hatte mich immer schnell weggezogen, wenn sie zufällig hinzukam."

Fuß traute seinen Ohren nicht. „Sie haben Eva Henning, … ich meine Eva Kruse bei Ihrem Vater …"

„Ja, begreifen Sie denn nicht? Mein Herr Vater, dieses Schwein, hatte es von Anfang an darauf abgesehen, die Gutachterin um den Finger zu wickeln. Es scheint ihm auch sehr schnell gelungen zu sein. Wir haben alle davon nichts mitbekommen. So und nur so muss das erste Gutachten entstanden sein. Er hat sie genauso manipuliert wie mich, die Großeltern und die Nachbarn. Nur sie hat es dann irgendwann gespannt und so etwas wie Reue oder Gewissen kam über sie. Deshalb fiel das zweite Gutachten dann anders aus, ehrlicher. Mein Vater muss damals einen Tobsuchtsanfall bekommen haben. Entweder hat er sie daraufhin erpresst oder nochmals rumgekriegt. Das habe ich nie herausfinden können. Und im Bett scheint mein Vater wirklich ein Ass gewesen zu sein und einlullen konnte er auch schon immer … jeden. Auf jeden Fall ist diese Tussi dann in der Verhandlung wieder umgeschwenkt, obwohl ich mich, wie Sie im Protokoll nachlesen konnten, bei der Verhandlung im Landgericht eindeutig für eine Rückkehr zu meiner Mutter ausgesprochen hatte." Er griff unter den Tisch und nahm eine Flasche Bier aus dem Kasten. „Mögen Sie auch ein Bier?"

Fuß und Wagner lehnten ab.

„Wann genau haben Sie Eva Kruse und Ihren Vater im Bett erwischt?"

Esch zog die Stirn in Falten und raffte wieder seine Spaghettihaare mit beiden Händen zusammen. „Das war einige Wochen nach dem Berufungsverfahren beim Landgericht, also als das Scheidungsurteil endgültig rechtskräftig war. Da wurden die beiden unvorsichtig. Es bestand ja kaum Risiko mehr."

„Und warum hat Ihre Mutter daraufhin nichts unternommen?" Fuß versuchte sich in die damalige Situation zu versetzen.

„Ganz einfach. Mein Vater hat vom ersten Tag nach dem Urteil alle möglichen Tricks angewandt, dass mein Kontakt zu meiner Mutter unterbunden wurde. Sie können sich das nicht vorstellen. Das Telefon erhielt ein Schloss, Handys oder Mails gab es ja noch nicht. Dann sind wir weggezogen, wahrscheinlich, weil meine Mutter laut Urteil erst nach drei Monaten wieder ein Besuchs- und Kontaktrecht hatte. Diese Sperre hatte diese Psychosau ja auch noch zugunsten meines Vaters vor Gericht durchgesetzt."

Wagner und Fuß notierten eifrig. Im Präsidium würden sie die Notizen noch einmal aufeinander abstimmen und zusammenfassen. Das taten sie oft, um bei komplizierteren Aussagen sicher zu gehen, alles richtig verstanden zu haben.

„Wann haben Sie wieder Kontakt zu Ihrer Mutter bekommen?"

„Überhaupt nicht!"

Fuß und Wagner schauten den Studenten ungläubig an.

„Sie haben bis heute keinen Kontakt zu Ihrer Mutter?"

Tobias Esch schüttelte den Kopf. „Irgendwann habe ich einmal hinter dem Rücken meines Vaters versucht, wenigstens mit den Eltern meiner Mutter Kontakt aufzunehmen, musste aber erfahren, dass sie bei einem Unfall ums Leben gekommen sind. Von anderen Verwandten mütterlicherseits kannte ich nur die Vornamen, wusste also weder ihre Familiennamen noch wo sie wohnten. Wo sollte ich also suchen?"

Sofort schauten sich Fuß und Wagner an. Begann jetzt wieder eine Märchenstunde? Tobias Esch schien die Blicke bemerkt zu haben und reagierte sofort darauf.

„Nein, wirklich, Sie müssen mir glauben. Mit dreizehn fuhr mein Vater einmal mit mir nach Koblenz zurück. Ich weiß nicht genau warum, er sagte nur, er habe etwas zu erledigen. Er setzte mich in einem Eis-Café im Löhr-Center ab, wo ich auf ihn warten sollte. Da sah ich zufällig eine Frau, deren Gesicht mir bekannt vorkam. Ich habe sie angesprochen und tatsächlich war sie eine alte Schulfreundin meiner Mutter. Von ihr erfuhr ich, dass meine Mutter sich kurze Zeit nach der Scheidung die Pulsadern aufgeschnitten hatte. Aber das wusste sie auch nur vom Hörensagen. Sie selbst hatte sie nach der Scheidung auch nicht wiedergetroffen."

„Das heißt, Ihre Mutter ist tot?"

Tobias Esch setzte die Bierflasche an, nahm einen kräftigen Schluck. Dann senkte den Kopf und wandte sich ab. Die Frage schien ihn sehr berührt zu haben. Deshalb versuchte Fuß zunächst einmal von diesem Thema wegzukommen.

„Wieso tragen Sie heute wieder den Mädchennamen Ihrer Mutter?"

Es dauerte eine Weile bis sich der Student wieder zu den beiden Polizisten drehte. Seine Augen glänzten feucht und ein paar Tränenspuren waren auch an den Wangen zu sehen.

„Wenige Tage nach meinem achtzehnten Geburtstag habe ich einen diesbezüglichen Antrag gestellt. Die Begründung war nicht einfach, aber ich hatte einen sehr verständnisvollen Beamten erwischt. Als er meine Geschichte erfuhr, war der Papierkram sehr schnell erledigt und der amtliche Stempel auf den Papieren. Ich wollte mit Oskar Dahlheimer nichts mehr zu tun haben. Dafür hatte er zu viel Leid über mich und meine Mutter gebracht. Er hat meine Mutter in den Selbstmord getrieben und ich wollte mit diesem Namen nicht täglich konfrontiert sein."

„Es besteht immerhin die Möglichkeit, dass Ihre Mutter überlebt hat …", wandte Oberkommissar Fuß ein.

„Dann hätte sie nach mir gesucht oder versucht, Kontakt aufzunehmen!", unterbrach ihn Esch sofort. „Ich würde nur gern einmal ihr Grab besuchen, wenn ich wüsste …"

„Da können wir Ihnen sicherlich behilflich sein", bot ihm Wagner an.

Erneut entstand eine Pause und wieder nahm Esch einen Schluck Bier.

„Und was geschah, als Sie das Foto von Eva Henning in der Zeitung entdeckten?", nutzte Fuß die Gelegenheit, endlich zu dem Punkt zu kommen, um den es eigentlich bei ihrem Besuch ging.

Tobias Esch schaute den Oberkommissar ironisch lächelnd an.

„Sie können sich vorstellen, dass ich nicht besonders gut auf die Dame zu sprechen war. Ich nahm mir vor, sie ausfindig zu machen, zur Rede zu stellen und soweit es möglich war, sie zur Verantwortung für ihr damaliges Handeln zu ziehen. Ich fand ihre Adresse sehr schnell im Internet, nachdem ich ja wusste, wie sie heute hieß. Ich habe ihr geschrieben und um ein Gespräch gebeten. Aber keine Reaktion. Dann habe ich sie mehrmals angerufen. Nach dem zweiten oder dritten Mal hat sie einfach eingehängt, wenn ich mich gemeldet habe. Schließlich bin ich nach Boppard gefahren. Da stand sie plötzlich vor mir und wollte ganz schnell die Tür wieder schließen, als sie erfuhr, wer ich war. Aber ich hatte meinen Fuß in die Tür gestellt und diese wieder aufgedrückt. Ich gebe zu, in diesem Moment hätte ich sie umbringen können."

„Hatten Sie sich damals schon das Gift besorgt?", fragte Fuß beiläufig.

Tobias Esch sprang von seinem Stuhl auf, machte Anstalten, als wolle er sich auf Fuß stürzen, worauf auch Wagner hastig aufsprang, um den Studenten zurückzuhalten. Doch der hielt von sich aus bereits inne.

„Verzeihung!", murmelte er. „Aber ich habe die Frau wirklich nicht umgebracht." Er ging zu seinem Stuhl zurück und setzte sich wieder. „Ich habe ihr gedroht, ja! Ich wollte ihre Karriere zerstören, alles ans

Licht zerren. Was war das denn für eine Psychologin?“ Er ereiferte sich bei diesen Worten so, dass sein Gesicht plötzlich ungewöhnlich viel Farbe bekam. „Ich habe Einsicht in die Unterlagen von damals gefordert. Doch sie behauptete, diese bereits vernichtet zu haben. Sie drohte mir mit einer Anzeige wegen Hausfriedensbruch und mehr. Ich konnte es nicht fassen, sie drohte mir mit einer Anzeige … sie … mir!“

Esch war so erregt, dass er kurzatmig wurde und zu schnaufen begann.

„Ich schrie ihr ins Gesicht, dass sie eine Mitschuld an dem Tod meiner Mutter tragen würde und meiner versauten Jugend. Aber sie drohte nur, immer und immer wieder …“

„Aber warum sind sie nicht einfach an die Öffentlichkeit getreten?“, wollte Wagner wissen.

„Ich brauchte doch Beweise! Ohne handfeste Beweise wäre doch nichts gelaufen. Das muss ich Ihnen doch nicht erzählen. Vielleicht existierten noch die Tonbänder, ihre Aufzeichnungen, irgendetwas, um meine Geschichte zu untermauern.“ Er deutete auf die Akte, die Fuß und Wagner mitgebracht hatten. „Das hätte ich gebraucht … aber jetzt ist sowieso alles zu spät. Ich hoffe nur, sie ist da, wo sie hingehört: in der Hölle!“

Einen solchen Satz hätte Fuß dem jungen Mann niemals zugetraut. Sollte er dem Studenten nun glauben oder saß vor ihnen doch der Giftmörder, den sie suchten? Hatte er nur Halbwahrheiten von sich gegeben?

Nichts reichte für einen Anfangsverdacht aus. Sie mussten wieder nach Koblenz zurückfahren und in Ruhe alles durchgehen, was sie erfahren hatten, um festzustellen, ob es einen Widerspruch oder etwas gab, was nicht stimmig sein konnte.

„Wir werden versuchen herauszubekommen, wo Ihre Mutter beerdigt ist“, versprach Oberkommissar Fuß. „Ich gehe davon aus, dass Sie die Friedhofsverwaltung von Koblenz …“

„In Koblenz ist keine Doris Dahlheimer begraben“, fiel ihm Esch ins Wort. „Aber vielleicht gibt es ja noch polizeiliche Unterlagen über ihren Selbstmord. Ich weiß nicht, wie lange die Polizei so etwas aufheben muss.“

„Die Polizei überhaupt nicht, aber vielleicht jemand anderes“, klärte ihn Wagner auf. „Sie haben nicht vor, in nächster Zeit zu verreisen?“

Über das Gesicht von Esch huschte ein Lächeln. „Sind Sie immer noch misstrauisch?“

16.

Fuß und Wagner beschlossen nicht mehr ins Büro zu fahren, sondern lieber wieder Station in Mainz zu machen und nochmals Janas Meinung zu alldem zu hören, was sie von Esch inzwischen erfahren hatten.

Jana Dufkova bot den beiden an, zu ihr nach Hause zu kommen und ihnen ein Abendessen zu bereiten. Fuß und Wagner ließen sich über Handy eine kleine Einkaufsliste durchgeben. Darüber hinaus besorgte Fuß noch einige Flaschen trockenen Spätburgunder, von dem er wusste, dass sie ihn gern trank.

Janas Tochter Sabrina öffnete ihnen die Tür und fiel aus allen Wolken den Oberkommissar zu sehen. Fuß hätte sie nach nur gut einem Jahr beinahe nicht wiedererkannt. Man sah ihr langsam an, dass sie irgendwann die Größe ihrer Mutter erreichen und auch die schlanke Figur haben würde.

Die drei mussten noch eine Weile auf Jana warten. Sabrina erzählte von der Schule und ihrem Urlaub mit ihrer Mutter auf Kreta. Gegen halb sieben kam sie und band sich sofort eine Schürze um. Alle drei folgten ihren Anweisungen, sodass das Essen nach knapp zwanzig Minuten auf dem Tisch stand. Als Vorspeise gab es eine Krabbensuppe aus dem Beutel, die Jana aber mit Tiefkühlgarnelen, Sahne und einem Schuss Weißwein und etwas Knoblauch verfeinerte. Danach folgten kleine panierte Schweinefiletscheiben mit einer leichten Zitronensoße, Pommes frites und einer Mischung aus griechischem und italienischem Salat. Der Spätburgunder schmeckte ganz hervorragend dazu. Als Nachtisch bereitete Jana den Erwachsenen einen Espresso. Dann wurde Sabrina auf ihr Zimmer geschickt und Fuß und Wagner begannen zu berichten, was ihnen der Student erzählt hatte.

„Solche Versuche, über intime Beziehungen Gutachter oder ähnliche Personen zu beeinflussen, gibt es häufig“, bestätigte Jana. „Natürlich handelt es sich hier um einen Extremfall. Aber auch der kommt vor, wie ihr seht. Auch, dass Frauen nach einer solchen persönlichen Niederlage, die sie nicht nur als ungerecht empfinden, sondern die auch keine Aussicht zulässt, irgendwann Gerechtigkeit zu erfahren, Selbstmord begehen, ist auch nicht selten, leider. Meist hat es zusätzlich im Vorfeld bereits Demütigungen und was weiß ich alles gegeben. Die Frauen sind einfach am Ende. Da zählt auch nicht mehr, dass sie damit die Chance vertun, irgendwann einmal wieder Oberwasser zu gewinnen … wie in diesem Fall, ihr Kind wiederzusehen."

„Hältst du insgesamt die Geschichte für glaubwürdig? Ich denke vor allem an die Tatsache, dass Tobias sich völlig seinem Vater untergeordnet hat, bis hin zu seinem achtzehnten Geburtstag."

„Durchaus! Als jüngstes Beispiel denkt nur an diese Österreicherin, Natascha Kampusch. Die ist sogar mit ihrem Entführer einkaufen gegangen, in Urlaub gefahren und war nicht imstande auf sich aufmerksam zu machen, ihm zu entfliehen. Irgendwann gibt es dann einen meist nichtigen Anlass, der sie ausbrechen lässt, aber erst viele Jahre später. Bei diesem jungen Mann war es einfach die Volljährigkeit, wo er sich sicher war, dass sein Vater juristisch nichts mehr unternehmen konnte, auch nicht mit irgendwelchen Tricks, wie in der Vergangenheit."

„Wir haben uns also alle bisher in dieser Eva Henning schwer getäuscht." Man konnte den Unmut bei Fuß deutlich hören. „Sie war eine andere, als sie sich im Allgemeinen gab. Bereits vor der intimen Beziehung mit August Henning war sie also kleineren anderen sexuellen Abenteuern nicht abgeneigt."

„Das passt auch in das Bild, das andere von ihr gaben, wenn sie von Unsicherheit sprachen. Häufig wechselnder Geschlechtsverkehr kann durchaus auch Folge einer allgemeinen Unsicherheit sein", erläuterte Jana das neu entstandene Bild dieser Frau.

„Damit ist der Fall Eva Henning endgültig abgeschlossen. Eine mögliche strafbare Handlung des Studenten werden wir nicht weiter verfolgen. Wir haben ihm nur noch versprochen nachzuforschen, wo man seine Mutter beerdigt hat."

„Das ist für den jungen Mann auch sehr wichtig", versicherte Jana. „Ihr müsst euch das vorstellen wie eine Situation, in der jemand über viele Jahre vermisst wird. Alle wissen, dass der oder die Vermisste mit hoher Wahrscheinlichkeit tot ist, aber man braucht das Grab, um trauern und einen Schlussstrich ziehen zu können. Erst dann kann man wieder von Zukunft reden, mit einem neuen, anderen Leben beginnen."

Fuß hatte angekündigt, am nächsten Tag Überstunden abzufeiern und erst gegen Mittag ins Präsidium zu kommen. Er musste für die Straußwirtschaft fehlende Lebensmittel einkaufen. So stand er sehr früh auf, fuhr die üblichen Lieferanten ab und brachte die Frischware nach Alken.

„Du hast dein Handy wieder mal nicht an!", rief ihm Erika als Erstes entgegen, als er mit Ware bepackt die Tür zur Straußwirtschaft öffnete. „Dein Kollege Wagner wollte dich dringend sprechen!"

Fuß wählte sofort Wagners Nummer, doch der meldete sich nicht. Die Führungszentrale wusste nichts von einem Einsatz, also konnte es nicht sehr wichtig sein. Er würde sowieso nach dem Ausladen direkt ins Präsidium fahren.

Dort wartete Wagner mit einer großen Überraschung auf. Er hatte bereits die Akte „Doris Dahlheimer" vor sich auf dem Schreibtisch liegen und strahlte über das ganze Gesicht.

„Setz dich!", befahl er und konnte es kaum abwarten, dass sein Kollege hinter seinem Schreibtisch Platz genommen hatte.

„Also, mach es nicht so spannend, sondern schieß los."

„Ich habe heute Morgen mit Gott und der Welt telefoniert. Doris Dahlheimer hat sich am Heiligabend neunzehnhundertvierundneunzig die Pulsadern aufgeschnitten. Sie wurde von einer Nachbarin gefunden, die die alleinlebende Frau zu sich bitten wollte und so kam Doris Dahlheimer ins Stift und … überlebte!"

„Was?", entfuhr es Fuß und er streckte instinktiv die Hand nach der Akte aus.

Doch Wagner hielt diese fest und wollte sein Wissen selbst preisgeben.

„Und was passiert, wenn man einen Suizidversuch macht? Sie wurde anschließend nach Andernach in die heutige Rhein-Mosel-Fachklinik eingewiesen. Ich habe auch dort bereits angerufen und erwarte noch heute eine Rückmeldung, wann sie entlassen wurde."

„Das gibt es nicht!" Fuß beugte sich abrupt über den Schreibtisch und entriss Wagner förmlich die Unterlagen. „Und jetzt?"

„Jetzt spielen wir RTL oder SAT1 und Familienzusammenführung", antwortete Wagner und rieb sich zufrieden die Hände. „Dann gibt es wenigstens in gewisser Weise noch ein Happy End."

Den Nachmittag nutzten Fuß und Wagner um den Papierkrieg zu erledigen, den jeder Fall mit sich bringt. Im Fall Eva Henning musste der

Abschlussbericht für die Staatsanwaltschaft fertig geschrieben und alle Protokolle sortiert und beigeheftet werden. Dabei fiel Fuß und Wagner die eine oder andere Notiz in die Hände, die man gemacht hatte, um sie sich bei der Verfolgung einer Spur wieder ins Gedächtnis rufen zu können. Heute waren die meisten davon überholt oder wertlos. Denn entweder war die Spur im Sande verlaufen oder die Sache hatte sich aufgeklärt.

„Merkwürdig“, brummte Fuß, als er nochmals die Aussagen der Schulkameradinnen, Freundinnen und Nachbarn von Eva Henning überflog. „Fast identisch zeichnen alle von ihr das gleiche Bild. Sie wird als vorsichtig, eher sogar ängstlich und unentschlossen beschrieben, sehr zuverlässig und präzise in ihrer Arbeit. Und es ist trotzdem ein völlig falsches Bild von ihr. Eine Frau mit zwei Gesichtern und zwei Leben offenbar.“

Irritiert blätterte er eine Seite zurück. Er hielt gerade das Protokoll von Wagners Gespräch mit Julia Klein in der Hand. Bisher hatte er es nicht so bewusst gelesen, weil dieses Gespräch insgesamt nicht viel hergegeben hatte. Jetzt aber war er über einen Namen gestolpert, der ihn neugierig machte: Doris. Julia Klein hatte eine Doris Kovács erwähnt, die auch zu ihrer Geburtstagsfeier eingeladen gewesen war. Und sie hatte Wagner erzählt, dass diese Frau in der Vergangenheit Probleme mit Männern gehabt hatte und „in der Klapse“ gewesen sei. So wie Tobias Eschs Mutter, die auch mit Vornamen Doris hieß.

„Hast du eine Telefonnummer von dieser Julia Klein?“, fragte Fuß und griff mit einer Hand bereits zum Hörer.

„Warum?“

„Später! ... Die Nummer!“

Wagner blätterte in seinem Notizbüchlein und las Fuß die Rufnummer vor. Es schien eine Ewigkeit bis endlich am anderen Ende abgehoben wurde und sich ein junges Mädchen meldete.

„Kann ich bitte mal deine Mutter sprechen?“

Auch jetzt dauerte es wieder. Fuß spielte nervös mit dem Bleistift. Dann meldete sich eine Frauenstimme.

„Julia Klein ...“

„Oberkommissar Fuß. Kripo Koblenz. Gegenüber meinem Kollegen, Kommissar Wagner, haben Sie erwähnt, dass außer Eva Henning noch eine Doris Kovács auf Ihrer Geburtstagsfeier war. Können Sie mir über diese Frau Näheres sagen und mir ihre Adresse und Telefonnummer geben.“

Wagner schaute seinen Kollegen erstaunt an und wusste nicht, was dieser Anruf bezwecken sollte.

Fuß hörte aufmerksam zu und notierte mit dem Bleistift eifrig etwas auf seine Schreibunterlage. Dabei gab er nur Wortfetzen von sich. „... straße ... Mi ... Miklos ... mit ... also Miklós?! ..."

Wagner verstand nur „Bahnhof". Doch dann schreckte er hoch.

„Sie sagten ... Esch?" Fuß blickte schlagartig auf und Wagner direkt in die Augen. „Danke, das genügt, Sie haben uns sehr geholfen."

Fuß legte den Hörer auf und hielt die Hand an die Stirn. „Das ist doch nicht zu glauben. Diese Doris Kovács hieß mit Mädchennamen Esch, Doris Esch, und ist somit mit Sicherheit die Mutter von Tobias." Er stand auf. „Vergiss den Anruf aus Andernach, wir haben mit dem Anruf bei dieser Julia Klein zwölf Jahre Biografie von Doris Esch, geschiedene Dahlheimer, verheiratete Kovács übersprungen. Sie ist seit Jahren mit einem Doktor verheiratet und lebt drüben in Hachenburg."

„Auf nach Hachenburg. Oder sollen wir erst diesen Tobias informieren?"

Fuß strich sich übers Kinn. „Lass das mal. Ich würde gerne erst einmal erfahren, warum diese Frau sich nach ihrer Entlassung aus der Klinik nicht um ihr Kind gekümmert hat. So lassen sich auch leicht die Angaben überprüfen, die uns Tobias Esch gemacht hat. Vielleicht hat sie ja auch einen triftigen Grund, warum sie den Jungen nicht sehen will."

Das Haus der Kovács' glich eher einem kleinen, nüchternen Fabrikgebäude. Die Front war verklinkert, an der Seite ragte ein hoher Schornstein in den Himmel und vom Hof aus, der sich hinter dem Haus befand und der unter anderem auch als Parkplatz für Besucher diente, konnte man an einigen Fenstern im Parterre und im ersten Stock Lüftungs- und Filterkästen sehen.

Das Messingschild klärte beide auf, warum diese hässlichen Kästen notwendig waren: *Chemisches Labor Dr. Miklós Kovács.*

Gleich hinter der rückwärtigen Eingangstür befand sich ein kleiner Empfang, hinter dem eine junge Frau saß, und den Besuchern entgegenlächelte.

„Sind wir hier richtig? Wir möchten zu Frau Kovács?", erkundigte sich Fuß, während Wagner die Werbetafeln an der gegenüberliegenden Wand betrachtete.

„Da müssen Sie den nächsten Eingang nehmen, gleich hinter der

Laderampe. Fahren Sie mit dem Aufzug in den dritten Stock. Ich werde Sie anmelden, wenn Sie mir bitte Ihre Namen nennen."

Mit dem Öffnen der Aufzugstür traten die Kripobeamten in eine andere Welt. Vor ihnen lag ein heller, lichtdurchfluteter Raum mit antiken Möbeln, afrikanischen und asiatischen Holz- und Bronzefiguren, Vasen und Ölgemälden, Aquarellen und Kreidezeichnungen. Ein zarter Blütenduft empfing sie, begleitet von leiser Musik. Auf dem nüchternen Fabrikgebäude befand sich offenbar ein Penthouse-Bungalow, denn hinter den Scheiben der riesigen Fenster wuchsen auf der Dachterrasse Sträucher und Büsche, deren Äste sich im leichten Wind wiegten.

Eine Schiebetür am Kopfende des Raumes wurde lautlos geöffnet und herein trat eine große, schlanke Frau. Ihr Alter war schwer zu schätzen, denn ihr Gesicht war zerfurcht, ihre Augen lagen tief in den Höhlen und ihr Blick wirkte streng.

„Ich höre, Sie sind von der Kriminalpolizei Koblenz. Sie wünschen?" Die Stimme war rau, als habe sie schon viel Rauch und Alkohol vertragen müssen.

Fuß und Wagner stellten sich vor. „Wenn unsere Ermittlungen richtig sind, haben Sie einen Sohn aus erster Ehe, Tobias?"

„Was ist mit ihm?", kam es in einem gleichgültigen Ton aus dem Mund der Frau. „Ich habe keinen Kontakt zu ihm, seit Jahren nicht."

„Das wissen wir, aber er sucht Sie …"

Die Frau gab einen leicht hämisch-krächzenden Ton von sich. Mehr Reaktion kam nicht.

„Er hält Sie für tot. Sie haben Mitte der neunziger Jahre einen Suizidversuch unternommen. Er weiß nicht … noch nicht, dass Sie überlebt haben."

Wieder folgte nur dieser hämisch-krächzende Ton. Die Frau ging an einen reichlich mit Intarsien versehenen Schrank und entnahm ihm ein Glas und eine Flasche Malt Whisky.

„Ich gehe davon aus, dass Sie im Dienst sind", sagte sie und füllte sich das Glas halb voll. „Was wollen Sie von mir?"

„Warum haben Sie all die Jahre nicht nach Ihrem Sohn gesucht?"

„Glauben Sie, man schmückt sich mit einer Mutter, die einen im Stich gelassen hat, die einen Selbstmord versucht und in der Klapsmühle war?" Doris Kovács kippte einen Großteil des Whiskys hinunter und schüttelte sich leicht. „Ich kann das Zeug nicht ausstehen, aber ich brauche es."

„Wieso haben Sie Tobias im Stich gelassen. Sie sind doch in die Berufung gegangen. Leider ohne Erfolg. Was hätten Sie mehr tun können? Sie hatten außerdem sogar noch einige Monate Kontaktverbot."

Frau Kovács kam auf die beiden Beamten zu und ließ sich auf der Lehne eines Polstersessels nieder. „Ich hätte das Urteil anfechten müssen, aber ich wollte doch meinem Jungen nicht all das noch einmal zumuten, das Gezerre, den Druck, den sein Vater auf ihn ausübte, die Sitzungen bei der Psychologin, die Gerichtsverhandlungen. Und nach dem Vierteljahr ... da saß ich bereits in der geschlossenen Abteilung ..."

Fuß trat an eines der großen Fenster und blickte hinaus, während Wagner das Gespräch mit Frau Kovács fortführte.

„Warum haben Sie sich damals die Pulsadern aufgeschnitten? Es wäre doch alles anders gekommen, wenn Sie das nicht getan hätten."

Doris Kovács riss den Arm mit dem Glas in die Luft, so dass es überschwappte und schrie: „Ja, werfen Sie mir das alles doch ruhig vor. Ich habe alles falsch gemacht, alles. Ich war ja blöd, so blöd, dass ich nicht einmal gemerkt habe, dass mein Mann mit der Gutachterin, dieser Schlampe, rumvögelte, nur um unseren Sohn zu bekommen und mich fertigzumachen."

Fuß drehte sich erstaunt um. „Sie haben gewusst ...?"

Zum dritten Mal stieß Frau Kovács dieses hämische Krächzen aus. „Gewusst? Wenn ich es auch nur geahnt hätte, ich hätte diese Person umgebracht. ‚Gute Freunde' meines Ex haben es mir mit Vergnügen nach der Scheidung zugetragen." Die Frau versuchte mit einem Taschentuch den verschütteten Whisky von ihrem Kleid und der Sessellehne zu wischen.

„Haben Sie Frau Henning denn nicht darauf angesprochen, als Sie sie jetzt bei Frau Klein auf der Geburtstagsfeier getroffen haben?"

„Kruse!", korrigierte Frau Kovács Wagner. „Damals hieß sie noch Kruse. Ich habe sie doch zunächst auf der Feier gar nicht erkannt und sie das menschliche Wrack, das ich bin, auch nicht. Erst als diese Frau schon gegangen war, stellte sich heraus, neben wem ich den Nachmittag verbracht hatte." Sie lachte auf. „... und Julia, die Ahnungslose, empfahl uns diese falsche Schlange auch noch, wenn wir mal Probleme hätten!"

Sie kippte den Rest aus dem Glas hinunter und schaute dann an den beiden Kripobeamten vorbei. Es schien, als führe sie sich nochmals ganz bewusst die Situation vor Augen.

„Wir hatten uns den ganzen Nachmittag unbefangen unterhalten, nicht ahnend, wer mir da gegenübersaß. Die Frau, die mein Leben zerstört hatte ... und das meines Sohnes. Plötzlich waren sie wieder da, die Schmerzen von damals, der Hass ... und es kam noch eines hinzu: Rachegelüste. Dieses Weib war schlimmer als mein Ex. Er war ein Schwein, aber sie spielte die angesehene Psychologin, die Vertrauensperson. Eine, die entscheiden kann über richtig und falsch, eine, die sich das Recht herausnahm, Recht zu finden, aber Unrecht tat, bewusst tat. Eine, der das Leben und Glück anderer völlig gleichgültig war. Und je mehr mir dies bewusst wurde, umso größer wurde mein Hass. Er brannte mir auf der Seele. Und je heftiger er brannte, desto mehr schrie es in mir nach Rache." Sie machte eine Pause. Ihre Erregung hatte ihre Stimme fast zum Ersticken gebracht. Sie atmete schwer und schloss dabei mehrfach die Augen.

Betroffenheit herrschte im Raum. Wagner schaute unentwegt an die Decke und versuchte sich die Situation vorzustellen, die Frau Kovács ihnen gerade beschrieb. Fuß hatte die Arme vor seiner Brust verschränkt und beobachtete, wie sich das Gesicht der Frau veränderte. Die Furchen schienen noch tiefer geworden zu sein, dafür hatten die Augen in ihren tiefen Höhlen plötzlich einen merkwürdig fiebrigen Glanz bekommen. Ihre Hand tastete nach dem Medaillon, das sie an einer dünnen Goldkette trug. Sie öffnete den Verschluss und richtete ihren Blick auf das Medaillon.

„Und immer mehr musste ich an meinen Sohn denken", fuhr sie fort. „Er ist durch sie ein Fremder für mich geworden. Auch das verdanke ich ihr. Und ich ... Ich sehe ihn immer nur als kleinen Jungen. Und er glaubt, ich sei tot?" Bei dieser Frage klappte sie das Medaillon wieder zu, blickte Fuß an, stand auf und ging langsam auf den Oberkommissar zu. „Und jetzt wollen Sie wohl, dass ich mit Ihnen komme?"

„Nicht unbedingt", meinte Wagner. „Wir können auch einfach Ihrem Sohn Ihre Adresse geben oder umgekehrt. Wir müssen bei der Begegnung nach all den Jahren nicht dabei sein."

„Moment", raunte Fuß, „ich glaube, Frau Kovács hat das etwas anders gemeint."

Wagner schaute seinen Kollegen verwundert von der Seite an.

„Frau Kovács erwartet, dass wir sie vorläufig verhaften, wegen Mordes an Eva Henning. Ist das richtig?"

Frau Kovács blieb stehen und starrte ziellos vor sich hin. Ihre Stimme war immer noch rau und krächzend, aber unheimlich leise.

„Ich wusste sofort, dass ich mich endlich an ihr rächen würde. Es war auch ganz einfach. Sie hatte mich ja nicht erkannt. Diesmal war ich im Vorteil. Ich folgte Julias Empfehlungen, rief Eva Henning an und bat um ein Beratungsgespräch. Miklós, mein Mann, hat mir im Laufe der Jahre viel über Gifte beigebracht. Wir haben genügend davon hier im Haus. Auch Rizinussamen, aus dem wir Rizinusöl herstellen. Die Menge Rizin, die man braucht, um einen Menschen zu töten, ist äußerst gering. Ein viertel Milligramm isoliertes Rizin oder vier Samenkörner genügen. Und ich weiß, wie man damit umgehen muss, um sich nicht selbst zu gefährden. Ich bin den halben Tag unentschlossen und ziellos durch die Gegend gefahren. Allein mit meinem Hass. Dann habe ich irgendwo Kuchen gekauft. Und während sie Tee zubereitete … Ich hatte um das Treffen gebeten, weil ich angeblich ein Problem hatte und ihr dann, während wir den Kuchen aßen, von dem Problem erzählt. Ich beschrieb eine ähnliche Situation wie damals, ein paar kleine Veränderungen, ein paar Auslassungen … Als wir uns verabschiedeten, überfiel mich das leise Gefühl, auch sie hätte mich erkannt … Aber sie schwieg."

Frau Kovács ging auf den Oberkommissar zu und reichte ihm das leere Glas. „Ich werde mich jetzt von Miklós verabschieden. Ich möchte das gerne alleine machen, wenn Sie gestatten."

Fuß zögerte einen Moment, dann nickte er.

Sie drehte sich um und verließ entschlossenen Schrittes den Raum durch die Schiebetür, durch die sie ihn betreten hatte.

„Wie bist du darauf gekommen?"

Fuß sah Wagner an, dass er noch völlig verwirrt war. „Ich kann es dir nicht sagen. Es war plötzlich da. Ihr Tonfall in der Stimme … eine Eingebung …"

„Da denkt man, man kennt den Täter, hat einen Fall abgeschlossen …" Wagner fühlte sich plötzlich unwohl.

„So entstehen Justizirrtümer", murmelte Fuß und stellte das leere Glas, das Doris Kovács ihm gegeben hatte, auf den Couchtisch. Er sah sich in dem Raum um. Die Umgebung würde für die Frau in den nächsten Jahren etwas anders ausschauen. „Jetzt hat sie nach dem beschissenen Leben ein paar Jahre Ruhe gehabt und dann holt die Vergangenheit sie durch einen dummen Zufall wieder ein. Dabei hat es diese Julia Klein nur gut gemeint."

„Und warum hat sich Bernd Henning umgebracht, wenn er nicht der Mörder war, wie wir bisher angenommen haben?"

Fuß begann mal wieder sein Kinn zu kneten. „Vermutlich aus dem gleichen Grund wie sein Bruder August. Er konnte mit all dem nicht mehr leben. Vielleicht hat er auch geglaubt …“

„Still!“, flüsterte Wagner und lauschte. Dann rannte er in Richtung Schiebetür, riss diese auf und verschwand im Nebenzimmer aus dem Blickfeld des Oberkommissars. Kurz darauf hörte Fuß Wagner nach ihm rufen. Er eilte hinter seinem Kollegen her. Auch die nächste Tür stand offen, dahinter befand sich ein langgezogener Flur. An dessen Ende stand Wagner in einer offenen Zimmertür.

„Einen Notarzt, schnell!“, brüllte er.

Auf der Rückfahrt von Hachenburg waren beide recht schweigsam. Wagner fuhr den Wagen und Fuß saß neben ihm und knetete sein Gesicht. Jeder hing seinen eigenen Gedanken nach.

Als die Lichter von Koblenz auf der anderen Rheinseite auftauchten, drehte sich Fuß zu seinem Kollegen hin.

„Ich schlage vor, wir teilen nach ein paar Tagen Tobias Esch mit, dass auch wir keinen Anhaltspunkt gefunden haben, wo seine Mutter beerdigt wurde. Ob sie damals durch Selbstmord gestorben ist oder heute spielt doch für ihn keine Rolle. Aber, dass seine Mutter zusätzlich eine Mörderin ist, sollten wir ihm ersparen.“

Fuß konnte im Scheinwerferlicht vorbeifahrender Fahrzeuge sehen, dass Wagner zustimmend nickte.

Vom Präsidium aus hatte Wagner Jana angerufen. Sie erkannte sofort seinen versteckten Hilferuf und sagte zu, nach Feierabend nach Alken zu kommen. Auch Fuß hatte ein ähnliches Telefonat geführt, mit Thomas von Essen. „Nicht am Telefon!“, hatte der Oberkommissar zu ihm gesagt.

So erschien auch er in der Straußwirtschaft, nachdem er noch schnell einige Hausbesuche gemacht hatte. Fuß und Wagner saßen bereits auf der Terrasse unter der Überdachung. Vor ihnen stand eine leere und eine halb leere Flasche Wein. Seit knapp einer halben Stunde schwiegen sie sich an. Es konnte keine Befriedigung darüber aufkommen, dass der Fall Eva Henning nun endgültig und in vollem Umfang geklärt war.

„Es ist immer wieder erstaunlich, wie man sich in den Menschen irren kann“, meinte Dr. von Essen, nachdem ihm Fuß und Wagner abwechselnd erzählt hatten, wie sich der Fall inzwischen darstellte.

„Eigentlich hat sie, abgesehen von ihrem eigenen und dem ihres ungeborenen Kindes drei Menschenleben auf dem Gewissen“, stellte Fuß fest. „Zumindest hat sie den Tod dieser Menschen indirekt mit zu verantworten.“

Mit Jana kam auch Erika auf die Terrasse und schaltete als Erstes einen Heizstrahler an. Sie stellte weitere Gläser auf den Tisch und ging noch einmal nach unten in den Schankraum zurück, um weitere Weinflaschen zu holen.

„Renate und Elke sind unten und bedienen“, sagte sie, als sie den fragenden Blick ihres Mannes sah. Sie goss jedem sein Glas voll, dem folgte ein wortloses Zuprosten untereinander. „Ist so etwas nicht schrecklich“, sagte Erika mehr für sich und sprach damit das aus, was alle dachten. „Und wer sind die Leidtragenden ...?“

Wagner legte den Arm um Janas Schultern. „Was glaubst du, was war nun der eigentliche Auslöser für all diese fatalen Folgen. Das verhängnisvolle Verhältnis, das zu den unglaublichen Manipulationen geführt hat? Oder erst jetzt die zufällige Begegnung?“

Jana schaute zu, wie Fuß sich erhob und die beiden Kerzen auf dem Tisch anzündete. „Ich sehe das etwas anders. Das man sexuell jemandem verfällt und ihm hörig wird, gemeine Manipulationen und letztlich auch Zufälle gehören zu unserem alltäglichen Leben. Vielleicht muss man sagen ‚leider‘, aber sie sind nun einmal gegeben. Aber die Folgen können gemindert oder sogar verhindert werden, indem man das Gespräch sucht, miteinander redet, und nicht schweigt, alles hinauszögert und insgeheim hofft, dass alles gut ausgehen wird. Im Prinzip ist es wie in unserem Beruf. Ein sofortiges Geständnis, ein klares Bekenntnis zu dem, was man getan hat und warum, bringt Verständnis und mildert die Strafe und hat sogar schon oft zu einem Freispruch oder zumindest zu einer Bewährungsstrafe geführt.“

„Scheiße ist das alles!“ Fuß begann, wie so oft, sein Kinn zu kneten. „Manchmal kotzt einen der Beruf so richtig an. Aber das interessiert keinen.“

Erika stand auf, ging zu der kleinen Terrassentheke und kam mit zwei Schälchen Erdnüssen zurück. „Ich bin nur mal gespannt, was die Presse daraus macht.“

„Nichts!“, antwortete Wagner. „Schomisch wird die Pressemeldung so formulieren, dass niemand Zusammenhänge ahnen wird. Und der Kovács wird auch kein Interesse haben, groß in die Schlagzeilen zu geraten. Von seiner Seite ist also ebenso wenig zu erwarten.“

„Wenigstens etwas“, meinte Erika erleichtert. „Die Familie Henning hat diesbezüglich genug erleben müssen.“

Für kurze Zeit trat wieder eine Pause ein. Das Licht der Kerzen ließ die Schatten der Flaschen und Gläser über den Tisch und auf den Gesichter tanzen. Dann war es Fuß, der die Gläser nachschüttete.

„Was ist eigentlich aus diesem Dahlheimer geworden?“, fragte Jana plötzlich in die Stille hinein.

Fuß und Wagner zuckten fast gleichzeitig mit den Schultern. Es interessierte sie auch wenig. „Schwein bleibt Schwein“, meinte Wagner nur und Fuß nickte zustimmend.

Die bisher erschienenen Bände der Hunsrückkrimi-Reihe

„Herzflimmern in Simmern" (1999/Bd. I)
ISBN 978-3-922929-90-1

„Koblenzer Schängel jagt Hunsrücker Bengel" (2000/Bd. II)
ISBN 978-3-934524-06-4

„Die Mädchenleiche unter der Hunsrückeiche" (2001/Bd. III)
ISBN 978-3-934524-19-4

„Der Zirkusclown von Kastellaun" (2002/Bd. IV)
ISBN 978-3-934524-27-9

„In die Falle gehen alle" (2002/Bd. V)
ISBN 978-3-934524-30-9

„Der Mann meiner Mutter" (2003/Bd. VI)
ISBN 978-3-934524-41-5

„Tödliche Träume" (2005/ Bd. VII)
ISBN 978-3-934524-66-8